石黑一雄

KAZUO
ISHIGURO

諾貝爾文學獎
得主

別讓我走

NEVER
LET ME
GO

任何人都不能帶走的回憶（導讀）

如果，先拋開作者的特殊背景，而光看《別讓我走》的話，這無疑是一本相當好看的小說。它描寫一群複製人，生長在海爾森學校之中，當他們漸漸長大之後，才發覺周圍的世界原來是一場精心策劃的騙局，而他們的未來沒有任何的可能，注定要成為一個器官的捐贈者，默默步上死亡一途……石黑一雄透過不疾不徐的筆法，縝密的寫實技巧，情節絲絲入扣，佈置緊密，不但充滿了懸疑和推理的魅力，更被讚譽是他寫作迄今以來，最為真摯動人的一部作品。

然而，《別讓我走》不只是好看而已，作者石黑一雄更是當代少見的、具有遼闊視野的小說家。

一九五四年，石黑一雄出生於日本的長崎——這是一個多麼具有象徵意義的地點啊，自從近代以來，長崎就是一個因為海上貿易發達，而激盪出多元文化的無國界的地方。一九六〇年，石黑一雄移民英國，他在那兒成長，接受教育。雖然擁有日本和英國雙重的文化背景，但他卻是極為少數的、不專以移民或是國族認同做為小說題材的亞裔作家之一。即使評論家們總是想方設法，試圖從他的小說中找尋出日本文化的神髓，或是耙梳出後殖民理論的蛛絲馬跡，但事實上，石黑一雄本人卻從來不刻意去操作亞裔的族群認同，而更以身為一個國際主義的作家來自許。

對石黑一雄而言，小說乃是一個國際化的文學載體，而在一個日益全球化的現代世界中，要如何才能突破地域的疆界，寫出一本對於生活在任何一個文化背景之下的人們，都能夠產生意義的小說，才是他一向念茲在茲的目標。也因此，石黑一雄和並稱為「英國文壇移民三雄」的魯西迪、奈波爾，便顯得大不相同了。不管是魯西迪，還是奈波爾，總喜歡在小說中借用大量的印度文學、宗教、歷史等元素，或置入殖民的政治批判，但石黑一雄的作品卻不然，從他獲得布克獎、描寫英國貴族官邸管家的《長日將盡》、以移居英國的日本寡婦為主角的《群山淡景》，到描寫二十世紀初期上海的《我輩孤雛》，到這本以複製人為題材的《別讓我走》，他的每一本小說幾乎都在開創一個新的格局，橫跨了歐洲的貴族文化、現代中國、日本，乃至於一九九〇年代晚期的英國生物科技實驗，而屢屢給讀者帶來耳目一新的驚喜。

不過，石黑一雄小說的題材看似繁複多樣，出入在歐亞文明之間，但到底在這個多元文化碰撞、交流的現代世界之中，什麼東西才足以穿透疆界，激起人們的普遍共鳴呢？石黑一雄其實用相當含蓄、幽微的筆法，在小說中埋藏了一條共同的主旋律，那便是：帝國、階級、回憶，以及童真的永遠失去。

回憶，是石黑一雄最偏愛採用的敘事方式，《別讓我走》也不例外。在小說的一開頭，便透過複製人凱西的回憶，緩緩揭開了她住在海爾森學校的童年歲月，那是一個已然失落、不可再得見的世界，唯有留存在凱西的回憶之中。由於回憶，《別讓我走》便能不滯留在寫實的表面，而散發出一股如夢似幻、虛實難辨的迷離美感來。而透過這一趟追溯記憶的旅程，凱西不但是在重新確認自我，認識他人，經歷啟蒙，同時也在縫合起生命中不經意散落的片刻。而當回憶之時，已然啟蒙的敘事者，用一雙清明之眼，再度回顧當年的懵懂、愚昧和無知，才終於領悟到青春已然失落，純真已然玷污，而傷痛已然銘刻在身體的深處，無可消除，而自己卻只能無能為力的站在一旁，目睹靈魂和身體的敗壞，無可言喻的悲哀，遂從此油然而生。

正如書名所暗示的《別讓我走》——一個在「別讓我走」這首歌曲中獨舞的小女孩，緊緊閉上雙眼，彷彿雙手擁抱著過去那個友善的世界，一個她內心明白已經不再存在的地方，而她還是緊抓不放，懇求它不要放開她的手，但事實上，純真的童年卻在不斷的萎縮、消失，而樂園已逝。

於是在《別讓我走》中，石黑一雄看似開闢了一個截然不同的新題材：生物科技，但其實也是他過去所一向反覆書寫、反省的主題——帝國和階級的延伸。石黑一雄曾在《長日將盡》中，借管家史蒂文之口說：「對你我這樣的人而言，殘酷的現實是我們別無選擇，只能將我們的命運交給那些身處世界之軸心、雇用我們的偉大紳士。」而這不也正是《別讓我走》中凱西、湯米和露絲這些複製人的命運嗎？而在這個世界上，絕大多數人的生活，不也正是被一小群人所無情的主宰，以及實驗之中嗎？透過複製人的故事，石黑一雄卻是在對於現代文明，以及主宰文明發展的一小批傲慢當權者，提出了最為深沉的批判。

在石黑一雄的小說世界中，人一生下來，便注定要被孤伶伶地拋擲到這個世界上，被龐大的社會機器所控制，情感被壓抑了，於是就連性、愛與夢想，這些人類最為美好的本能，也都被剝奪得一乾二淨。甚至就連文學、藝術的創作，都有可能被權力所污染，而不是出自於靈魂深處最真實的吶喊。在這個缺陷重重、必定要邁向毀壞的世界，無疑是令人悲觀的，然而，石黑一雄卻肯定了愛的力量，將會使人類的罪惡和軟弱，都獲得救贖懺悔，而悲哀也因此昇華。在《別讓我走》的末了，凱西與湯米終於重拾愛的勇氣，即使它的到來，為時已晚，但它不是一時的肉體激情，它是靈魂上永恆的平和與寧靜，也是任何人都不能帶走的回憶。

台北教育大學語文與創作學系教授　郝譽翔

依然在追問生命的意義（推薦序）

人，失去什麼，才最令她（他）痛苦呢？

也許，石黑一雄在他的小說中，要回答的，就是這麼簡單的疑惑吧。

但這回，他把追尋這疑惑的主體，放到一群在人類眼中不該具有主體性的「器官捐贈人」身上。甚至，這群名稱聽起來有點「公益性質」的「器官捐贈人」，能否稱之為「人」，在一定程度上，都還是個疑問呢。

在尚未讀石黑一雄的《別讓我走》之前，我腦海裡總縈繞著《長日將盡》裡的畫面：大英帝國日落西山前一片山雨欲來風滿樓的陰鬱，而一位偏執中年男管家卻面臨最後愛情機會即將消逝的猶豫徬徨。那是一幅絕佳的虛構場景，卻迫使讀者不得不去思索個人在時代帷幕下，千絲萬縷的連動關係。

在讀了石黑一雄的《別讓我走》之後，我腦海中則聯想到電影《銀翼殺手》（Blade runner, 1982）。只不過電影裡的殺手，專司四處緝捕、殺戮想逃竄的複製人，這些複製人被複製來執行的任務，則是充當人類殖民外太空的「智慧奴工」，科幻電影的聲光效果之下，原著小說依然試著拋出了一個很人性的問題：複製人有完成使命的技能後，他們也有靈魂，有愛恨、嫉妒與恐懼嗎？他們逃避追緝，目的是想活著，然而複製人活著，本身有「生存的意義」嗎？

黑石一雄筆下的「這群人」，可沒有殺手追殺他們，但他們生來注定要扮演重複捐贈器官的任務，而後漸漸死去。他們又與《銀翼殺手》裡的「複製人奴工」，有多大差異呢？

石黑一雄不是科幻小說家，他寫出《別讓我走》，與其說是在探討複製人問題，不如說他更大的意圖，仍在探索生命的意義，以及個人置身撲朔迷離大環境中那種似懂非懂的「存在疑惑」。

複製人議題，最迷人之處，是造物者與被創造者之間的關係；複製人議題，最難被合理解答者，又莫過於形體可以複製，但「靈魂」，可以被複製嗎？有了靈魂的複製人，在不斷執行被交代、賦予的任務後，他們難道不會有累積的記憶；而後又在累積的記憶基礎上，他們難道不會有了思索，有了對存在意義的思索嗎？人類行使複製工程時，僅單純希望複製出「功能俱在」的簡單心靈，然而，當人類發現這群「簡單心靈」也有情緒，也有記憶，也有追尋生命價值的心靈能量時，人作為造物主，又該怎麼辦呢？

石黑一雄不是科幻小說家，他亦無意這麼做。但他選擇了一個二十一世紀，顯然不能閃躲的敏感問題，如果人類可以「複製生命」，並以之作為延續人類生命的「維修品」，那人類會如何

「豢養複製品」，而被豢養的複製品，有朝一日突然「靈魂開竅」時，又是怎樣的一個局面呢。

《別讓我走》裡很感人的情節是，幾個「器官捐贈人」，多年後相聚，並相伴回到他們成長的學校，其實也就是他們被豢養的地方，重新追尋並且綴拾記憶的拼圖。他們彼此調侃小時的記憶，去捕捉個別生命過往中已然模糊的片段，並尋求別人記憶的補充。最終，他們還是不斷問到：我們是誰，我們有靈魂嗎，我們不斷的充當別人的器官維修品，我們的意義在哪？

跟人類一樣。當複製人填補了記憶的空缺，滿意的接受了自己存在的目的後，他們的焦慮平息，生命的騷動復歸於平靜。當複製人之間，對即將告別的友人，亦輕輕呼喚著「別讓我走」時，石黑一雄亦充分完成了他小說家的人文終極關懷。

作家　蔡詩萍

英國
一九九〇年代晚期

第一部

I

我是凱西，今年三十一歲，從事看護工作十一年多。我知道，十一年聽起來是一段很長的時間，不過實際上他們希望我再做八個月，直到今年年底。到時，就整整有十二個年頭了。我知道像我能夠這樣長期擔任看護，不見得是因為他們認為我工作十分稱職的緣故，也有幾位傑出的看護只做了兩、三年，他們就說不必再做了；我也知道至少有一位看護，工作長達十四年，但做起事來卻處處讓人覺得礙眼。所以，我不打算自吹自擂。不過，可以肯定的是，他們的確對我的工作表現十分滿意；大體而言，我也認為自己表現得可圈可點。我所照顧的捐贈者，狀況總是比預期來得更好，復原時間出奇得快，幾乎沒有人被列為「情緒激動」，即使在第四次捐贈以前也是如此。好吧，或許我現在已經開始自我吹噓了，但是能夠做好自己的工作，尤其我照顧的捐贈者都能保持「鎮定」，對我來說意義十分重大。我已培養出一種面對捐贈者的直覺，知道什麼時候應該陪在他們身邊給予安慰，什麼時候必須讓他們獨處，而什麼時候又該要聆聽他們想說的每一句話，或者只是聳聳肩、勸慰他們拋開不愉快的心情。

總之，我並不是往自己臉上貼金。我知道現今的看護，同樣非常優秀，卻得不到一半的肯定。如果你也是其中之一，我可以了解，你對於我的臥室兼起居室、汽車，以及我可以自行挑選照顧的對象這些待遇，想必感到忿忿不平。我是海爾森畢業的學生，有時光是這點，就足以教人火冒三丈。他們會說，凱西不但可以自由挑選，而且每次選的都是和她自己同類的人：如果不是海爾森來的，就是其他特權階級，難怪她總是紀錄輝煌。這種話我聽得多了，相信你也一定經常耳聞，或許當中有些是真話。不過，我可不是第一個被允許可以自由挑選的看護，我猜也不是最後一個。無論如何，我也曾經照顧不同地方成長的捐贈者。別忘了，到結束那天為止，我已經當了十二年的看護，而他們也只有最後這六年才允許我自由選擇。

這是天經地義的事情，看護不是機器。我們為了每位捐贈者全心全意地付出，到頭來卻是一身疲憊，我們又不是有用不完的耐心與精力。所以，如果有機會可以選擇，當然就要挑選和自己同類的人。這很正常呀！要是看護期間，我不能與捐贈者將心比心的話，就不可能持續工作這麼久的時間。而且，如果我沒有機會選擇，又怎能在多年後再次接近露絲和湯米呢？

然而，這些日子以來，我記得的捐贈者越來越少了，老實說，我能挑的也不多。就像我所說的，身為看護，如果和捐贈者沒有深一層的關聯，工作時就會困難得多。儘管將來我會想念擔任看護的日子，但還是覺得應該在年終到來時，結束這份工作。

露絲正巧是我所選擇的第三或第四位捐贈者。當時，她已被指派一名看護，我記得自己可是鼓足了勇氣，才做出這個決定。最後我克服了心中的膽怯，當我在多佛康復中心再度見到她的那一刻，過去的不合雖然沒有因為時間而消逝，但似乎不如其他事情來得重要了，例如：我們一起在海爾森成長的背景，我們知道別人所不知道或不記得的事情等。我想，大概是從那時候，我才開始找尋和自己有著相同過去的捐贈者，如果可以的話，我盡可能都選擇海爾森畢業的人。

過去幾年，我曾試著將海爾森拋在腦後，告訴自己不該回顧過去。後來有一天，突然不再抗拒了，原因和我在擔任看護的第三年所遇到的某位捐贈者有關；當時，我說自己是海爾森畢業的學生，這位捐贈者的反應改變了我。那時候，他剛做完第三次捐贈，結果不太樂觀，他大概也已經知道自己撐不過這次了。他幾乎無法自己呼吸，卻看著我說：「海爾森啊，我敢說，那一定是個美麗的地方。」隔天早上，我試著和他說話，轉移他的注意力。我問他，他又是在哪裡長大的呢？他回答是在多塞的某個地方，那時他滿面疙瘩底下的表情，顯露出前所未有的痛苦。那時，我才知道他是多麼不願回憶那段過去，相反地，他卻希望能夠知道有關海爾森的故事。

因此，接下來的五、六天內，所有他想知道的事情，我全都一五一十地告訴了他，他躺在床上，聚精會神地聽著，偶爾臉上飄過一抹淡淡的微笑。不論大小事情，他全問得清清楚楚，例如有關我們監護人的故事，每個人如何在床底擺放自己的收藏箱，以及足球、圓場棒球、圍繞著主屋外部並且通往主屋每個角落的小路、鴨塘、食物，以及在霧氣瀰漫的早晨，從美術教室眺望田野的景色。有時候，他要我一遍又一遍的重複這些內容；前一天才說過的事情，他常常又問了我一次，好像我從沒告訴過他似的。「你們那裡有沒有休憩亭啊？」「誰是你們最喜歡的監護人？」起初，我以為這是藥物的影響，不過後來我發現他其實心智清晰。他不僅僅想聽到關於海爾森的故事，更要狠狠地記住這個地方，彷彿這是他自己的童年往事。他知道自己的日子不多了，所以他的計畫是這樣的：先要我將過去一五一十描述給他聽，好將這些往事烙在他的心裡，將來若是因為藥物、疼痛和疲憊，夜裡睡不著時，存在我和他的回憶之間的界線便會逐漸模糊……那時，我第一次真正明白：湯米、露絲、我，還有其他人，是多麼地幸運。

如今，當我開車行經鄉間小徑時，還是會看到令我回想起海爾森的事物。或許是經過了濃霧瀰漫的田野一角，或是從山谷一側下來，看見遠方一棟高大房宅的側影，甚至是看見山坡上的白楊樹某種獨特的排列方式，心中便想：「說不定這就是了！我找到了！這其實就是海爾森啊！」但下一瞬間，我立刻知道眼前所看到的，絕對不可能是海爾森，於是繼續向前行，思緒轉而飄向其他事物上。尤其，每次看到休憩亭的時候，都會讓我回想起過去。這種休憩亭，鄉下隨處可見，落在操場的另一頭，小小的白色組合式建築，一排極不自然的偌大窗戶幾乎嵌入了屋簷底下。我猜五〇、六〇年代當時蓋了許多這類的建築物，而我們的休憩亭大概也是在同一時間建造完成。若是我恰巧經過這類的地方，往往眺望許久，無法遏抑，總有一天我一定會因此而撞壞車子，但我依然樂此不疲。不久以前，我開車經過伍斯特郡空蕩的公路，在板球場旁邊看到一座與海爾森休憩亭相似的建築，我還真的掉過頭來，返回原處，就只為了再看那座亭子一眼。

學生都很喜歡海爾森的休憩亭，可能是因為這類建築讓我們聯想起小時候圖畫書裡經常看到的可愛小屋子。記得我們還是小學生的時候，還經常請求監護人下一堂課從一般教室改到亭子上課。後來，等到我們升上中學部二年級，差不多十二、十三歲的時候，如果想要躲避海爾森的一切，這座亭子就成了妳與好朋友的祕密藏身之處。

這座涼亭可以同時容納兩個團體，又不至於互相干擾，夏天時外面走廊上還能提供第三個團體使用。但是一般人理想上總是希望能夠單獨使用這個地方，所以常得要些手段，有時也常會因此發生爭吵。監護人時常告誡我們要有禮貌教養，但是實際上，一個團體中總是需要有些個性堅定的成員，才有機會在休息時間或自由時段取得涼亭的使用權。我自己雖然不算懦弱，但是我們當時之所以能夠經常到涼亭休息，大概是因為露絲的緣故吧！

我們這個小團體一共有五個人，如果珍妮也加入的話，就有六個人；通常我們只是隨意地坐在椅子或板凳上談天說地。某些對話只有躲在亭子裡的時候才會出現，我們可能會互相討論心中的焦慮，有時說到最後會放聲大笑作罷，有時彼此之間也會發生一些小小的不愉快。但大多數的時候，待在涼亭可以讓我們和親密好友一起放鬆心情。

回想某天下午，我們一行人站在凳椅上，擠在高大的窗戶旁邊，那兒可以清楚看到北遊戲場，場上有十來個同年級的男生和中學部三年級的男生聚在一起踢足球。那天陽光燦爛，不過先前想必下了場雨，我還記得陽光亮閃閃地照射在泥濘的草地上。

我們當中有人說，不應該站在這麼明顯的地方偷看，但卻沒有一個人後退一步。露絲接著說：「他沒有發現啊！你們看，他根本沒注意到。」

聽著露絲的話，我瞧了她一眼，想要看看她臉上是否因那群男生準備對湯米採取的行動，而露出任何不滿。但下一秒鐘卻只聽見她笑了笑說：「那個笨蛋！」

我這才明白，對露絲和其他人來說，不管那群男生打什麼主意，都和我們無關；無論我們認不認同，都不重要。那時，我們之所以全部聚在窗邊，不是因為我們喜歡看到湯米即將再度遭到羞辱的模樣，只是因為我們耳聞男生近來的陰謀，心裡有點兒好奇，想要親眼見到事件的發生。那段日子，男生之間的舉動也僅止於這類膚淺的行為。對露絲和其他人來說，這件事和我們毫無關係；事實上，對我而言，也是如此。

或者，其實我記錯了。或許，即便那個時候，當我看見湯米在場上奔跑的情景，看見他因為再次為球隊所接納，臉上掩不住喜悅的神情，以及準備上場參與他所擅長的運動比賽的模樣，或許我心裡就已感到微微的刺痛。不過，我確實記得，那天湯米穿了上個月在拍賣會買來的淡藍色休閒衫，那件衣服可是他的寶貝啊！還記得當時我心裡這麼想著：「湯米真是笨蛋，竟然穿那件衣服來踢足球。待會兒衣服弄髒了，看他怎麼辦？」於是，我大聲地說，其實也沒特別對著誰說：「湯米怎麼穿了他那件衣服？那是他最喜歡的休閒衫呢！」

我想應該沒人聽見我的話吧，所有人全朝著蘿拉哈哈大笑起來，蘿拉是我們當中的小丑人物，她不斷模仿湯米奔跑、揮手、呼叫、阻截的表情。其他男生在場上暖身，移動時故意表現出疲憊的模樣，只有湯米一個人開心得不得了，一副馬力全開、準備全速前進的模樣。這回，我說得更大聲了：「他要是弄髒了衣服，看他會有多難過。」這次露絲聽見了我的話，不過她大概以為我想拿這件事當笑柄，所以只是淡淡地笑了幾聲，加上幾句諷刺的話。

後來男生停止踢球了，一群人站在泥巴裡，胸口微微起伏著，等待球隊開始挑選球員。儘管大家心裡明白湯米比任何一個中學三年級球員更為傑出，最後球隊所選出來的兩位隊長都是中學三年級生，兩位隊長丟擲硬幣，決定第一選擇順序，贏的那位眼睛盯著全體球員看個不停。

「妳們看看他，」有人在我身後說道，「他還真以為自己是第一人選，妳們看他那個樣子！」

湯米那時的模樣真教人覺得滑稽，幾乎讓人覺得，是啊，如果他真的愚蠢到這種地步，那也是罪有應得啊！其他男生假裝對這個挑選過程毫不在乎似的，一副不在意自己順序的模樣。有些人小聲交談，有些人重新調了調鞋帶，有些則用腳在泥巴上畫圈圈，低頭看著自己的腳。唯獨湯米眼神迫切地看著中學三年級的男生，彷彿已經聽到隊長呼叫自己的名字似的。

挑選球員的過程當中，蘿拉繼續著她的表演，模仿湯米臉上每個不同的表情：從一開始充滿生氣的渴望；接著，過了第四次挑選之後，沒有人選他，臉上開始露出疑惑和不安；直到後來，當他終於明白整件事情的時候，所展現出的痛苦與驚恐。我沒有一直回頭看著蘿拉，因為我正專心看著湯米；不過我從其他人持續不斷的笑聲與慫恿蘿拉繼續模仿的聲音當中，就能知道她當下的行動。接下來的時間，只剩湯米一個人站在那裡，其他男生開始暗自竊笑，我聽見露絲說：「就快開始了，等一下喔，倒數七秒鐘，七、六、五……」

她還沒數完，湯米已經開始雷般轟地大叫起來，旁邊的男生笑得更加囂張，邁步跑向南遊戲場。湯米也在他們背後跟著跑了幾步，不過不知道他的本意是為了表達怒氣而追趕上去呢，還是因為被留在原地覺得恐慌。不管怎樣，他很快就停了下來，一個人站在場地內，睜大眼睛瞪著其他人，滿臉漲紅。他大聲叫罵，高喊著一大堆毫無意義的詛咒和辱罵。

我們看過湯米發脾氣好幾次了，所以從椅凳上走了下來，隨意坐在涼亭裡。我們試著開始談點兒別的話題，但是背後卻總是和湯米有關，我們一開始轉了轉眼珠子，試著忘了湯米的事，但是距離最後一次撇開這個話題可能才整整十分鐘的時間，我們又全站回了窗邊。

此刻場上已經看不到其他男生了，湯米也沒有再針對任何人或任何事叨唸個不停。他只是胡亂咒罵，並且朝向天空、風中，以及附近的籬笆樁，拳打腳踢。蘿拉說，說不定湯米正在「排演他自己的莎士比亞劇本」呢。更有人發現，湯米每次發出聲音，就會向外抬起一隻腳，「好像小狗撒尿一樣」。實際上，我發現自己也有同樣的腿部動作，不過，讓我印象深刻的是，每次他一跺腳，就有幾片泥土從腳底飛濺出來，又讓我想到他那件珍貴的衣服，但是他離我太遠，看不出衣服上是否已經沾到多處的泥巴。

「這樣實在有點兒殘忍，」露絲說道，「他們老是要這樣激怒他，不過，這也是湯米自己不好，要是他能夠試著學會冷靜下來，他們就會放過他了。」

「他們還是不會放過他的啦，」漢娜說道，「葛蘭姆不也是脾氣不好，其他人對他反而更加小心。所以，他們之所以這樣對待湯米，還不是因為湯米成天遊手好閒的緣故。」

緊接下來，所有人突然全開口說話了，一會兒說湯米不肯努力發揮創造力，一會兒說他沒有為春季交換活動拿出任何東西。事實上，我認為那個時候，我們心裡無不暗暗希望此刻能有監護人出來把湯米帶走。雖然我們和這次激怒湯米的計畫毫無瓜葛，可是畢竟是我們自己跑來場邊看這場好戲，所以開始覺得內疚起來。但是久久等不到監護人出現，我們只好繼續談論著湯米罪有應得的原因。後來，露絲看了看錶說，雖然還有點兒時間，但我們現在應該回去了，說完沒人反對。

我們走出休憩亭時，湯米還是一副氣沖沖的模樣。主屋位在我們左手邊過去一些，而湯米就站在我們正前方的場地，我們本來是不必走近他身邊的。何況，他正望向另外一邊，好像沒看到我們。我的朋友如往常一般，沿著場邊走了出去，我則是慢慢移向湯米所在的位置。我知道其他人看見這幕，一定一頭霧水，不過還是繼續往前走，即使聽見露絲一聲聲急著喚我回頭，也沒有理會。

我猜，湯米大概不太習慣在發脾氣的時候受到打擾，當我走到他身邊，他第一個反應是瞪了我一眼，然後又回到先前的情緒。他就像個莎士比亞演員，我呢，則是在他表演到一半的時候，突然走上舞台的人。就算我說：「湯米，看看你的寶貝衣服。你會把它弄髒的啦！」他卻好像什麼也沒聽見。

於是，我向前伸出手，放在他的手臂上。接下來所發生的事，其他人以為他是有意的，但是我可以確定他絕對是無心的。他兩隻手還是和先前一樣甩來擺去地，更不知道我正要伸出手，總之，當他的手往上一甩，正巧把我的手撞到一邊，還打中了我的臉頰。其實我根本一點兒也不痛，但還是倒抽了一口氣，我身後的女孩們同樣嚇了一大跳。

湯米似乎這下才發覺我的存在，察覺現場還有其他人，也意識到自己在場上的舉止，笨笨地盯著我看。

「湯米，」我嚴厲地說道，「你的休閒衫上面全是泥巴耶。」

「那又怎樣？」他咕噥地說。不過，雖然嘴巴上這麼說，他還是低下了頭，看到衣服上的褐色污點，才稍微停止了這場哭鬧。我看見他臉上的驚訝，像是我竟然明白他對這件休閒衫的感情。

「不必擔心啦，」我趁著彼此的沉默還不致於讓他感覺羞辱的時候說道，「污點可以洗得掉的啦，你要是自己弄不掉，拿去給茱蒂小姐處理就好了。」

湯米繼續檢查衣服上的污點，氣憤地說：「干妳什麼事。」

但是，他立刻後悔自己說了這樣的話，怯怯地看著我，像是希望我能對他說點兒什麼安慰的話。但是我已經受夠他了，尤其這時候後面女孩們都在看著，如果我猜得沒錯的話，主屋窗邊應該也有不少人了吧！於是，我聳了聳肩，轉過身去，回到朋友身邊。

我們一邊走著，露絲伸出了手，搭在我的肩膀上。「至少，妳讓他安靜下來了，」她說，「妳還好吧？他真是個瘋子。」

2

這是很久以前的事了，說不定我有些地方記錯了；印象中，那天下午之所以走近湯米，其實是那段時間我正經歷某個強迫性的自我挑戰階段；幾天之後，湯米半路攔住我，我差不多全忘了那件事了。

我不知道別人的學校是什麼情形，不過我們在海爾森，幾乎每個星期都得接受某種健康檢查，通常我們會集合在頂樓的十八號教室由嚴格的崔夏護士（我們都叫她烏鴉臉）進行檢查。那是一個陽光燦爛的早晨，我們一大群人從中央樓梯上樓接受檢查，卻正好遇到另一批剛做完檢查的人下樓。樓梯間人聲鼎沸，我頭低低地上樓，緊緊跟著前一個人的腳步，忽然聽見一聲：「凱西！」

原來湯米正在下樓的人群當中，他在樓梯間停住，臉上帶著開心、率真的微笑，看了就教人火冒三丈。因為這種表情是我們年紀更小時，也許，早個兩、三年，當我們在路上遇見喜歡的人，才可能會露出的表情，可是當時我們已經十三歲了，而且還是一個男孩在公開場合遇到一個女孩。我真想對他說：「湯米，你怎麼還那麼幼稚？」但是這些話沒說出口，取而代之的是：「湯米，你擋住大家的路了，害得我也是。」

湯米看看上方，果真樓上的人全停下了腳步，他緊張了一下，趕緊擠到我身邊的牆壁，讓其他人至少能夠勉強上下樓。

然後他對我說：「凱西，我找妳好久了，我想向妳道歉，我是說，我真的非常非常抱歉。那天我真的不是有意要打妳。我從來不會打女生，就算要打，也絕對不會打妳。真的很不好意思。」

「沒關係啦，那是個意外，就這樣。」我對他點了點頭，示意離開，而湯米開朗地說：「那件衣服已經沒問題了，洗得乾乾淨淨。」

「不錯啊！」

「妳不會痛吧？當我打到妳的時候。」

「當然會啊！可能已經頭骨碎裂、腦震盪什麼的，搞不好連烏鴉臉都會發現喔，如果我上得去的話。」

「凱西，說真的啦，妳不會生氣吧？我真的很抱歉，真的。」

這時，我才終於對他笑了一笑，不帶諷刺地說：「你聽好，湯米，那件事是個意外，而且我也全忘了，完全沒有記在心上。」

他還是不太放心，但是這時有幾個年紀較長的學生在背後推他，催促他往前。他朝我輕輕一笑，像對小男生一樣拍拍我的肩膀，才又擠回人潮當中。當我開始上樓時，還聽見他從樓下大喊：「凱西再見！」

我老覺得這件事讓我有些難為情，幸虧沒有引來他人的嘲笑或閒話；老實說，要不是那次在樓梯間相遇，接下來幾個星期，我大概就不會對湯米的問題那麼有興趣了。

湯米的狀況我自己親眼見過幾次，不過大多都是從別人那裡聽來的，每當我聽人說起湯米的事，我一定追問到底，直到大概得到一個較為完整的描述為止。湯米經常對人發脾氣，譬如他曾經在十四號教室抬起兩張書桌，將裡面的物品全倒在地上，班上其他同學全部逃往平台，同時堵住大門，以免他出來。還有一次，克里斯多福先生甚至得在足球練習時間按住他的手，才能阻止他繼續攻擊雷吉。大家都知道，中學二年級男生跑田徑的時候，湯米是唯一一個沒有伴的人。湯米很會跑步，很快就能和其他跑者拉開十或十五碼的距離，或許，他以為這樣就能掩飾沒有人想和他一起跑步的事實吧！幾乎每天都會傳出同學對他惡作劇的事情，其中很多都是老套了：像是床上出現怪東西啦，或是在他的麥片裡放隻蟲之類的。但是有些惡作劇實在沒什麼意義，而且令人作嘔；比如：曾經有人拿他的牙刷清理馬桶，然後又擺回去，等他發現時刷毛上已全沾滿了糞便。憑著湯米的體格和力氣——我想還包括他的脾氣——沒有人敢真的打他或欺負他，但是我還記得，至少有兩個月的時間，各種事件層出不窮。我以為早晚總會有人出面指責這些人行徑過於惡劣，但是這種事卻從未停止，也從來沒人吭聲。

我曾在宿舍熄燈之後提出這件事。中學生每間宿舍人數只有六人，剛好容納我們的小團體，我們常在睡前一片漆黑當中，躺著聊些較為私密的話題，說些在其他地方，甚至在休憩亭也不敢說的事。所以，有天晚上，我提到了湯米。我說的不多，只是大約說了湯米的經歷，我告訴大家，這樣下去對湯米不太公平。當我說完時，黑暗中懸盪著一種奇異的寂靜，我知道大家都在等待露絲的回答，每回只要有個稍微棘手的問題都是這樣。我繼續等著，直到聽見露絲那個方向傳來一聲嘆息。

露絲說：「妳說的沒錯，凱西，這樣的確不好。但是，如果湯米真的希望大家別再對他惡作劇，就得改改自己的態度。他沒有拿出東西參加春季的交換活動，那下個月的呢？我敢說他也沒有。」

在此我應該要稍微說明一下海爾森的交換活動。每年四季：春、夏、秋、冬，我們都會舉辦大型的展示特賣活動，販售的是我們從上一次的交換活動之後三個月創造的所有物品，如繪畫、素描、詩歌等；各式各樣隨便什麼材料做的「雕塑品」，或許是壓扁的瓶罐，或許是黏在厚紙板上的瓶栓，都可以是當天的焦點。每拿出一樣東西，就可以拿到交換代幣，而每件傑作都由監護人決定可以換得幾枚代幣。然後，到了交換活動那天，就能拿著自己的代幣，「採買」喜歡的東西。不過按照規定，必須購買同一年級學生的作品，即使如此，我們還是有很多選擇，因為大部份學生在三個月期間可是相當多產的。

現在回想起來，我終於知道為什麼交換活動對當時的我們而言那麼重要。首先，除了拍賣會以外——拍賣會是另外一個活動，我們稍後再談——我們只能透過這樣的活動建立個人的收藏。好比說，如果有人想要裝飾床邊的牆壁，或是想買些什麼放在手提包裡隨身攜帶，或想做為不同教室的書桌擺飾，就可以在交換活動中找到需要的東西。我到今天才知道，這種活動對我們所有人產生了一種微妙的影響。想想看，我們彼此依賴對方製造出可能變成自己私人珍藏的物品，這可是會影響一個人的人際關係。湯米就是個典型的例子。很多時候，一個人在海爾森的重要性，以及是否受人喜愛、尊敬，絕對與這個人擅不擅長「創造」有關。

兩、三年前，露絲和我兩人回想起這些事情，當時我在南邊的多佛康復中心照顧她。

「這也是海爾森特別的地方。」露絲立刻說，「這類活動鼓勵我們重視彼此的作品。」

「的確，」我說，「但是，有時候，當我想起那些交換活動，很多地方其實有些奇怪。以詩來說好了。我記得學校允許學生如果沒有繪畫或素描，可以以詩篇做為交換的物品，奇怪的是，當時我們也覺得這樣很好、很合理。」

「為什麼不？詩歌很重要啊！」

「可是我們說的是九歲小孩的玩意兒，還不都是一些可笑幼稚的詩句，沒一個字拼對的，而且全是練習簿上的東西。我們把珍貴的代幣花在這種東西上面，卻不拿去換點兒什麼真正好看的東西擺在床邊。我們要是真的那麼想要別人寫的詩，為什麼不乾脆找個下午借來抄抄不就好了？但是我們卻不是這樣想的，妳記得當時的狀況吧！每次就快到了交換的時間，我們還在蘇西的詩和賈姬經常製作的長頸鹿之間，左右為難、無從選擇。

「對了，賈姬的長頸鹿啊，」露絲笑了笑說，「全都做得好漂亮，我以前也有一隻。」

說這些話當時是個晴朗的夏日夜晚，我們坐在露絲的恢復室小陽台。距離她第一次捐贈，大約過了兩、三個月，她已經渡過最糟的階段，那段時間，我會計算每次夜間巡房的時間，好讓我們能夠在外面待上差不多半小時，一起看著夕陽越過家家戶戶的屋頂後才慢慢落下，還會看到多架天線和衛星接收器；有時，還能看見遠方的大海形成一條發光的直線。我會帶著礦泉水和餅乾去看她，我們坐在陽台上，想到什麼就聊什麼。我很喜歡露絲那家康復中心，就算要我工作到退休，也沒什麼不可以。恢復室一般來說比較小，但是設計完善，而且相當舒適。屋裡的每一樣東西，如：牆壁、地板等，皆以發光的白色磁磚鋪成，而且打掃得非常乾淨，陌生人第一次走進來，幾乎就像走進一座滿是鏡子的大廳。當然，層層交疊的鏡像倒是沒有，不過感覺很像。只要有人舉起手，或者從床上坐起，隱約就能感覺到周圍的磁磚也會模模糊糊出現同樣的動作。話說回來，露絲在那家中心的房間也有大片玻璃窗，很輕鬆就可以從床上看到室外的景色。即使把頭靠在枕頭上，也能看到一大片天空，如果天氣溫暖，只要走到外面陽台，就能呼吸新鮮空氣。我最喜歡去房間看她，喜歡和她漫無邊際地閒談，從夏天到初秋，一起坐在陽台上，談談海爾森，聊聊卡堤基，腦子想到什麼就說什麼。

「我的意思是說，」我繼續說道，「像我們那個年紀，也才十一歲，我們對別人寫的詩，其實一點兒興趣都沒有，不過，妳還記得克莉絲蒂這號人物吧？她在詩歌方面可是大有名氣的，我們都非常尊敬她，就連妳啊，露絲，也不敢對她大呼小叫。這全是因為我們真的覺得她擅長寫詩。但是，其實我們根本不懂什麼是詩，對詩也完全不在乎，真是奇怪。」

但是，露絲沒有聽懂我的話，或者只是刻意迴避。也許她決定將同學想像成能夠欣賞精緻藝術的人吧！也或許，她其實明白我的用意，只是不希望我們繼續往那個方向說下去。

總之，她嘆了長長一口氣說：「所有人都覺得克莉絲蒂的詩棒極了。可是，我不知道那些詩現在看來覺得如何。真希望現在手邊有她的詩作，真想知道我們現在會是如何的想法。」露絲笑了笑，接著說：「我倒是還留著彼得寫的幾首詩。不過，這是後來我們上了中學四年級的事了。那時我大概是迷上他了，我想不出來除了這個，還有什麼其他原因能讓我買他的詩。他的詩可說是瘋狂到一種歇斯底里的程度。可是，克莉絲蒂真的很棒。我還記得，她如果動手準備畫圖，最後出來的作品卻是一首首的詩，真好玩。而且，她的繪畫實在遠不及詩歌創作來得好。」

不過，我還是回到湯米的事情吧！那次宿舍熄燈之後，露絲說，湯米的遭遇全是他自找麻煩來的，她的話大概總結了當時多數海爾森學生的想法。我躺在床上聽了她這番話，忽然驚覺，他刻意放棄發揮創造力這件事，最遠可以追溯到小學部的年代，我不禁全身一涼，發現湯米現在所受的對待，可不是幾個星期或幾個月的事，而是持續了好幾年了啊！

不久以前，湯米和我談起這些往事，對於自己一切遭遇的源頭所作的陳述，也證實了我那天晚上的想法。根據他的說法，一切都是從潔若汀小姐某天下午的美術課開始。在那之前，湯米其實挺喜歡畫畫。但是，潔若汀小姐上課那一天，他畫了一幅奇特的水彩畫，圖上畫的是一隻大象，站在高大草叢裡；事情就這樣發生了。他說自己當時那幅畫不過是要開個玩笑。關於這點，我特地向他問個清楚，我相信真相其實就是那個年紀的小孩常有的行為：其實也不是為了什麼特別的原因，反正就是做了。有時做某些事情，是為了要逗別人開心，或者是想看看這樣能不能引起一些騷動；事後若想解釋，卻也說不出什麼道理。我們都曾有過這樣的舉動。雖然湯米自己並不如此認為，不過，我相信這就是事發的經過。

總而言之，他畫了一頭大象，完全就是小他三歲的小朋友才會畫的動物模樣，前後不到二十分鐘就完成了。當然，這幅畫引來了其他人的嘲笑，雖然不是他所預期的那樣。即便如此，那天若不是潔若汀小姐上課，大概也不會有任何的後果吧，我覺得這真是絕大的諷刺！

當我們處於那個年紀時，潔若汀小姐是所有人最喜歡的監護人。她很溫柔，說話輕聲細語，需要時都能帶給我們安慰；即便我們做錯事，或遭到其他監護人訓斥，也是一樣。要是她真得教訓學生，接下來幾天也一定會給予特別的關注，像是虧欠學生似的。湯米真是倒楣，那天美術課老師是潔若汀小姐，而不是像羅伯先生或經常上美術課的總監護人艾蜜莉小姐。如果是其中任何一位老師，湯米一定會被好好教訓一頓，那麼，他就可以裝得嘻皮笑臉地，而其他同學最糟也不過是把這當作是個差勁的玩笑。說不定還有同學當他是個不折不扣的小丑。不過，潔若汀小姐就是潔若汀小姐，事情不是那樣發展的。相反地，潔若汀小姐帶著親切、同理的表情，盡可能仔細地看著湯米的圖畫。她擔心湯米恐怕要受同學欺負，於是採取了另一種極端的反應，竟然從中找出幾個地方，朝全班同學指出這些地方，大大讚揚了一番。大家對他的憤怒從此開始。

「我們離開教室之後，」湯米回憶道，「那是我第一次聽到同學說我的閒話，而且就算我聽見，他們也不在乎。」

我猜，湯米畫出那頭大象之前，已經感覺到自己跟不上同學了，因為他的畫作真的像比他年幼的學生所畫的一樣，所以一直以來，他刻意畫些幼稚的圖，以掩飾自己不過爾爾的最佳表現。自從這次大象圖畫事件過後，他的意圖因此曝光，而今每個人都等著看他畫些什麼。他努力認真地畫了一段時間，不過每次只要他開始畫，周圍便揚起一陣嘲諷和笑聲。實際上，他畫得越是認真，他的努力便越顯得可笑。所以，沒過多久，湯米又回到了原先的自我防衛，刻意畫些看來幼稚的圖畫，顯示自己毫不在乎。從此，這個樑子越結越深。

有一陣子，他只有在美術課堂上必須忍受這種痛苦；其實，光是美術課就已夠他受的了，因為小學部的美術課很多。但是後來事情越鬧越大。比賽的時候，常常只剩下他一個人，男生晚餐時不肯坐在他旁邊，宿舍熄燈後，也假裝沒聽見他所說的話。原先這類事情並未持續。有時，幾個月過去了，什麼事也沒發生，湯米以為事情已經過去了，突然他所做的某件事，或者是他的敵人之一亞瑟，又會讓這樣的胡鬧重新繼續下去。

我不確定湯米的壞脾氣從什麼時候開始發作。記憶裡，湯米的壞脾氣向來有名，即使在嬰兒期也是如此。不過，湯米堅稱說，自己的脾氣是受到欺負後才變壞的。總之，大家之所以繼續胡鬧下去，正是因為他的壞脾氣，他的脾氣使得整件事情逐步加溫，一直到了我說的那年，也就是十三歲那年的中學二年級夏天，這樣的迫害行動達到了巔峰。

但突然間，惡作劇全消失了，儘管不是發生在一夜之間，卻也是相當迅速的。如同先前所說，我當時長期細心觀察局勢的發展，因此遠比多數人率先看到消失的徵兆。起初，惡作劇不斷發生，但是湯米竟然沒發脾氣，這種情況維持了一個月，甚至更久。有時候，看得出來他的脾氣就要發作了，但是不知道為什麼卻控制住了；有時他不發一語，只是聳聳肩，或是表現得像是沒注意到發生了什麼事情。一開始，他這些反應讓大家頗為掃興；或許甚至感到怨恨，好像他辜負了大家似的。後來，慢慢地，大家開始感覺無聊，惡作劇也變得沒什麼興致，直到有一天，我突然想起，已經一個多星期沒人捉弄他了。

惡作劇的消失不見得代表任何重大的意義，可是，我更留意到其他的變化。有些小地方也發生了變化，例如亞歷山大、彼得和湯米一起經過庭院往運動場走去，三個人一路自然地聊著天；

以及有人提到他的名字時，大家的聲音中出現了細微卻明顯的變化。有一次，下午休息時間快要結束，我們一群人坐在南運動場附近的草地，場上依舊有男生在踢足球。我一邊加入團體的談話，一邊眼睛注意著湯米的舉動，湯米此刻站在場地正中央。男生們先散開來，我發覺湯米最大的折磨來源之一亞瑟，就站在距離湯米身後兩、三碼處，開始模仿起他來，惡意醜化湯米站在球上方雙手擺在臀部的模樣。我仔細看著，發現當場根本沒有人理會亞瑟的暗示。大家都看到亞瑟那模樣了，因為所有眼睛全都注視著湯米，等待他踢球，而亞瑟就站在湯米正後方，可是沒人有興趣理會他的把戲。湯米把球踢過草地，比賽繼續開始，亞瑟也就沒再玩些其他花樣了。

我十分樂意見到事情能有如此的發展，不過心裡卻十分困惑。湯米的作品並未有任何實質的改變，他在創造能力方面依然名聲惡劣。看得出來，他不再隨便發怒這件事，對局勢改變極有幫助。不過感覺上主要的關鍵因素仍難以捉摸。湯米和以前有點兒不同了，他的行為舉止、注視他人的方式，以及開朗、溫和的說話態度等，相對也改變了週遭人對他的態度。然而，引發一切改變的原因仍然不明。

我大惑不解，決定下次找機會私下談話探探他的口風。過了沒多久，就有了這樣一次機會，那時，我正在排隊領取午餐，發現湯米也在隊伍當中，距離我兩、三個人遠。

雖然這樣聽來有點兒奇怪，不過在海爾森校內，午餐隊伍真的是私下談話的最佳場所之一，原因和大廳的聲音效果有關；大廳裡人聲鼎沸，加上挑高的天花板，意味著兩人只要壓低聲音說話，彼此站得近一些，同時確定旁人正專心聊著他們的話題，如此一來，說話時就不至於被偷聽。無論如何，這樣的機會不多。「安靜」的地方通常是最糟糕的，因為在聽力可及的範圍之內，隨時可能正好有人經過。只要兩人露出一副準備偷偷摸摸祕密談話的模樣，不出幾分鐘，所有人都會發現，於是機會就飛走了。

所以，當我看到湯米距離我前面兩、三個人遠，我便揮手示意他走過來，因為一般規定是這樣，所有人不能往前插隊，不過若是往回走，那倒沒問題。湯米帶著開心的笑容走了過來，我們什麼話也沒說，並肩站了一會兒，其實不是不好意思，而是要等著旁人對湯米往回走這個舉動的興趣慢慢消失。然後我才說：「你這幾天看起來開心多了，湯米。你的情況看來好轉很多。」

「凱西，我看什麼事都逃不過妳的眼睛吧！」湯米不帶諷刺地說，「是呀，一切都很好，我越來越有進步了。」

「到底發生什麼事？是你找到上帝，還是怎麼了？」

「上帝？」湯米愣了一會兒，然後笑說：「啊，我知道了，妳是指我沒有……常發脾氣的事情吧！」

「不只這樣，湯米，你讓周圍的人都改變了，我一直在觀察這件事情，所以才想問你。」

湯米聳了聳肩，「我想我應該是長大了一點兒吧，說不定別人也是。總不能老是那樣，越來越無聊了。」

我什麼也沒說，只是瞪著他看。終於他又笑了笑說：「凱西，妳真是愛打聽消息，好吧，我承認，的確發生了一點兒事情。如果妳想知道，我就告訴妳。」

「好，說吧！」

「凱西，我告訴妳，妳可別說出去，好嗎？一、兩個月前，我和露西小姐談過這件事。談過以後，就覺得好多了。很難解釋為什麼，總之，她說了一些話，然後我心裡就比較舒服了。」

「那她說了些什麼？」

「嗯……是這樣的，聽起來可能有點兒奇怪啦！我一開始也是覺得有點兒奇怪，露西小姐說，如果我不想表現創造力，要是我真的不想的話，也沒關係。我這樣也沒什麼不對。」

「她是這麼說的？」

湯米點了點頭，我轉身背對著他。

「你說這什麼廢話啊，湯米。如果你要玩這種愚蠢的把戲，我不奉陪。」

我真的非常生氣，我認為自己值得湯米信任，他卻要如此騙我，我看到後面兩、三個人的地方站了一位認識的女生，於是我朝她走了過去，留下湯米一個人站在原地。湯米看來一臉疑惑、垂頭喪氣地，可是，自己好幾個月來替他擔心全都白費了，感覺自己像個笨蛋，我才不在乎他的感受呢！我故意和朋友開心地聊天（那個人應該是瑪蒂達吧，我想）後來排隊的時間，我完全不往湯米的方向看。

但是，當我將餐盤拿到桌上時，湯米跟在我後面快速地說：「凱西，如果妳以為我騙了妳，那真的冤枉啊。我說的話句句屬實，如果妳給我一點兒機會，我就把事情全告訴妳。」

「別再廢話了，湯米。」

「凱西，我會把事情一五一十全告訴妳。吃過午餐以後，我在下面池塘那裡。如果妳來，我就把事情告訴妳。」

我朝他投以責備的眼光，然後不發一語地走開。但是，我想，自己當時已經開始思考，湯米說的或許全是實話也說不定。而我和朋友坐下時，心裡早已盤算著，待會兒該怎麼溜到池塘旁邊，而不致引起別人注意。

3

池塘位於主屋南邊，若想走到池塘，必得先從後門出去，撥開早秋遍地蔓生與阻擋去路的歐洲蕨，走過蜿蜒的小路。要是四周沒有監護人，直接穿越大黃植物區的捷徑，即可到達。總之，到了池邊，就能感受周圍瀰漫著一種幽靜的氣氛，附近有鴨群、香蒲，還有眼子葉。這裡不像午餐隊伍，不是一個說悄悄話的好地方，首先，從主屋就能清楚看到這裡的人影。而且聲音經過池塘的傳導很難預測會有多強的效果，所以要真有人想偷聽，最簡單的方法就是走到外環道，蹲在池塘另一邊的草叢就可以了。不過，既然是我先在午餐隊伍攔住湯米說話，當然得好好設計這時的會面。當時已是十月，不過太陽仍舊高掛天空，我決定假裝漫無目的地到池邊散步，正好在那兒遇到了湯米。

雖然我不知道是否真的有人在注意我，但或許因為我拚命想讓別人保持這樣的印象，當我最後看到湯米坐在池邊不遠處的平坦大石頭上，我並沒有跟著坐下。那天應該是星期五或週末吧，我記得我們都是穿著便服。我不太確定湯米穿了什麼，可能是破爛的足球衫，天氣再怎麼冷，他也都是這樣穿著。我確定自己穿的是前端附有拉鍊設計的褐紫色田徑上衣，那是中學第一年拍賣會買來的。我經過湯米身邊，背對池塘站著，面朝主屋，以便觀察窗邊是否有人聚集。接下來的幾分鐘，我們沒有特別談些什麼話題，彷彿午餐隊伍那件事沒發生過似的。我不確定自己究竟為了湯米，還是為了觀眾，我每個動作都是暫時的，過一段時間，就挪個幾步，好繼續先前的散步。我看到湯米臉上流露驚恐，心中立刻為了自己先前欺負了他而覺得抱歉，雖然我也不是有意。我裝作像是想起了一件事似的說：「對了，你之前說了什麼？是有關露西小姐跟你說的話嗎？」

「喔……」湯米的眼神越過我往池塘看去，和我一樣假裝這個話題他已全忘光了。「喔，妳是說露西小姐那件事啊！」

露西小姐是海爾森所有監護人當中最愛運動的，儘管這點可能無法從外表推測得知。露西小姐長相矮胖，簡直像牛頭犬一樣，她一頭奇特的黑髮一概向上生長，因此無法覆蓋住耳朵或粗短的脖子。但她真的非常強壯、健康，就算後來等我們年紀大了一些，大多數人，即便是男生，在田徑賽跑時還是追不上她。她在曲棍球項目尤其擅長，此外就連和中學部男生在足球場踢球，她一個人也撐得住。記得有回看見詹姆士想要趁著她帶球經過時絆住她，最後他自己卻飛了出去。當我們還在小學部唸書，露西小姐也不像潔若汀小姐，我們心情不好也絕對不會找她幫忙。其實我們年紀更小的時候，她就不太和我們說話。說真的，一直升上了中學，我們才開始欣賞她這種寡言冷酷的作風。

「你提到了……」我對湯米說，「露西小姐告訴你，沒有創造力也無所謂。」

「她真的是這麼說的。她要我別太擔心，也別去管其他人的閒言閒語。那是一、兩個月以前的事了，說不定更久了。」

主屋那邊有幾個小學部的在樓上窗戶逗留，正往我們兩個這邊看著。可是我決定蹲在湯米前面，不再假裝。

「湯米，她這麼說真的太奇怪了。你確定沒有聽錯？」

「當然沒有。」他突然放低聲音說，「她說過不只一次。我們在她房間，她從頭到尾就是說這件事。」

藝術鑑賞之後，露西小姐找湯米到書房，湯米對我解釋說，一開始他以為又是一些告訴自己要試著努力嘗試這類的訓話，這也是各監護人，包括艾蜜莉小姐，對他說過的話。但是，當他和露西小姐一起從主屋走到監護人的住所橘園時，湯米微微覺得這回和以前不太一樣。後來，他坐在露西小姐房裡的休閒椅上，露西小姐一直站在窗邊，要他將所有事情一五一十全說出來。於是，湯米一一描述事發的經過。不過，才說不到一半，露西小姐突然打斷說，她前後認識很多學生，這些學生很長一段時間無法好好創作：包括繪畫、素描、寫詩，多年來沒有一樣行的。後來有一天，他們開始漸入佳境，最後也都能開花結果。她說湯米很可能就是這一類的學生。

這些話湯米以前就聽過了，不過露西小姐的態度讓他專心地聽下去。

「我看得出來，」湯米告訴我說，「露西小姐想說的話不一樣。」

果不其然，露西小姐緊接下來說的話，教湯米完全摸不著頭緒。不過露西小姐一再重複，直到湯米最後終於明白她的意思。如果湯米真的嚐試過了，她說，而他實在真的沒什麼創造力，也沒關係，不必為了這個操心。那些學生或監護人因為湯米這樣而處罰他或對他施予壓力，是不對的。這不是湯米的問題。湯米向露西小姐抗議她說得容易，可是每個人都覺得一切都是他不好，露西小姐聽了之後，嘆了一口氣，望向窗外。

她接著說：「或許我這麼說對你沒有太大幫助，不過你要記得，海爾森至少有一個人不是那樣想的。至少有一個人相信你是一個非常優秀的學生，你就像這個人過去遇過的學生一樣，這個人並不在意你的創造力好壞。」

「她該不是在耍你吧？」我問湯米，「這樣教訓你，實在不怎麼聰明。」

「她當然不是在耍我，而且啊……」湯米第一次開始擔心是否有人偷聽，他抬頭望向主屋。站在窗邊的小學生早就失去興趣離開了；幾個同年級的女生正要走到休憩亭，不過距離我們還有好一段路。湯米轉過身來，聲音輕得像在對我耳語。

「而且啊，她說這些話的時候，人在發抖。」

「發抖？什麼意思？」

「就是發抖啊，一副很生氣的模樣，我看得出來，她很生氣，只是氣在心裡罷了。」

「氣誰呢？」

「我不知道，至少不是氣我，這是最重要的！」湯米笑了笑，又一臉正經地繼續說下去。「我不知道她生誰的氣，反正她很生氣就對了。」

我的小腿瘦了，於是站起來說：「這也太奇怪了，湯米。」

「奇怪的是，她這番話還真的有用耶，對於妳之前所提到的情況改善大有幫助。其實啊，都是因為她說的話的關係。因為，聽完以後，我想想她所說的話，才知道她說的沒錯，這根本不是我的錯。好吧，創作這件事我真的做不來，但是那和我無關。前後差別就在這裡。每次當我遇到困難，剛好都會看到露西小姐在附近，或是正在上她的課，雖然那天的談話內容她再也沒有提起，但是我會看她一眼，她有時也會看看我，對我點點頭。我需要的不過就是這樣。妳之前問我是不是發生了什麼事，就是這樣，不過，凱西，妳聽著，千萬別把這件事情說出去，好嗎？」

我點了點頭，加問一句：「是她要你保證不說出去的？」

「不是，不是，她沒有要我保證，可是妳真的不能說出去一個字喔，妳一定要保證才行。」

「沒問題。」幾個朝休憩亭走去的女生發現我在這裡，對我揮揮手、招呼我過去。我也對她們揮了揮手，對湯米說：「我得走了，我們再找時間談這件事。」

不過湯米沒有理會我的話，「還有一件事，」他繼續說，「她還說了另外一件我不太懂的事，我正要問妳，露西小姐還說了我們學得不夠之類的話。」

「學得不夠？你是說，露西小姐覺得我們應該要比現在更用功一點兒嗎？」

「也不是，我想她不是那個意思。她的意思是和我們本身有關的事情，你知道的，總有一天要發生在我們身上的事情，就是捐贈之類的那些事。」

「可是那些我們都學過了呀，」我說，「我不懂她的意思。她是不是說我們有些事情還不知道呢？」

湯米想了一會兒，搖了搖頭。「我覺得她不是那個意思。她只是覺得我們學得還不夠，因為她說她很想跟我們大家談談這件事。」

「到底是談什麼呢？」

「我也不確定。說不定是我會錯意了，凱西，我真的不知道。說不定她指的是別件事，或許是我沒有創造力那件事吧！我實在聽不太懂。」

湯米看著我，像是期待我能想出個答案。我想了幾秒鐘之後才說：「湯米，你仔細想想，你說她很生氣……」

「嗯，看起來很生氣的模樣，她沒有說話，不過全身都在發抖。」

「好，不管那麼多了，我們就當作她在生氣吧！那麼她是在開始說另外這件事的時候才生氣的嗎？就是說我們對於捐贈和其他什麼的學得還不夠多的時候。」

「大概是吧！」

「湯米，你現在回想看看，露西小姐為什麼要提這件事？她本來說的是你創造力不夠那件事，突然就開始說這另外一件事了。這兩件事有什麼關係呢？為什麼她會提到捐贈的事情？那和你的創造力有什麼關係？」

「我不知道，我想，應該有原因吧，說不定我的創造力讓她想到了捐贈的事了。凱西，妳對這件事很激動喔！」

我笑了笑，他說的沒錯：我皺著眉頭，完全陷入自己的思緒。事實上，我心裡同時想著好幾件事。湯米這段和露西小姐談話的內容，讓我想到別的事情，一連串過去和露西小姐有關，而我卻怎麼也想不通的小事。

「那是因為，」我突然停住，嘆了一口氣。「我不知道該怎麼說才好，就算對著自己也說不出口。不過，你說的全部事情，和其他很多我想不透的事有點兒關係。我一直在想，比如說：夫人為什麼要來學校拿走我們最棒的圖畫。到底是什麼目的？」

「為了擺在藝廊呀！」

「可是，她的藝廊是個什麼樣的地方？她不斷到學校拿走傑出的繪畫作品，現在恐怕也蒐集一大堆了。我問過潔若汀小姐，夫人什麼時候開始到學校來？她說，從海爾森成立，她就到學校來了。到底這間藝廊是個什麼地方？夫人為什麼要在藝廊擺放我們的作品呢？」

「說不定是要拿來賣吧！學校外面的人啊，那些外面的人什麼都能賣的。」

我搖搖頭，「不可能的。這一定和露西小姐對你說的話有關，和我們、和將來我們要開始捐贈有關。雖然我不知道原因，但是我現在有種預感，以後這些事情全會串在一起，只是我不知道是什麼關聯。我得走了，湯米，我們先別告訴別人今天說的這些事情。」

「不會的，妳也不要告訴別人有關露西小姐的事喔！」

「那你會把她說的其他類似的事也告訴我嗎？」

湯米點點頭，再度看了看四周。「對啊，妳最好離開了，凱西，等一下別人就會聽見我們說的話了。」

湯米和我所談論的藝廊是我們所有人的成長記憶。每個人說起這家藝廊的口氣，好像真的存在似的，其實沒有一個人真正知道藝廊是否存在。我能肯定，多數人像我一樣，並不記得自己最初怎麼知道或什麼時候知道藝廊這個地方。當然，絕對不是從監護人那兒聽來的，監護人從來不提藝廊的事情；而且大夥兒有個默契，絕對不能在監護人面前提到這個話題。

在我認為，藝廊這個話題是由海爾森好幾代的學生不斷流傳下來的。記得有一回，我大概才五、六歲左右，當時坐在矮桌邊，隔壁是亞曼達，我們兩個人因為捏陶雙手濕濕黏黏的。我不記得旁邊還有沒有其他小朋友，也不記得負責的監護人是誰。只記得大我一歲的亞曼達，看了我的作品之後大呼：「凱西，妳的作品真的太棒太棒了！我敢打賭，妳的作品一定可以送去藝廊。」

那個時候，我應該已經聽過藝廊這個地方，因為我記得，亞曼達說完這些話之後，我心中充滿興奮與驕傲，然後暗自度量：「這也太誇張了吧，我們還不到藝廊的水準吧！」

等我們年紀大了一點兒，還是經常把藝廊掛在嘴邊。如果有人想要稱讚別人的作品，可能會說：「這已經有藝廊的水準囉！」而等我們知道了什麼是諷刺之後，要是看到別人可笑差勁的作品，就撂下這樣的話：「啊，就是這個了，這個可以直接送到藝廊展示。」

但是，我們真的認為藝廊存在嗎？直到今天，還是不太確定。就像我先前說的，我們從來不在監護人面前提起藝廊這個話題，回想起來，這規矩似乎是學生自己定的，就像監護人為我們定下的其他規定一樣，每個人都得遵守。我記得有一次，差不多十一歲時，在一個陽光和煦的冬天早晨，我們在七號教室裡，剛上完羅傑先生的課，幾位同學繼續留在教室和羅傑先生聊天。我們幾個坐在書桌上，我不記得當時談了什麼，不過羅傑先生像往常一樣，不斷逗我們開心。接著，卡洛咯咯笑說：「妳這個說不定可以被挑中送去藝廊喔！」才剛說完，她立刻用手掩住嘴巴，發出一聲：「糟糕！」雖然當場的氣氛還是一樣輕鬆愉快，但是包括羅傑先生在內，我們都知道卡洛說錯話了。不過這種狀況並不嚴重，它就像有人脫口說了一句難聽的話，或是在監護人面前稱呼他們的綽號差不多。羅傑先生笑了笑，以示寬容，好像說著：「算了，我們就當妳沒說吧！」然後，就和之前一樣繼續聊天。

對我們而言，藝廊的存在還是處於模糊地帶，不過真真實實的是，夫人每年通常出現兩次（有時會出現三、四次）到學校挑選我們的優秀作品。我們之所以稱呼她「夫人」，是因為她好像是法國人，還是比利時人之類的，究竟是哪一國人，仍有爭議，而且監護人也都是這麼稱呼她。夫人是個高瘦的女人，短髮，應該還滿年輕，只不過那時我們不想年紀這種事。夫人總是穿著一身精明幹練的灰色套裝，她既不像監護人，也不像載運生活用品的司機。基本上，她和外界進來的任何人都不太一樣，她不和我們說話，老是擺著一副冷漠的面孔，不時和我們保持一定距離。好幾年來，我們都覺得她是因為「態度傲慢」才會如此，不過後來有天，大約是我們八歲的時候，露絲提出了另一個理論。

「夫人其實怕我們。」露絲宣稱。

我們一群人躺在漆黑的宿舍房間。小學階段，一間宿舍住十五個人，所以不像我們住進中學部宿舍之後那樣，可以有長時間的私密談話。不過那時我們「小團體」的人的床位大部份都在附近，所以已經習慣一起在睡前聊天聊到半夜。

「什麼意思？夫人怕我們？」有人問，「她怎麼可能怕我們？我們能對她怎樣？」

「我不知道，」露絲說，「我不知道，但是我很確定夫人怕我們。我一直以為她只是比較自大傲慢，但是其實是為了別的原因，這點我非常肯定。夫人真的怕我們。」

接下來幾天，我們斷斷續續地討論著這件事情，大部份人不同意露絲的話，不過我們的態度，只是讓露絲決定非得證明自己是正確的不可。於是，我們擬定了一項計畫，就等著下次夫人來海爾森的時候，測試理論真假。

雖然夫人的來訪從未對外公開，不過夫人要來以前，狀況其實非常明顯。夫人來訪以前的預備階段，早在幾個星期前已經開始，監護人開始篩選我們所有的作品：繪畫、素描、陶器、散文和詩歌等。這個過程至少持續兩個星期，最後，小學與中學部每個年級挑出來的四到五個作品，就會擺放在撞球間裡。這段時間，撞球間按例都會關閉，不過，要是站上外面陽台的矮牆，就可以透過窗戶看到撞球間裡堆放的東西越來越多。一旦監護人開始把作品像小型交換活動那樣整齊陳列在桌上和畫架上的時候，就可以知道，夫人這一、兩天內就會來了。

我說的那年秋天，我們不但要知道夫人哪天到達，更要知道夫人出現的準確時間，因為夫人通常不會停留超過一、兩個小時。所以，當我們看到作品開始陳列在撞球間，就決定輪流站哨守望。

這項任務因為學校地形的緣故，執行起來容易多了。海爾森位居平坦低地，周圍土地高起，也就是說，若是從主屋的任何一間教室窗戶看出去，甚至從休憩亭向外看去，幾乎可以清楚看到穿越田野、直達大門的狹長小路。大門本身距離主屋還有一段距離，任何車輛抵達主屋前的庭院之前，一律得取道砂石路，並且經過灌木區和花圃。有時候，幾天過去了，都看不到一輛車從小路下來，若是有，通常也是載運生活用品的貨車或卡車、園丁、工人等。汽車可說非常少見，只要遠處出現一輛汽車，有時便足以在課堂引發一陣喧鬧。

發現夫人座車穿過田野的那天下午，外面風大但有太陽，還有少量的暴風雲逐漸聚集。當時我們正在主屋正面一樓的九號教室，這個消息私下傳了開來，一直試圖教我們學習拼字的可憐的法蘭克先生，卻不知道為什麼大家突然靜不下心來。

我們所想到拿來測試露絲理論的計畫非常簡單：我們一群人在某個地方按兵不動，等待夫人到來，然後突然「蜂擁而上」，圍繞著她。我們仍會表現出自己的教養，繼續向前走，如果時間算得準確，夫人就會毫無防備地被我們嚇了一跳，到時我們就能知道，露絲堅決認為「夫人真的是怕我們」是否為真。

我們主要擔心的是，在夫人停留海爾森的短暫時間裡沒有機會出手。法蘭克先生這節課結束的時候，我們看到夫人在正下方的庭院停車。我們很快在陽台開了一次小組會議，然後跟著全班同學下樓，在大門內側徘徊。明亮的庭院裡，夫人仍坐在汽車後座翻看公事包。終於，她穿著往常的灰色套裝，兩手緊抱公事包下車，朝向我們走來。露絲丟出一個信號，於是我們幾個人從容地往外走去，朝著夫人的方向移動，看起來好像在夢遊般。我們一直走到夫人硬生生地停下來，才小聲地說：「不好意思，夫人。」然後散去。

我永遠不會忘記接下來所發生的奇妙變化。在那之前，所有關於夫人的一切，就算不是笑話，至少也是一個我們希望私下討論解決的話題。至於夫人本身，或者其他人怎麼想，我們沒想太多。我的意思是說，在那之前，這件事還是非常輕鬆有趣的話題，加上那麼一點兒冒險的成分在內。而夫人當時的反應倒也不出我們的預料之外：夫人不過是停下腳步，等我們一行人走過；她沒有尖叫，大氣也沒喘一聲。不過，我們每個人仔細留意夫人的反應，或許那就是這個事件對我們產生如此影響的原因吧！當夫人停下來的時候，我很快地端詳了她的表情，我敢說其他人也是。直到現在，我還能想見她的表情，她看起來像是強忍心中的恐懼，像是擔心我們當中有人不小心會碰觸到她。雖然我們每個人繼續往前走，但是大夥全都感覺到了；那種感覺就像從陽光下直接走到了冷颼颼的蔭涼處。露絲說的沒錯：夫人的確怕我們。只是，她害怕我們的模樣就像一個人害怕蜘蛛一樣。我們都還沒有心理準備接受這種反應，也從來沒想過當我們被當成蜘蛛一樣地看待，自己可能有什麼感受。

當我們越過庭院到達草地的時候，我們的反應有別於興奮地站在附近等著夫人下車的學生。漢娜像是隨時就要嚎啕大哭，就連露絲也都全身顫抖了起來；接著我們當中有人開口說話了，我想是應該是蘿拉。

「如果夫人不喜歡我們，要我們的作品做什麼？她別管我們不就好了？到底是誰要她到這裡來的？」

沒人答腔。我們一行人繼續往休憩亭走去，對於方才所發生的事情，再也沒有提起。

現在回想起來，我才了解當時的我們正好處於一個對自己稍微瞭解的年紀，知道自己是誰，又和監護人以及外界的人有何不同，不過究竟這些代表什麼意義，卻還是懵懵懂懂的。我相信，每個人在某個童年階段，也曾有過類似我們那天的經歷；儘管實際細節不盡相同，但是內心的感受是一致的。因為這和監護人為我們做了多少準備無關：所有的談話、錄影帶、討論、警告，沒有一樣能讓我們真正明白其中的意義。八歲的小孩生活在一個像海爾森這樣封閉的地方，受到這幾位監護人的管理，而且監護人和送貨的人只會輕鬆地稱呼我們「小甜心」，在這種情形下，我們又能知道多少。

不過，這些準備多少還是有用，這是一定的，因為當有一天這樣的時刻來臨時，我們會發現心裡某個部份已經等待這天來臨很久了。或許早在五、六歲的時候，身後曾經傳來一陣耳語：「總有一天，也許是不久的將來，你就會知道那是什麼感覺。」所以，我們一直在等著，就算自己還不是很清楚，但是一直在等著發現自己其實和別人不太一樣；發現外界的人就像夫人一樣，他們並不憎恨我們，也不想傷害我們，但是只要想到我們，想到我們如何出生，以及為何出生，就會全身發抖，光是想到可能碰觸我們的手，便令他們害怕不已。當我們第一次從那種人眼中看到自己，那真是殘酷的一刻，就像經過這輩子每天走過的鏡子前面，突然鏡子照映了一個不一樣的面貌，一個煩惱又陌生的面貌。

4

年底，我就再也不是看護了。雖然從中學到很多，但是我得承認能有機會休息、停下腳步思考與回憶，是非常高興的事。我知道，自己之所以想整理過去所有的回憶，至少和我現在正準備面對生活步調的改變，應該有點兒關係。我心裡真正想要做的是，釐清長大之後和離開海爾森以後，我和湯米、露絲之間所發生的一切事情。不過我知道，之後發生的事情多半與海爾森的經驗有關，所以我想先仔細檢視早期的回憶。就拿大家對夫人的好奇來說吧！在某一方面，這件事只是我們小孩之間的玩笑，但是就另一方面來說，我們很快便發現，這只是一個過程的開始，接下來的幾年，這種事會越來越常發生，直到某一天支配了我們全部的生活。

那天以後，夫人這個話題雖然不是禁忌，但是我們一群人也是絕少提起。這種情形很快就從我們這個小團體，散播到同一年級的所有學生，大家對夫人依然存有好奇心，只是我們感覺得出來，如果進一步探究夫人如何處理我們的作品，以及究竟有沒有藝廊這個地方，將會陷自己於目前尚且無法面對的境地。

藝廊這個話題偶爾還是會出現，所以幾年後，當湯米在池邊告訴我，他與露西小姐之間那次不尋常的談話時，我發現好像有什麼勾起了自己過去的記憶。後來，當我留下湯米一個人坐在石頭上，趕忙走向運動場追上朋友的時候，這段過去的記憶才終於出現。

這是有關露西小姐在課堂對我們說過的話。我之所以記得她這番話，是因為當時那些話把我搞糊塗了，同時也是因為那是少數幾次藝廊這個話題能夠當著監護人刻意提起的時刻。

當時，我們正在討論後來被稱為「代幣爭議」這個話題。幾年前，湯米和我就討論過了，不過我們一開始對於那場討論發生的時間沒有共識。我記得大約是在十歲的時候，湯米覺得更晚，不過最後他也同意是十歲時發生的事情。我確定自己記的沒錯：那時我們是小學四年級，就在夫人那個事件之後沒多久，不過距離我們在池邊談話，也是三年前的事了。

我認為，這個代幣爭議之所以出現，全是因為我們隨著年齡的增長，變得越來越貪心。我已經說過好多次了，一個學生若有作品能夠入選擺放在撞球間，不論能否被夫人帶走，都已經是莫大的勝利了。不過，等我們到了十歲，對於這件事的心情開始變得有些矛盾。以代幣當作貨幣制度的交換活動，讓我們培養出了一種銳利的眼光，懂得將自己製造的物品提高定價出售。我們成天想的，不外就是能多買幾件運動衫、做床邊佈置，以及裝飾個人風格的書桌等，當然還有蒐集我們的「收藏品」囉！

我不知道是不是每個人唸書的地方都能擁有自己的「收藏品」。一般只要是遇到就讀過海爾森的學生，遲早都會發現他們對以前收藏品的懷念。當時，我們覺得擁有個人的收藏品是理所當然的事。每個人都有一只刻有名字的木箱，這只木箱擺在床底，裡面裝滿了自己從拍賣會或交換活動得來的一些物品。我知道校內有一、兩個同學並不在意自己的收藏品，不過多數人可都是小心翼翼地把木箱內的物品取出展示，並細心地將新的東西收藏起來。

不過，整件事情的重點是，當我們到了十歲的時候，原先覺得能讓夫人帶走自己的作品是個莫大的榮耀的觀念，和失去了暢銷商品的念頭出現抵觸。這是代幣爭議的關鍵所在。

首先發起這個爭議的是幾個學生，主要都是男同學，他們抱怨說，所有夫人拿走的東西，應該都要得到代幣補償才對。很多學生贊同這樣的提議，不過其他人卻覺得這個想法豈有此理。這個爭議在學生之間持續了好一陣子，直到後來有一天，大我們一個年級、被夫人拿走了很多作品的羅伊，決定去找艾蜜莉小姐談談這件事情。

艾蜜莉小姐是我們的總監護人，年紀最長。她身材不特別高，不過她的動作，例如她老是把頭抬得高高的，總讓人誤以為她非常高大。她將一頭白髮紮在腦後，但是總是有幾撮頭髮鬆脫，到處飄動。這些頭髮真教我抓狂，不過艾蜜莉小姐老像沒看到似的，彷彿對這些頭髮不屑一顧。每到傍晚，她的模樣看起來非常奇怪，滿臉全是散落的頭髮，就連她平靜謹慎地和學生說話時，也懶得將臉上的頭髮撥開。學生都非常怕她，對她的觀感也與其他監護人不同。不過，一般認為她為人公正，也十分尊重她的決定；就連我們在小學的時候，雖然覺得她的存在令人生畏，但也一致認為海爾森因為有她存在，我們才有安全感。

未經請求而去找艾蜜莉小姐，是需要點兒膽量的；若是帶著類似羅伊的要求去見她，可說是一種自殺行為。但是羅伊並不像我們所預期的被大大地訓斥了一番，接下來那幾天，據說監護人之間開始談論、甚至辯論有關代幣的問題。後來，學校宣佈入選的學生可以獲得代幣，但是補償不多，因為作品能被夫人選上，那是「至高無上的榮耀」。這個作法無法平息雙方支持者，因此這件事後來還是爭辯不休。

那天早上，波莉在這樣的情況之下問了露西小姐問題。當時我們在圖書館，圍坐在大橡木桌旁。我還記得壁爐裡有木頭燒著，大家正在讀劇本。突然，劇本中的某句台詞引發蘿拉針對代幣這件事情講了些俏皮話，所有人都笑了，露西小姐也是。接著，露西小姐說：既然海爾森裡每個人都在談論這件事，我們就別管劇本了，這堂課剩下的時間，就來彼此交換對代幣制度的看法。波莉就是在這個時候，教人意想不到地提出了她的問題：「露西小姐，夫人到底為什麼要拿走我們的東西呢？」

所有的人都沒有說話。露西小姐不常發脾氣，她若要發脾氣，學生一定會知道。那時我們一度以為波莉就要挨罵了。但是露西小姐並沒生氣，而是一個人陷入了沉思。我記得當時心裡很氣波莉，氣她笨到破壞了大家不成文的規定，同時卻也迫不急待地想聽聽露西小姐如何回答。顯然，我不是在場唯一一個有這種情緒糾結的人：幾乎每個人都在心裡責怪波莉，然後才轉為渴望聽到露西小姐的答覆，我覺得這對可憐的波莉並不公平。

露西小姐經過了好一會兒之後才說：「我今天可以給妳的回答是，夫人這麼做有一個非常好的理由，而且是非常重要的理由。不過，要是我現在解釋給妳聽，妳也不見得能了解，希望將來有一天，妳能得到清楚明白的答案。」

我們沒有強迫露西小姐解釋，現場氣氛變得非常尷尬，雖然我們很想再多知道一些，但是最希望的，還是趕緊跳脫這個危險地帶。接下來的時間，或許有些刻意吧，我們再度爭辯著代幣的話題，大家才鬆了口氣。不過，露西小姐的話，我怎麼也聽不懂，後來幾天我不時想起她的話。這也就是為什麼那天下午在池塘邊，湯米告訴我他和露西小姐的談話，提到她說我們有些事情「學得還不夠」的時候，在我心中勾起了那次在圖書館——可能還有一、兩件類似的小事件——的回憶。

趁著我們現在談到代幣這個話題，我想說些先前幾次提到的拍賣會的事情。拍賣會對學生來說相當重要，因為這是我們能夠得到外界物品的唯一途徑，例如，湯米的休閒衫就是拍賣會上買來的。每個人都是從拍賣會得到衣服、玩具等一些其他同學不曾製造的特別物品。

每個月都有一台白色大貨車從那條狹長的道路下來，這時可以感覺屋內屋外學生一陣興奮。待貨車在庭院停妥，一群人就在外面等著，其實等候的人主要是小學部的學生，因為一旦過了十二或十三歲，這種事情就沒那麼教人興奮了。但是，事實上，所有人都充滿了期待。

此刻回想起來，當時的激動實在有點兒好笑，因為拍賣會經常令人大失所望。拍賣會的東西沒什麼特別，我們不過是拿代幣將穿破的衣物或破掉的物品更新罷了。不過，重要的是，每個人都曾在拍賣會上找到一些不錯的東西，一些變得非常特別的東西：像是夾克、手錶，以及從未拿來使用、只是得意地擺在床邊的工藝剪刀等。所有人都曾經找到那樣特殊的東西，所以，雖然我們假裝自己毫不在意，卻仍無法甩開過去那種期待與興奮的情緒。

其實，學生之所以卸貨時在貨車附近逗留是有原因的。如果是小學部的學生，他們會跟著穿著工作服、搬運一個個大紙箱的工人，前前後後從儲藏室到貨車來回走著，詢問工人紙箱裡裝了什麼。通常聽到的回答是：「裡面可是裝了很多東西喔，小甜心。」如果繼續問下去，「那這次是大豐收嗎？」工人們遲早會笑著說：「喔，我想沒錯的，小甜心，超級大豐收。」接著就會引發一陣激動的歡呼聲。

紙箱的上蓋通常是敞開的，所以學生可以瞄到裡面各式各樣的東西，有時候，雖然搬運工人不該這麼做，他們還是讓學生翻開幾樣東西，以便看得更加清楚。所以，當差不多一個禮拜後的拍賣會來臨的那一刻，校園裡早已謠言四起，可能是關於某件田徑服或是某卷音樂卡帶，要說這有什麼問題，幾乎都是幾個學生對同一樣物品心有所屬惹的麻煩。

拍賣會的氣氛和安靜的交換活動形成一個強烈的對比。拍賣會的舉辦地點在餐廳，會場人山人海，十分嘈雜。實際上，活動中的推擠與叫囂也是我們的樂趣之一。活動進行當中，學生多半心情都不錯，除了少數情勢失控時，發生拉扯、偶有打架的狀況。那種時候，糾察員就會揚言結束整場活動，所有人就得在隔天早上集會聽艾蜜莉小姐訓話。

海爾森每天一開始都有集會，會中可能是宣佈幾件事項，或是學生上台朗讀詩歌，通常時間都很短。艾蜜莉小姐通常不多說話，只是直挺挺地坐在台上，不管台上說了什麼，她總是習慣地點點頭，偶爾朝著台下的竊竊私語冷冷看了一眼。可是，如果是拍賣會場發生粗暴事件的隔天早上集會，事情可就不一樣了。艾蜜莉小姐會命令所有人坐在地上（我們通常站著集會），而且當天不會有任何宣達事項或表演，只有艾蜜莉小姐一個人對著大家說話，長達二、三十分鐘之久，有時甚至更長。她說話時雖然不會提高分貝，但是在這種場合，她的嚴厲都會讓人不敢發出任何一點兒聲響，就算是中學部五年級生也沒這個膽量。

在這種場合當中，我們真會覺得，全體同學這樣讓艾蜜莉小姐失望實在不好，不過，不管我們如何努力，還是無法完全理解艾蜜莉小姐的訓示。部份是因為艾蜜莉小姐所使用的詞彙的緣故，像是「不配擁有特權」和「濫用機會」等，這是後來露絲和我在多佛康復中心回憶這段往事，所想起的兩個常用措辭。艾蜜莉小姐訓話重點非常清楚：身為海爾森的學生，我們是非常特別的一群人，所以當我們行為表現惡劣，便教人更是失望。但是，除了這點以外，其他的話實在令人摸不著頭緒。有時，她說得非常激動，卻突然停下來說：「怎麼了？這是怎麼了？到底是什麼在阻撓著我們？」然後，她會站在原地，雙眼緊閉，蹙著眉頭，像要解出答案。台下的學生一臉困惑，氣氛尷尬，也只能坐在地上，期盼她趕緊在腦子裡完成必要的探索與發現。緊接著，她或許會輕輕地嘆一口氣，繼續訓話，或者，她只是簡單地打破沉默說：「但是，我不會屈服，海爾森也不會屈服！」

露絲和我回想起這些冗長演說時，露絲覺得非常奇怪，艾蜜莉小姐在課堂上腦筋清楚得像什麼似的，可是那些訓話卻如此難以理解。我向露絲提到，有時候會看到艾蜜莉小姐半睡半醒地在海爾森校園遊蕩，還一邊自言自語，露絲聽了非常生氣地說：「她才不會那樣！如果主要負責人這麼瘋狂，海爾森怎麼可能一直維持以前的模樣？艾蜜莉小姐的心智可是敏銳到得能夠拿來片木頭的。」

我沒有爭辯。當然，艾蜜莉小姐可以說是不尋常的敏銳。比如說，若是不該在主屋或庭院出現的學生出現在那裡，一聽到監護人走過來，大可躲起來就行了。海爾森裡裡外外到處都有紙箱、角落、灌木叢、籬笆等藏匿的好地方。不過，若是看見艾蜜莉小姐走了過來，心會立刻一沉，因為艾蜜莉小姐總是能發現學生的藏身之處。好像她有什麼特異功能似的。就算學生躲進櫥櫃，緊閉櫥門，全身動也不動，最後還是會聽到艾蜜莉小姐的腳步聲在櫥櫃外面停下，對著裡面說：「好了，裡面的人給我出來。」

這就是施薇亞在二樓樓梯平台的遭遇；那一次，艾蜜莉小姐發了好大一頓脾氣。艾蜜莉小姐從來不像露西小姐那樣大吼大叫，不過若是生起氣來，卻比露西小姐更恐怖。她的眼睛瞇成一條線，氣憤地對著自己自言自語，像是和一個隱形的同事商討哪種懲罰才能好好修理這個學生一頓。看到艾蜜莉小姐那副模樣，學生心裡一邊想趕快知道結果，一邊卻又完全不想知道。不過，艾蜜莉小姐通常不會給學生太過嚴厲的處罰。她幾乎從來不曾懲罰學生課後留校，或者要求學生做雜務、取消學生特權等。但是，光是知道自己落入她的處罰盤算之中，還是教人膽戰心驚，恨不得馬上能做點兒什麼事來彌補。

但是重點是，艾蜜莉小姐到底會做什麼處置教人無法預料。施薇亞那次想必吃盡了苦頭，不過後來有一次蘿拉奔跑穿越大黃植物區被逮住的時候，艾蜜莉小姐只是嚴厲地說：「不可以在這裡遊蕩，女孩兒，快走。」說完，艾蜜莉小姐也就走了。

後來有一次，我也以為自己要倒大楣了。我喜歡一條繞著主屋後側的小路，這條路通往每個角落和通道，一路上要擠身穿越灌木叢，低頭走過長滿長春藤的拱門，還要經過一道生鏽的鐵門。一邊走著，一邊可以從一扇接著一扇的窗戶往裡看。我想自己之所以這麼喜歡這條小路，部份原因是因為我不知道這條路是不是禁區。當然，平常上課期間，這裡是不能走的；但是到了週末或晚上，規定就不很明確了。多數學生一向避免走這條路，或許，就是這種遠離人群的感覺，造就了另一部份的吸引力吧！

總之，就在一個陽光和煦的傍晚，我正在這條小路上散步。我想當時自己應該是中學部三年級了，一如往常，我一邊走著，一邊往內看看空盪的教室，突然間，卻看到艾蜜莉小姐在一間教室裡。她一個人，緩緩地踱著步，小聲地說著些什麼，手勢指向教室中的隱形觀眾。我想她應該是在做課堂演練或是集會演說的排練吧！當我正打算在她看到我之前快步走過時，她突然轉過身來，兩眼瞪著我。我全身都僵住了，心想這下糟了，但是艾蜜莉小姐卻像之前一樣，繼續她的排練，只不過她現在是對著我，裝作對我說話的模樣；然後，如我所願，她自然地轉過身去，眼睛望向教室另一邊想像中的學生。我趕緊躡手躡腳地沿著小路離開，第二天我成天提心吊膽，不知道艾蜜莉小姐看到我會說些什麼。但是，她卻什麼也沒說。

不過，那不是我現在真正想說的事，我現在想談一談露絲，談談我們如何認識和變成好朋友的經過，以及早年共同渡過的歲月。因為這陣子以來，當我在漫長的下午開車經過田野，或是當我在高速公路服務站的大玻璃窗前喝著咖啡的時候，越來越常發現自己又想起了她。

露絲不是那種一開始就會變成朋友的人。我還記得五、六歲時和漢娜、蘿拉在一起的情景，但是沒有露絲的記憶。早期那段日子，我對露絲只有一個模糊的記憶。

當時，我正在沙坑玩。沙地上還有很多人，沙坑變得非常擁擠，所以大家對彼此都不太高興。我們人在室外，陽光非常暖和，所以應該是在幼兒遊戲區的沙坑，也可能是北運動場長型障礙物盡頭的沙地。總之，天氣很熱，口很渴，我不喜歡這麼多人擠在沙坑。接下來的印象中，露絲也站在那裡，她沒有和其他人站在沙地上，而是站在距離我們幾英尺遠的地方。她應該是為了某件事情，正對我身後兩個女生生氣，她站在那裡，眼睛瞪著她們看。我猜，當時我對露絲認識得很少，不過，她已經在我心中留下了某些印象，記得當我在沙地上一邊忙著手邊的事，一邊卻擔心她回過頭來盯著我看。雖然我當時一個字也沒說，心裡卻恨不得她能明白，我和後面的女生不是同夥的，而且不管她們是什麼事情令她生氣，我也完全沒有參與。

早期我對露絲的印象僅止於此。我和她同年，照理應該經常碰面，但是除了沙坑事件以外，我不記得任何和她有關的事，直到一、兩年後，升上了小學部，差不多我們七歲快八歲的時候。

南運動場是小學部學生最常使用的地方，一次午餐時間，就在南運動場的某個白楊樹角落，露絲朝我走過來，從頭到腳看了看我，便問：「妳想不想騎我的馬？」

當時我正與兩、三個人一起玩，但是露絲顯然是對著我一個人說的，這點讓我非常開心，不過我假裝打量著她，然後回答：「嗯，妳的馬叫什麼名字？」

露絲又走近了一步，「我最好最好的馬，叫做雷電。這匹馬我可不能讓妳騎，太危險了，不過只要妳不用馬鞭，就可以讓妳騎黑莓。或者，如果妳喜歡，要騎其他任何一匹都行。」她一連串說了幾個名字，我現在已不記得了。然後她問：「妳自己有馬嗎？」

回答之前，我看著她，仔細想了想說：「沒有，我沒有馬。」

「一匹都沒有？」

「沒有。」

「好吧，妳可以騎黑莓，如果喜歡，妳還可以養牠，不過千萬不能用馬鞭抽牠。妳現在就過來騎吧！」

反正我的朋友已經轉身繼續之前的活動，於是我聳聳肩，便和露絲離開了。運動場上到處都是遊戲的小朋友，有些個頭比我們大，露絲卻刻意帶我從小朋友中間穿過去，一路上保持在我前面一、兩步的距離。當我們到了花園的鐵絲網分界，露絲轉身說：「好吧，我們就在這裡騎馬吧，妳騎黑莓。」

我接過露絲交給我的隱形韁繩，然後我們就出發了，沿著籬笆來來回回地騎，有時慢跑，有時快奔。我先前告訴露絲我沒有馬的這個決定是正確的，因為我騎了黑莓一會兒，露絲就讓我一匹又一匹地試騎其他不同的馬，而且不停地大聲教我如何應付每個動物的怪癖。

「我跟妳說過了啊！騎在水仙背上，身體要緊靠著牠！再靠緊一點兒！牠不喜歡這樣啦，妳要完全靠緊才行！」

我大概是表現得還不錯吧，因為露絲最後還讓我試騎她最愛的一匹馬：雷電。我不知道那天我們和那幾匹馬玩了多久時間，我想我們兩個人已經玩得入迷了。可是，突然間，不知道出了什麼事，露絲突然結束了這個遊戲，她說因為我故意累垮她的馬，所以得把每匹馬牽回馬廄。她指了指籬笆的某個區域，我便開始領著馬匹過去，而露絲對我似乎越來越生氣，她說我沒有一樣做得正確。她接著問：「妳喜歡潔若汀小姐嗎？」

這應該是我第一次認真地想著喜不喜歡一個監護人。最後我說：「我當然喜歡她啊！」

「可是妳是真的真的喜歡她嗎？她對妳來說是最特別的？是妳最喜歡的嗎？」

「嗯，沒錯，她是我最喜歡的監護人。」

露絲看了我好一段時間。最後終於開口：「好吧，這樣的話，我就讓妳成為她祕密保衛隊的一員。」

我們開始走回主屋，路上我等著她解釋那些話的意思，但是她什麼也沒說。不過，幾天之後，我便自己找到了答案。

5

我並不確定「祕密保衛隊」這個組織持續了多久。我在多佛照顧露絲那段期間，說起這件事時，露絲堅持那不過是兩、三個禮拜的事，這種說法完全錯誤。露絲大概不好意思承認，所以前後發生的時間在她記憶裡縮水了。我猜大約持續了九個月的時間，甚至一年那麼長，大約是我們七歲到八歲之間。

我不知道這個祕密保衛隊是不是露絲自己一手創立，不過，她肯定是保衛隊帶頭的人。保衛隊共有六至十人，人數會隨著露絲允許新成員加入或者開除舊成員而變動。保衛隊員一致認為潔若汀小姐是海爾森全校最好的監護人，因此製作了各式禮物送給她，我現在能想到的是一張黏了壓花的紙卡。不過，保衛隊存在的主要原因，當然就是為了保護潔若汀小姐。

我加入保衛隊時，露絲和其他夥伴老早已經知道有個綁架潔若汀小姐的陰謀。不過，一直未能確定背後的主事者。有時懷疑是中學部的幾個男生，有時則以為是和我們同年的男生。還有一個我們不怎麼喜歡的監護人，叫做艾玲小姐，有一陣子我們都認為她是背後主腦。我們不知道綁架事件可能發生的時間，不過，可以確定的是，綁架地點就在樹林。

這片樹林位於海爾森主屋後方隆起的山丘頂端。從山下真的能夠看到的也只是樹林幽暗的邊緣地帶，不過我肯定不是同齡的小孩當中唯一一個日日夜夜注意樹林的人。天氣不好的時候，這片樹林就像投下了一片陰影，籠罩全海爾森校園；只要回過頭或靠近窗戶，就會看到遠方陰森森的樹林。最安全的地方是主屋前側，從那裡任一扇窗戶看出去，都不會看見樹林。不過，就算眼睛看不見，心裡也無法解脫。

關於這座樹林，流傳著各式各樣恐怖的故事。在我們還未到海爾森就讀時，曾經有個男孩和朋友發生嚴重的口角，於是跑出了校園，兩天後，找到了他的屍體，屍體被綁在樹上，雙手雙腳已經遭到切除。另外則是關於一個女孩的鬼魂在樹林間遊蕩的傳說。這個女孩過去也是海爾森的學生，直到有一天，她爬越柵欄，不過想看看外界什麼模樣。那個時代距離我們十分遙遠，當時的監護人遠比現在嚴格，甚至可以說是殘酷，所以當女孩想要回到校園，卻不被允許。女孩在柵欄外徘徊不去，懇求校方讓她回校，但是沒有人同意。最後，女孩離開了，走到了樹林某處，不知道發生了什麼事，就死了。但是，她的鬼魂卻一直在樹林四處遊蕩，遙望著校園，期盼能夠回校。

監護人向來堅持這些故事全是胡說八道，但是年長的學生告訴我們，這些故事是他們小時候監護人親口告訴他們的，還說我們很快就會像他們一樣，從監護人口中聽到這些恐怖的真相。

每當宿舍漆黑一片，所有人準備入睡之前，這座樹林就會在我們的想像世界裡變得非常活躍，好像聽見了風兒吹得樹葉沙沙作響的聲音，不說也就罷了，說出來只會更糟。我記得有天晚上，我們對瑪芝非常生氣，因為她白天做了讓我們非常丟臉的事，我們決定好好懲罰她，將她拉出床舖，把臉貼在窗戶上，命令她抬頭看著樹林。起初，她緊閉著眼睛，我們於是強扭她的手臂，硬是掀開她的眼皮，逼她看著遠處月光橫照的夜空下樹林的輪廓，她這一看，保證嚇得她整夜哭個不停。

我並不是說我們那個年紀成天都為了樹林擔心受怕。我自己就可以好幾個星期想都不想這件事，有時候不知道哪來的膽子，甚至想說：「我們幹嘛相信那種鬼話？」不過，只要有任何一點兒風吹草動，可能是有人又提起那些故事，或是書本裡出現恐怖的章節，甚至是一段偶爾的談話，讓人聯想到樹林，便又重新回到那個陰影下。當初，我們假設樹林是潔若汀小姐綁架事件的核心，這樣的假設可說一點兒也不意外。

仔細一想，我不記得我們當時採取了任何實際措施，以保護潔若汀小姐；我們的一切行動，不外就是蒐集更多有關陰謀的證據。基於某種理由，我們相信這樣便足以防止任何立即的危險發生。

我們所蒐集到的多數「證據」，都是來自目擊那些心懷不軌的人所採取的實際行動。好比說，有天早上，我們從二樓教室看到艾玲小姐和羅傑先生在下面庭院對潔若汀小姐說話。過了一會兒，潔若汀小姐向他們道別後走向橘園，我們在樓上繼續觀察這兩個人，卻發現他們一邊把頭湊在一起說悄悄話，一邊盯著潔若汀小姐遠去的身影。

「羅傑先生啊，」當下露絲搖著頭、嘆了口氣說。「誰猜得到原來他也參了一腳？」

我們用這個方式列出了一張參與陰謀人員的清單，不管是監護人，還是學生，全是我們立誓要對付的敵人。不過我想從頭到尾，大概每個人隱約都覺得這些空想背後的基礎薄弱，因為我們總是避免對質。我們只需經過一番熱烈的討論，就足以決定某個學生是否參與了背後的策劃，但是我們總是找得到理由，暫不當面質問這名學生，因為一切都得等到「我們掌握所有證據」再說。同樣地，我們一致認為，不能讓潔若汀小姐知道我們的發現，以免她陷入驚慌，這樣對誰都不好。

隨著年齡增長，我們自然對這個活動失去興趣，若說光靠露絲一個人就可以讓祕密保衛隊持續下去，這種說法未免過於簡單。當然，可以肯定的是，保衛隊對於露絲而言相當重要。她比我們其他人更早知道這個陰謀，這點帶給了她極大的權力；她暗示所謂真正的證據，早在我們這些人加入以前就已經存在，而且，「她手中握有某些證據，未來才會向我們透露」，憑著這句話，她就可以為任何一個代表團體所做的決定找到合理的理由。例如，當她決定要開除某個人，卻發覺有人意見不同，便會拐彎抹角地提到她「以前」所知道的事情。毫無疑問，露絲一心渴望整個組織能繼續下去。而且，事實上，我們幾個在她身邊的人，個個也努力保住這份幻想，使其延續下去。後來發生了不愉快的西洋棋事件，正好說明了我的論點。

我一直以為露絲是西洋棋的個中高手，可以教我下棋。這個念頭一點兒也不奇怪：因為每回我們經過學長、學姊在窗邊的座位或草坡埋首下棋時，露絲多半會停下來研究別人比賽。離開之後，露絲就會跟我說，她發現了雙方棋手都沒看到的走法。「他們真是遲鈍得可以。」露絲搖頭咕噥著。她的話讓我對西洋棋著了迷，不久，我便希望把注意力全放在這些格外漂亮的小棋子上。於是，當我在拍賣會發現一組西洋棋，雖然這組棋得花費不少代幣，我還是決定買了下來。接下來的就要靠露絲幫忙了。

後來幾天，每次我提到西洋棋這個話題，露絲總是連聲嘆氣，或是假裝另有急事要辦。最後在一個陰雨綿綿的下午，我總算逮住她和我下棋，我們在撞球室裡設盤，擺設完畢，露絲開始教我一種改編自跳棋的變化玩法。根據她的說法，西洋棋最大的特色在於每顆棋以L型方式移動，我想她是看了騎士的走法才得到這樣的推論，而不是像跳棋蛙跳式的玩法。我不相信她，而且非常失望，不過，我忍住不說，繼續和她玩了一會兒。好幾分鐘的時間，我們不斷吃下對方的棋子，而且總是把進攻的棋子擺成L型的位置，直到我快攻下她了，她卻說這盤不算，因為我把棋子擺在和她的棋子成一直線的位置。

聽她這麼一說，我站起身來，收好西洋棋，立刻轉身走人。她根本不懂西洋棋玩法，這句話我並未說出口，因為儘管心裡大失所望，我也不至於說得太過火；但是我氣沖沖地離去，心想，這個行動已經代表了一切。

大約一天後，我走到主屋頂樓的二十號教室上喬治先生的詩歌課。我不記得是上課前，還是下了課後的事，也不確定教室裡有多少人。只記得當時我手裡拿著書，朝著露絲和其他人聊天之處走了過去，一大片陽光落在她們一群人所坐的桌蓋。

從她們把頭湊在一起的模樣，我知道她們正在討論祕密保衛隊的事情，雖然就像我說的，我和露絲之間的不愉快不過是一天前的事情，但是基於某種原因，我想也不想，便往她們走了過去。直到我走到她們面前——或許那時她們彼此交換了一下眼神——我才驚覺到接下來將要發生的事情；這種感覺就像踩到水坑之前的一剎那，才發現前方有個水坑，但是卻已無能為力。在她們還未有任何表示前，我內心已感覺到一陣痛楚，她們全靜下來盯著我看，露絲開口說：「啊，是凱西啊，妳好嗎？如果妳不介意，我們現在有事要談。再一下就好了，抱歉囉！」

露絲還沒說完，我便轉身離開，我氣的是自己沒注意就走進了水坑，而不是氣露絲和其他人。不用多說，我當時心情一定非常惡劣，雖然不知道是不是真的哭了。接下來幾天，每次當我看到祕密保衛隊躲在角落密談，或從運動場上走過去，胸口便會湧起一陣激動。

接著，大約是在二十號教室被冷落過後兩天，我從主屋樓梯下來，發現莫拉就在我身後。我們兩個人開始聊天，也沒特別聊些什麼，然後一起走到戶外散步。那時候應該是午餐休息時間，因為當我們走到了庭院，大約有二十名學生三兩成群地散步聊天。我馬上就看到露絲和三個保衛隊成員站在庭院最遠的那一頭，她們背對著我們，專心看著南運動場。我想知道她們到底這麼專心地在看些什麼，我注意到莫拉也正在看著她們。我這才想到，一個月前莫拉也是保衛隊成員，後來被除名了。接下來的幾秒鐘，我感到非常丟臉，我們這兩個人現在竟然肩並肩站在一起，因為近來遭受同樣的侮辱，使得兩人關係緊緊相繫，一同目不轉睛地望著當初拒絕我們的人。

莫拉大概也有同感；總之，她先打破沉默說：「這個祕密保衛隊的玩意真是愚蠢。她們怎麼還會相信那種事情？好像還是三歲小孩似的。」

即使今天我還是不明白，當我聽到莫拉所說的話時，為何會有如此強烈的情緒襲上心頭。我轉頭看著莫拉，氣沖沖地說：「妳懂什麼？妳根本什麼都不懂，因為妳已經脫離很久了！要是妳知道所有我們發現的事情，就不敢說這麼白癡的話了！」

「別胡說八道了啦！」莫拉向來不是一個容易打退堂鼓的人，「這只不過又是露絲捏造出來的故事罷了，根本沒這回事。」

「我可是親耳聽到他們在談這件事，妳要如何解釋呢？我聽過他們說要如何把潔若汀小姐押在牛奶貨車，載到樹林去的事情，妳又要怎麼說？如果沒這回事，我怎會親耳聽到他們在打這些主意？這和露絲或其他人沒有關係。」

莫拉看著我，表情有些動搖。「妳是親耳聽到的？怎麼聽到的？在哪裡？」

「我清清楚楚聽到他們說的每一個字，他們並不知道我也在場。地點就在下面的池邊，他們不知道我聽得見他們說話。妳看看自己，又知道了多少！」

我推開莫拉，一路走向人群擁擠的庭院，回頭看了一眼露絲和其他人的身影，他們還是遠遠看著南運動場，完全不知道我和莫拉剛才發生的事情。我發覺自己對她們的氣已經消了，這下卻被莫拉惹火了。

即使現在，當我在漫長的灰色公路上開著車，腦子裡沒什麼特別的事情可想時，有時便會反覆回憶這些往事。我那天何必對莫拉這麼不友善？如果我態度好一點兒，她自然就會成為我的盟友！我想，大概是因為莫拉的話暗示我們兩個人跨越了某個界線，只是我還沒準備面對。同時，我也感覺到那條界線的另一邊有著更為艱難、黑暗的事情等著，而我不想面對。別說我不願意，就是任何人也不願意。

不過，有時，我又覺得自己的推論有誤；其實我的態度和我與露絲的關係有關，也和那段日子她在我身上激發的忠誠思想有關。或許，這就是我在多佛中心照顧露絲那段時間，好幾次想提起關於莫拉和我那天所發生的事，卻從來不曾說起的原因吧！

這椿綁架潔若汀小姐的陰謀讓我想到大約三年後發生的一件事情，那時候祕密保衛隊這個組織早已銷聲匿跡。

我們在主屋後側一樓的五號教室等候上課。五號教室是全校最小的一間，尤其每當到了像這天一樣的冬天早晨，室內打開了大型散熱器，窗戶上面全是蒸騰的霧氣，室內變得毫不通風。我這麼說可能有點兒誇張，不過我記得全班同學要擠進這間教室，還得一個疊著一個才有可能。

那天早上，露絲佔到書桌後面的一張椅子，我坐在桌蓋上，旁邊還有我們小團體的兩、三個人或坐或靠著。就在我往上擠，好讓另外一個人靠近我身邊的時候，第一次注意到了這只鉛筆盒。

至今，鉛筆盒的模樣彷彿歷歷在目。這只鉛筆盒像是擦過的皮鞋一般亮晶晶的，深褐色的外觀，上面佈滿紅色圓點。鉛筆盒上端拉鍊繫了一顆方便拉扣的絨毛球。當我移動的時候，差點兒坐在鉛筆盒上面。露絲見了趕緊把它拿開。不過，我已經看見這個鉛筆盒了，這也是她所希望的，於是我說：「哇，妳這鉛筆盒哪裡來的？是拍賣會上的東西嗎？」

教室裡面非常吵鬧，不過附近幾個女生都聽見了，所以很快就有四、五個人羨慕地看著這只鉛筆盒。好幾秒鐘過去了，露絲什麼也沒說。最後，她才不疾不徐地回答：「這樣吧，就當作我是在拍賣會上買來的吧！」然後，對著我們會心一笑。

這樣的回答乍聽之下沒什麼問題，但是我的感覺卻像是她突然站起來，打了我一下，接下來的時間，我整個人忽冷忽熱。我完全了解她這個回答和笑容背後的涵義：她要說的其實是，這只鉛筆盒是潔若汀小姐送她的禮物。

我的猜測絕對沒錯，因為這種事情已經發生好幾個禮拜了。每當露絲企圖暗示潔若汀小姐對她的一點兒特別待遇，就會出現某種特別的笑容和特別的聲音，有時候還會加上肢體動作，例如伸出一根手指擺在唇邊，或是做出舞台演員說悄悄話的手勢。哪些特別待遇呢？例如潔若汀小姐有一次，在尋常上課日的下午四點前，特准露絲在撞球間播放音樂錄音帶；以及潔若汀小姐原先命令學生在場上散步的時候必須保持安靜，但是，當露絲走近她身邊，潔若汀小姐卻開始和她說起話來，然後便開放其他同學也能說話。諸如此類的事情，露絲從不說個明白，一概露出淺淺的微笑曖昧地說：「我們別再說了啦！」

當然，正式來說，監護人不能偏袒任何學生，不過，在一定範圍內稍微表露一點兒特殊情感也是常有的事；而露絲所暗指的事情可以歸入這一類。但是，每次露絲以這種方式別有所指的時候，真的教人非常討厭。當然，我不知道她說的是不是實話，但是，既然她從來沒有把話真正「說出來」，只是暗有所指，也就無法當面質問她。每次有這種事情，我只能任憑它發生，咬緊嘴唇，祈禱這一刻趕快過去。

有時，我可以從談話的趨勢看出這種時刻又要來臨，我便有所防備。即便如此，最後總還是受到極大打擊，好幾次我因此無法專注身邊發生的事情。但是，那次在五號教室的冬天早晨，竟是毫無預警地向我撲來。就算我看到了鉛筆盒，壓根兒也沒想到那會是監護人贈送的禮物，我完全不知道那種時刻又要來臨了。當露絲說完那些話，我再也不能像平常一樣，只是讓這場慌亂情緒過去就好。我雙眼瞪著她，不再隱藏心中的憤怒，露絲或許發現到危機，便以舞台演員說悄悄話的姿勢，趕緊對我說：「什麼都別說！」然後再次對我笑了笑。幸好監護人隨即抵達教室，開始上課。

我向來不是那種整天悶悶不樂的小孩。最近，我卻有點兒這種傾向，但那是因為我的工作性質，以及長時間一個人靜靜地開車經過空曠田野的緣故。我不像蘿拉，雖然她總是到處裝瘋賣傻，卻會為了別人對她說的什麼芝麻小事，難過好幾天，甚至幾個禮拜的時間。自從在五號教室那天早上以後，我真的走到哪裡都是恍恍惚惚地。有時話說到一半，人就恍了神，有時上完了課，卻不知道課堂上發生的事。我下定決心，這次絕對不讓露絲這麼好過，想歸想，過了很長一段時間，卻沒什麼積極的作為；只是在腦海想像自己當面揭穿她，逼她承認這一切純粹都是捏造出來的。甚至隱約幻想潔若汀小姐聽說了她的謊言之後，當著大家面前，好好教訓了她一頓。

過了這段時間，我才開始慎重地思考起這件事情。如果鉛筆盒不是潔若汀小姐給的，那是從哪來的呢？說不定是其他同學給的，但是這不太可能。要是本來鉛筆盒屬於別人的，就算是學長學姊好了，這麼一件漂亮的東西不可能沒人注意到。要真如此，露絲知道這鉛筆盒已經傳遍海爾森校園，絕對不敢冒險捏造這樣一個故事。所以，她最有可能是在拍賣會上發現的。若是這樣，露絲也得冒著別人在她買下之前已經看過鉛筆盒的風險。不過，假如她事先聽說了這個鉛筆盒，於是趁著拍賣會開始之前，向某個糾察員先訂了下來（這種行為雖然不被允許，但有時仍會發生）如此一來，她就有十足把握，這個東西幾乎沒有人真正看過了。

對露絲來說，不幸的是，所有從拍賣會購買的東西全記在登記簿上，同時記錄每樣東西是誰買的。登記簿一般不易取得，因為糾察員每次拍賣會結束後，便放回艾蜜莉小姐辦公室，不過也不算是最高機密。只要下次拍賣會接近某個糾察員，想要瀏覽登記簿不是什麼困難的事。

所以我大致有了這樣一個計畫，我還花了幾天的時間仔細推敲琢磨細節，之後才知道，其實並不需要一個步驟一個步驟執行。如果鉛筆盒來自拍賣會這個假設沒錯，一切只要唬弄過去就可以了。

因此，後來我和露絲有了屋簷下的一段對話。那天，外面霧氣瀰漫，還下著毛毛雨，我們兩個人走出宿舍區，大概是要去休憩亭吧，我不確定。總之，我們經過庭院的時候，雨突然變大了，因為不趕時間，所以暫時躲進主屋前門附近的屋簷底下。

我們在那裡躲了一陣子，不時有學生從大霧當中跑出來、衝進門裡去，雨勢並未減緩。我們兩個人在那裡站得越久，我心裡越是緊張，因為我知道這是我等待已久的大好機會。我相信，露絲也感覺到有什麼事就要發生了。終於，我決定直截了當地說。

「上禮拜二拍賣會的時候，」我說，「我剛好看了一下簿子。妳知道，就是那本登記簿。」

「妳幹嘛看登記簿？」露絲馬上問我，「妳為什麼要看那種東西？」

「也沒幹嘛，克里斯多福是其中一個糾察員，我剛好在跟他聊天。他絕對是中學部最棒的男生，然後我就翻了翻登記簿，只是為了找點兒事做而已。」

我感覺得出露絲此刻心跳加速，而且她也完全明白我話中的涵義。不過，她卻一派鎮定地說：「看那種東西啊，真是無聊。」

「不會啊，其實還滿有趣的，可以看看大家都買了些什麼。」

我一邊說著，一邊向外看著天空的雨，我瞄了露絲一眼，著實給嚇了一大跳。我不知道說了這些話會有什麼結果；在我過去這個月的想像當中，從來沒有想過像現在這樣實際發生的時候會是什麼狀況。我看到露絲非常不安，看到她第一次完全說不出話來的模樣，她轉過頭去，眼淚就要奪眶而出。一時之間，我搞不清楚自己做了什麼事。我這麼費盡心思、詳細規劃，竟然只是為了讓我最好的朋友不開心。她如果真的撒了一點兒鉛筆盒的小謊，那又如何？我們每一個人，還不是常常夢想這個或那個監護人能夠主動擁抱我們、寫封祕密信件、送個禮物什麼的，破例對我們做點兒特別的事情嗎？露絲所做的，不過就是把這些無傷大雅的白日夢再往前推進一步而已；

她甚至連潔若汀小姐的名字都沒提到啊！

我當時心情糟透了，也被弄糊塗了。我們繼續站在那裡，凝望著外面的霧和雨，我想不出能夠如何彌補我所造成的傷害。我說了一些無濟於事的話：「還好啊，我根本沒看到什麼。」我這幾句話僵硬地懸在空中。接著，在幾秒鐘的沉默之後，露絲邁步走入雨中。

6

如果露絲當時有意反駁，我想自己心裡對於發生的事情會比較好過。但是這次她卻直接認輸。可能她覺得這件事情太丟人了，受到嚴重挫敗，甚至不敢生氣，或是企圖回嘴。那次屋簷底下談話過後，幾次我看到她，還以為她至少有點兒不高興、生氣什麼的，但都沒有，她反倒彬彬有禮，甚至語氣平淡。我想，她大概害怕我會揭穿她，當然此時鉛筆盒已經不見蹤影，我很想告訴她不必怕我。麻煩的是，這件事本來就未公開討論，如今我也沒辦法提起。

其間，我設法利用機會，暗示露絲，她在潔若汀小姐心裡擁有特殊的地位。例如有一次，我們一群人很想在休息時間到戶外練習圓場棒球，有一群大我們一個年級的學生想向我們挑戰。問題是，外面正在下雨，我們不太可能獲得允許走到戶外。我注意到潔若汀小姐是當時負責的監護人之一，於是我說：「要是露絲親自去問潔若汀小姐，說不定我們還有機會。」

我記得當時這個建議未被採納，或許是因為現場根本沒有人聽到我的話，因為我們一票人都在講話。但重點是，我是站在露絲背後說的，看得出來我的話讓她非常開心。

後來還有一次，我們兩、三個人和潔若汀小姐一起離開教室，我發現自己正好排在潔若汀小姐後面準備走出門外，我怎麼做呢？我放慢腳步，好讓後面的露絲可以和潔若汀小姐一起出門。我默不作聲地進行，好像這是一件天經地義的事，並且當作是潔若汀小姐的心願。這就好像，比如說，我突然發現自己夾在兩個人之間，他們兩個人是好朋友，我也會這樣放慢腳步。我記得當時的場合，露絲怔了半秒鐘，隨即向我點了點頭，從我身邊經過。

雖然這類小事或許可以討露絲的歡心，卻仍然無助於多霧的那天我們在屋簷下所發生的事情，我越來越覺得自己恐怕永遠無法擺平這件事。我特別記得有天傍晚，自己一個人坐在休憩亭外的長凳，一遍又一遍苦思辦法，內心交錯著懊悔與沮喪，讓我幾乎忍不住要流下淚水。如果事情繼續這樣下去，不知道將來會如何演變。可能最後這件事全給忘光了，也可能露絲和我兩個人逐漸變得疏遠。就在此時，意外出現了一個補救的機會。

我們正在上羅傑老師的美術課，只不過老師有事中途離開了。於是，全班同學在畫架之間來去穿梭，一會兒聊天，一會兒看看彼此的作品。接著，有個叫做米茲的女生走到我們這兒，以一種極為親切的口氣對露絲說：「妳的鉛筆盒呢？那個鉛筆盒真是美極了。」

露絲全身繃得緊緊的，迅速地轉頭看看附近有誰在場。當時在場的是我們常在一起的這群人，可能還有一、兩個外人在旁邊逗留。我從來沒有向任何一個人透露拍賣會登記簿的事，但是，我猜露絲並不知道。她放低聲音回答：「我今天沒有帶來，我把它擺在收藏箱了。」

「妳那個鉛筆盒真是漂亮。哪來的啊？」

米茲只是單純地問了這個問題，這點現在看來非常明顯。但是當初看到露絲在五號教室拿出鉛筆盒的人，此刻也都在場旁觀，我看到露絲滿臉猶豫。到了後來，當我回顧整件事情的經過，才知道這是給我製造了一個多麼完美的機會。但是事發當下，我沒有多想。我在米茲或其他人發現露絲陷入一種莫名的窘境之前，立刻開口接了話：「我們不能告訴妳東西是哪裡來的。」

露絲、米茲和其他人全往我這裡看，或許他們有些驚訝。但是我保持鎮靜，對著米茲一個人繼續把話說完。

「我們有個非常好的理由不能告訴妳鉛筆盒的來源。」

米茲聳聳肩說：「所以這是個祕密囉！」

「這是天大的祕密。」我說，並且對著她笑了一笑，表示我並非惡意。

其他人點了點頭，表示支持，只有露絲一個人面無表情，好像突然什麼事情讓她想得入神了。米茲再度聳了聳肩，我記得這件事到此就告一段落了，後來米茲好像走掉了，還是開始談起其他事情什麼的。

這次，就像我之前不能公開對著露絲說，為了拍賣會登記簿那件事情，我為她做了哪些事情，當然露絲也不能因為我介入了米茲的事，表示對我的感謝。但是，不只是接下來幾天，而是接下來好幾個禮拜的時間，露絲對我的態度就已經說明了她對我的喜愛。基於先前處於相同的處境，我很容易看出她可是四處找機會對我示好，試圖做點兒讓我覺得非常特別的事情。這種感覺真好，我記得當時甚至有一、兩回曾經想過，要是她一直找不到這樣的機會，該有多好，如此一來，我們之間這種美好的感覺就可以一直持續下去了。就在這時，差不多是米茲事件過後一個月，露絲有了一次機會，這回是我丟了心愛的錄音帶。

我身邊仍然留著這卷錄音帶，近來每當細雨綿綿的日子，當我開車到了空曠郊外，才會偶爾聽個幾次。不過，車上的錄音機現在不很穩定，我不敢在車上播放。何況，每次我回到起居室，好像總是沒有足夠的時間聽錄音帶。即便如此，這卷錄音帶依舊是我最珍貴的收藏。或許，到了年終，等我辭去看護工作以後，就可以經常放來聽了。

那張唱片的名稱叫做「入夜之歌」，主唱是茱蒂．布里姬沃特。我現在手邊的錄音帶並不是當年在海爾森弄丟的那卷。這卷錄音帶是好幾年後我和湯米在諾弗克找到的，不過這是另外一個故事，稍後再談。我真正要說的是關於第一卷錄音帶消失的故事。

在我進一步說明之前，我應該解釋一下當年關於諾弗克的整個來龍去脈。這件事情持續了好幾年的時間，我想大概已經成了我們圈內人才知道的笑話。事情是從我們年幼所上的一門課開始的。

當時由艾蜜莉小姐親自教導我們英國各郡的知識。艾蜜莉小姐每次都在黑板上方釘了一張大地圖，地圖旁邊擺了一個畫架。好比說，今天她講到了牛津郡，她就在畫架放上一本全是牛津郡照片的巨幅月曆。她總是舉起教鞭，敲了敲地圖上的某個點，然後轉向畫架，展示另外一幅圖片。圖片當中可以看見幾個小村莊，村莊裡有小溪流過，山邊有幾處白色的遺跡，原野旁邊是老教堂；要是當天介紹的是位於海岸邊的地方，就可以看到擠滿了人群的沙灘，岸邊峭壁上有海鷗逗留。我猜，艾蜜莉小姐的目的，是為了要讓我們領會外界的環境。神奇的是，即使到了今天，我到過了許多地方擔任看護，對每個郡的印象總是不出艾蜜莉小姐畫架上擺設照片的內容。例如，我曾開車經過德比郡，發現自己不自主地開始找尋某個村莊草地上的仿都鐸建築酒吧和戰爭紀念碑；我知道這些都是我第一次從艾蜜莉小姐那裡聽到德比郡這個地方所看到的景象。

總之，重點是，艾蜜莉小姐的月曆收藏品中少了一個地方：沒有一幅月曆有諾弗克的照片。當時，同樣的課重複上了好幾次，每次我都想知道，這回艾蜜莉小姐能不能找到諾弗克的照片？但是，結果都是一樣。艾蜜莉小姐每次的語氣都像要補充什麼似的，在地圖上揮揮教鞭說：「過去這邊就是諾弗克了，這個地方還不錯。」

後來，我記得有一次，艾蜜莉小姐停頓了一會兒，整個人想得出神了，可能是因為沒有照片，所以還沒準備接下來該說些什麼。最後她終於跳出白日夢，再度在地圖上敲了一敲。

「你們看，諾弗克位於東邊的突出點，也就是隆起的這塊地方，直接伸向大海，所以它不通往任何一個地方。那些南北往來的人，」她上下揮動教鞭，「全都要繞過這裡。因為這個緣故，諾弗克成了英格蘭的一個寧靜的角落，非常不錯的地方。不過，我們也可以說，諾弗克是個失落的一角。」

「失落的一角」，艾蜜莉小姐是這麼稱呼的，整件事情就是從這個稱呼開始。我們在海爾森有屬於自己位於三樓的「失落的一角」，負責保管遺失的物品；要是有人丟了東西或找到東西，就會來到這個地方。就在艾蜜莉小姐說了諾弗克是英國「失落的一角」那節課之後，我不記得是哪位同學在課後對大家說，國內所有遺失的物品最後就是送到這個「失落的一角」。不知什麼原因，這種說法開始流行了起來，不久，一整年的時間，這幾乎成了眾人接受的事實。

不久以前，湯米和我回想起所有這些事情的時候，湯米認為其實學生並非打從心裡相信這個說法，整件事從一開始就只是個笑話罷了。但是我很確定湯米記錯了。當然，這件事到了我們十二、三歲的時候，的確已經變成了一個大笑話。可是我記得，露絲的記憶和我一樣，我們其實是老老實實地相信著這件事；也就是說，就像卡車運送食物和拍賣會的物品來到海爾森，諾弗克也進行著類似的運作模式，只不過規模更大，車輛從全英各地運送任何被遺留在野外或火車上的東西，載到這個名叫諾弗克的地方。我們從來沒有見過這個地方的照片，只是讓這個地方增添了一份神祕。

這些事情聽起來有點兒愚蠢，不過可別忘了，在我們生命中的那個階段，海爾森以外的任何地方都是夢想國度；我們對於外面的世界、可能發生和不可能發生的事情，也只有一些模糊的印象。而且，也沒想過仔細驗證諾弗克的理論。有天晚上，露絲和我坐在多佛的瓷砌房間向外看著夕陽，她說，對我們來說，重要的是，當我們丟了心愛的東西，找了又找，還是找不到的時候，我們不必這麼難過。我們心裡還能有一絲安慰的念頭，總有一天我們長大了，就可以到諾弗克找到這樣東西。

我認為露絲說的沒錯。諾弗克成了我們心中的安慰，或許勝過我們當時所願意承認的；因為這樣，當我們年紀大了一些，還是會把這件事掛在嘴邊，雖然只是拿來作為笑柄。也因為如此，多年以後，我和湯米在諾弗克海邊的小鎮上找到另外一卷當年我所遺失的錄音帶，心裡不僅覺得有趣；更牽動了我們內心深處多年前的一個願望，再度相信這個曾經進入我們心坎裡的傳說。

但是，我現在想說的是我自己的茱蒂・布里姬沃特「入夜之歌」。我猜這錄音帶原先是黑膠唱片，錄製時間是一九五六年，但我手邊的是錄音帶，錄音帶封面的照片應該是唱片封套的縮小版。茱蒂穿著當時流行的露肩紫色緞綢洋裝，因為她坐在酒吧椅上，照片上只看得見上半身。我想照片中的地點應該是南美洲，因為茱蒂背後有幾棵棕櫚樹，更有穿著白色燕尾服、皮膚黝黑的男服務生。從照片看往茱蒂，正好是酒保端酒給她的方向。茱蒂回過頭來，姿態親切，不致過度性感，只是稍稍賣弄風情，而觀看者是她多年認識的朋友。另外一點有關這個錄音帶封面的是，茱蒂把手肘撐在吧檯上，手裡點了一根菸。我之所以從拍賣會找到這卷錄音帶開始便這麼神祕兮兮的，其實就是因為這根菸。

我不知道別的地方情形如何，我只知道在海爾森，監護人對抽菸這件事可是非常嚴格的。我相信，監護人一定寧願我們學生完全不知道香菸的存在；不過，這是不可能的，監護人只好每次提到香菸的時候，不忘對我們三申五令一番。即便看到的照片是知名作家或世界級領袖，一旦這些人手中正好拿著一根菸，整堂課也會硬生生地煞車停住。甚至有人傳言，圖書館之所以少了一些像福爾摩斯之類的經典書籍，正是因為書中的主要人物經常抽菸，若是剛好看到圖畫書、雜誌被撕掉了一頁，可能就是因為上面是抽菸的畫面。當我們正式上課的時候，監護人給我們看的是抽菸影響人體內臟的恐怖照片。因此，當瑪芝問了露西小姐那個問題，想當然在全班造成了極大的震撼。

棒球比賽結束之後，同學坐在草地上，照例聆聽露西小姐警惕我們抽菸的壞處，突然間，瑪芝問露西小姐是否抽過菸。露西小姐沉默了幾秒鐘後回答：「我很想說沒有，但是，老實講，我的確抽過一陣子。我年輕的時候，前後差不多抽了兩年的時間。」

可以想見這句話在當時造成了多大的震撼。露西小姐回答以前，所有人瞪著瑪芝，生氣她問了這麼一個魯莽的問題；對我們來說，她這個問題，就像問了露西小姐是不是曾拿斧頭攻擊別人一樣嚴重。我記得，在那之後幾天，我們讓瑪芝吃了好一頓苦頭；事實上，我之前提到，我們晚上抓住瑪芝的頭朝向宿舍窗戶，逼她看著樹林的那個事件，就是這次之後的事情。但在當時，當露西小姐說了那些話，全班同學心裡一陣混亂，沒再把心思放在瑪芝身上。所有人震驚地看著露西小姐，想知道她接下來要說些什麼話。

露西小姐一開始說話的時候，似乎是字斟句酌地小心翼翼。「抽菸不是一件好事，抽菸對我不好，所以我後來戒了。但是，妳們要知道，對妳們全部的人來說，抽菸的壞處更大。」

說完，露西小姐就此打住，沒再說話。後來有人說露西小姐作白日夢去了。但是，我和露絲都認為，當時露西小姐正在思考接下來該說的話。終於，她又開口：「妳們已經聽說了，妳們是學生，妳們……是很特別的。所以要保持健康，要讓自己的內臟器官非常健康，這件事對妳們而言比對我更加重要。」

露西小姐又停頓了下來，用一種奇怪的眼光看著全班。後來同學間討論這件事情的時候，有些人認為露西小姐等著同學發問：「為什麼？為什麼對我們來說比較嚴重？」但是，當時並沒有人發問。我常想起那天的情景，根據之後發生的事情，我相信，那時只需要有人提出問題，露西小姐就會把所有事情一古腦地全告訴我們。只要再問一個抽菸的問題就行了。

那麼，為什麼那天全班同學都這麼安安靜靜地呢？我猜那是因為我們當時年紀還小，大約九歲或十歲，我們已經知道要注意警戒範圍。不過，現在很難回想當時我們究竟知道多少。當然，雖然其實所知不多，但我們已經知道自己和監護人不一樣，也和外界的一般人不一樣；我們甚至可能已經知道，未來會有捐贈的工作等著我們。但是，我們還不能真正了解捐贈代表什麼。每當我們急於迴避某些話題，大概就是因為這些話題讓我們心裡感到不安。我們不喜歡每次接近這個範圍的時候，平日高高在上的監護人態度變得那樣尷尬，看到他們這樣的改變會讓我們失去勇氣。我想，就是因為這樣，所以當天沒有進一步追問，同樣為了這個原因，我們才會為了那天棒球比賽之後瑪芝提出了這樣的問題，好好地懲罰了她一番。

總之，我之所以對這卷錄音帶這樣保密，就是因為這個原因。我甚至把錄音帶封面放在內側，所以打開錄音帶外殼，只看得見茱蒂和她手上的菸。但是，這卷錄音帶對我意義重大，這和根菸沒有什麼關係，甚至和茱蒂唱歌的方式也無關，她屬於她那個年代的歌手，唱的都是雞尾酒吧聽的歌曲，不是我們海爾森學生喜歡的類型。她那卷錄音帶對我來說這麼特別，都是因為這首歌：第三首「別讓我走」。

這是一首旋律緩慢、適合深夜聆聽的美式歌曲，其中有一小段重複唱著：「別讓我走……啊，寶貝啊，寶貝……別讓我走……」當時我十一歲，聽的音樂不多，但是唯獨這首歌真正觸動了我的心。我每次都把錄音帶轉到這首歌的位置，所以只要有機會，就會播來聽。

我可以聽歌的機會不多，別忘了，這是發生在隨身聽開始出現在拍賣會場前幾年的事情。撞球室有一台大機器，但是我幾乎從來沒有在那裡播放錄音帶，因為那裡總是擠滿了人。藝術教室也有一台唱機，但是那裡也經常十分嘈雜；唯一剩下可以好好聽音樂的地方就是宿舍了。

那時候我們已經各自搬進了不同屋子的六人一間小宿舍，我住的這間宿舍，暖氣上方的架子擺了一台可攜式的卡帶播放機，所以我常白天回到宿舍，趁著沒人在的時候，一遍又一遍地播放這首歌曲。

這首歌有什麼特別的呢？嗯，其實啊，我並沒有仔細聆聽全部的歌詞；我只是等著茱蒂唱那一小段：「寶貝啊，寶貝，別讓我走……」在我的想像中，有一名女子知道自己不能生育，但是她一輩子都非常非常希望能夠有自己的小孩。後來奇蹟發生了，她生下了一名嬰孩，她緊緊抱著嬰兒，一邊走一邊唱：「寶貝，別讓我走……」一方面因為她實在太高興了，另一方面她又擔心發生不好的事情，嬰兒可能生病或被強行帶走。雖然當時我知道我這個想像並不正確，這個詮釋與其他歌詞不符。但是我並不在乎。總之，這首歌的內容就是我說的那樣，只要有機會，我經常自己一個人一遍又一遍地聽。

這期間發生了一件奇怪的事情，我現在應該來說說這件事。這件事讓我成天心神不寧地，雖然多年以後我才明白其中真正的涵義，但是我想，即便當時，我也已經意會到這件事隱含了某種深層的涵義。

一個陽光燦爛的下午，我回到宿舍拿東西，記得當時宿舍房間窗戶沒有完全拉上，室內非常明亮，可以看到太陽光映照進屋裡，砂塵在空中飄揚。原本我並沒想到聽錄音帶，不過既然宿舍只剩我一個人，於是突然有股衝動，便從收藏箱裡拿出了卡帶，放進唱機。

或許是上一個使用唱機的人把音量調高了，我不知道。總之聲音比我平常聽音樂的時候來得大，可能是因為這樣，我沒有早點兒聽到她的聲音，也或許是我自己聽得太入神了，而沒留意到。總之，我當時慢慢地隨著音樂搖擺起來，胸前抱了一個幻想中的嬰兒。事實上，更丟臉的是，我有時會抓個枕頭來代替嬰兒，這天正是如此，我慢慢地跳著舞，閉上了雙眼，每當唱到了這段歌詞，便跟著輕唱：「哦，寶貝啊，寶貝，別讓我走……」

當這首歌就要結束的時候，才發現現場不只我一人，我張開眼睛，發現夫人在門口，一動也不動。

我嚇得全身僵硬，接著在一、兩秒鐘內，開始驚覺到一種不一樣的恐懼，當時的場面非常奇怪。房門幾乎半開……這是規定，除了睡覺以外，宿舍房門不能全部關上，不過夫人還沒走到門檻。她站在外面的走道上，一動也不動，側著頭，觀察我在裡面的一舉一動。奇怪的是，夫人哭了，可能是她其中一次的啜泣聲穿過了歌聲，才把我拉出夢中。

我現在回想起這件事，感覺上就算夫人不是我們的監護人，她起碼也是個大人了，總該要說點兒什麼或做點兒什麼吧，即使是教訓我一頓都好。我才知道接下來該怎麼做啊！但夫人卻只是站在原地，不停地啜泣，目不轉睛地從門外盯著我看，那種眼光就像她平日看我們的時候一樣，一副看到什麼似的，讓她全身起雞皮疙瘩。只不過，這一次還有些別的，她的表情當中多了一些我不了解的東西。

我不知道該做什麼或說些什麼，也不知道接下來會發生什麼事情。說不定夫人會走進房間，對我大喊大叫，甚至打我，我完全無法預測。我才想著，夫人轉過身去，下一秒鐘，我便聽見她離開小屋的腳步聲。這時我發現錄音帶已經轉到下一首歌了，所以我關掉音樂，坐在最靠近我的床上。我一邊坐下，一邊看著前方的窗外，看見夫人的身影匆匆趕往主屋。雖然她沒回頭，但是從她弓著背的模樣，我知道她還在哭。

幾分鐘後我回到朋友身邊，我沒有把剛才發生的事情說出來。有人發現我不太對勁，說了一些話，我也只是聳聳肩，沒有回答。我並不覺得自己可恥：只不過，這件事有點兒類似稍早我們趁著夫人下車時在庭院攔截夫人那次。我希望這件事情最好沒有發生，但是既然發生了，我想，別去提它，對我和其他人來說，也算是幫了一個大忙了。

不過，一、兩年後，我還是對湯米提起了這件事，就在他第一次在池邊向我透露關於露西小姐那次談話過後沒幾天；現在看來，那陣子我們開始不斷對於自己的一切感到懷疑、提出疑問，這個質疑的過程在我們兩人之間進行了好幾年的時間。當我告訴他那天和夫人在宿舍發生的事件，湯米想出了一個相當簡單的解釋。當然，這個時候，我們已經知道了過去不知道的事情，也就是我們無法生育的事實。雖然事發當時我年紀還小，並不完全明白，但是很有可能我已經從某種管道知道了這個事實，所以聽歌時才會產生那樣的想像。不過，那個時候，我也不可能知道多少，頂多是一知半解。所以呢，在我和湯米討論這個事件時，我們已經十分清楚明白。附帶說明，儘管知道了這件事，但是沒有人覺得不能生育有什麼好煩惱的；事實上，我還記得有些人甚至很高興自己可以發生性行為，卻不必擔心懷孕。不過在我們那個階段，真正的性行為對多數人來說，還是相當遙遠的事情。

總之，我告訴了湯米事發經過，湯米說：「雖然夫人總是教人怕怕的，但是說不定她的心地並不壞。所以，當她看到妳那樣抱著嬰兒跳舞，知道妳一輩子不能生育，替妳感到難過，所以才哭了起來。」

「湯米，可是，」我指出一個重點，「夫人又怎麼知道這首歌和生小孩有關呢？她怎麼知道我抱的枕頭代表了嬰兒？這些都只是我腦中的想像而已啊！」

湯米想了想我的話，半開玩笑地說：「可能夫人會讀心術吧，她這個人本來就很怪，說不定她可以看透人的內心，果真如此，我也不意外。」

說到這裡，我們兩人不由地打了一個寒顫，雖然嘴裡咯咯笑著，卻沒再多說些什麼了。

錄音帶消失在夫人那個事件過後一、兩個月的時間。那時我並未將這兩件事聯想在一起，而今也沒有理由這麼做。有天晚上熄燈前，我在宿舍裡，拿出收藏箱，隨意翻看東西消磨時間，等其他人從浴室回來。奇怪的是，我起先發現錄音帶不見的那一剎那，第一個念頭是千萬不能讓別人發現我的驚慌。我還記得當時一面找錄音帶，一面刻意漫不經心地哼著小曲。我常想起那一刻，但還是不知該如何解釋：和我住在同一個房間的全是最好的朋友，我卻不希望他們知道我為了遺失錄音帶而苦惱。

我想這大概和錄音帶對我而言是個祕密有關。或許海爾森上上下下每個人都有一個這樣的小祕密：一個小小的、自行創造的私人空間，我們可以在這個空間帶著恐懼和期待獨自睡去。但同時，卻又覺得我們這樣的需求好像是不對的，好像我們辜負了自己的好友。

總之，當確定錄音帶不見了，我態度輕鬆地問了宿舍每一個人是否看見這卷錄音帶。其實我並沒有很煩惱，我說不定是放在撞球室了；不然的話，我還懷著一絲希望，心想可能有人借走了，隔天早上就會歸還。

不過第二天錄音帶並沒有出現，我想不出來究竟發生了什麼事。我想，海爾森發生偷竊的案件恐怕遠遠超過我們學生或監護人所承認的次數吧！而我之所以談這件事，主要目的是要解釋露絲和她的反應。千萬記得，我遺失錄音帶的時間，距米茲在藝術教室問露絲關於鉛筆盒，而後我出面拯救的那件事情，相差不到一個月。我之前說過了，從那時起，露絲一直在找機會為我做些事情作為回報，而錄音帶的消失給了她一次大好機會。甚至可以說，我和露絲的關係直到錄音帶丟了以後，才終於恢復正常；大概也是那天下雨的早晨，我在主屋屋簷下對她提起拍賣會登記簿之後，我們的關係第一次恢復正常狀態。

最初發現錄音帶遺失的那天晚上，我確定問了在場所有的人，其中當然也包括露絲在內。回想起來，我想露絲恐怕當場就已經知道錄音帶遺失對我有多重要，同時，她也知道，不可小題大作對我來說同樣重要。於是，那晚她也只是隨意聳了聳肩作為回答，然後繼續先前做的事情。但是隔天早上，我從浴室回房的時候，便聽到露絲用一種輕鬆的口吻，好像沒什麼大不了似地，問漢娜是不是真的沒有看到我的錄音帶。

接著，大約兩個禮拜以後，我已經接受錄音帶遺失的事實了，某個午餐休息時間，露絲來找我。那天正值一年春天開始，天氣正好，我和幾個年長的女生坐在草地上聊天。露絲走過來，問我要不要散步，顯然她心裡別有用意。於是，我離開朋友，跟著她走到北運動場邊，然後走到北邊山丘上，最後，我們兩個人站在木籬笆旁邊，向下望著一大片佈滿一群群學生的草地，我還記得當時被這樣的景象嚇了一跳，我在下面草地從沒注意到原來是這樣的景觀。我們倆站在原地，朝遠方看了一會兒，露絲便拿出一個小袋子給我。我接過來，馬上知道裡面裝的是一卷卡帶，我的心猛地跳了一下。

露絲立刻說：「凱西，裡面不是妳的錄音帶，不是妳弄丟的那卷錄音帶，我一直幫妳找，可是真的不見了。」

「對啊，」我說，「送去諾弗克了吧！」

我們笑了一笑。然後我一臉失望地從袋子裡拿出錄音帶，不知道當我打量錄音帶的時候，那份失意是不是仍然掛在臉上。

我手裡是一卷叫做「二十首經典舞曲」之類的錄音帶。之後放來聽，才發現是管弦樂隊演奏的國際標準舞曲。當然，露西送我的時候，我並不知道那是什麼音樂，不過我知道那絕不是茱蒂·布里姬沃特之類的音樂。我再次立即發現，露絲並不知道布里姬沃特唱的是哪種類型的音樂，對露絲這個完全不懂音樂的人來說，這卷錄音帶大可輕鬆取代我弄丟的那卷。突然，我內心的失望漸漸消退了，取而代之的是真正的喜悅。我們在海爾森不太擁抱對方的，所以我對露絲表達感謝時，雙手緊握著她的手。露絲說：「我是在上次拍賣會找到的。我只是覺得這應該是妳會喜歡的音樂吧！」我說，是啊，我喜歡的就是這種音樂。

這卷錄音帶我現在還留在身邊。我不常聽，因為這種音樂沒什麼意義。這只是個物品，就像胸針、戒指一樣，尤其如今露絲過世了，它已經成了我最珍貴的收藏品之一。

7

現在，我想跳到海爾森最後幾年的時間。我指的是我們十三歲到十六歲後離開的這段期間。當年在海爾森生活的記憶，可以清楚分成兩大塊：最後的階段，以及這個階段之前的所有時間。早年的階段，也就是我一直以來提到的那幾年，已經彼此交融在一起，形成一段黃金時期，我只要想到這個時期，即使不怎麼好的經驗，也會不自覺地高興起來。但是最後這幾年就不一樣，倒不是說最後這幾年過得多麼不幸，其實我有許多珍藏的回憶也都來自這個時期，但是這個時期的回憶比較嚴肅，就某個方面來說，也比較灰暗。或許我在心裡把過去這段回憶誇大了，但是我確實有個印象，這段時間發生的事情就像白天進入黑夜一樣變化飛快。

那次和湯米在池邊的談話：我把它當作是兩個時期的分界。並不是說，在那之後立刻發生了任何重大事件；但是，至少對我來說，那次談話是一個轉折點。從那時起，無庸置疑地，我開始用不同的觀點看待事物。那些以往教人退卻的棘手問題，我漸漸開始提出疑問，就算沒有對外討論，至少也在心裡提出數個疑點。

尤其，那次談話以後，我開始用一種全新的角度看待露西小姐。只要有機會，我便會仔細地觀察她，不只出於好奇，更是因為我已經把她當成是重大線索的可能來源。接下來的一、兩年情形大致就是如此，我陸陸續續發覺露西小姐在一些小地方出現各式各樣奇奇怪怪的言行舉止，而這些地方其他同學全都忽略了。

好比說，有一次，大概是池邊談話之後幾個禮拜吧，露西小姐帶我們上英文課，全班同學正在看一首詩，但是不知道為什麼，話題轉到了二次大戰拘留在囚犯集中營的士兵身上。有個男生問到，集中營四周的柵欄是不是通了電，接著還有一個人說，這不是太奇怪了嗎？住在那種地方，隨時想要自殺，只要碰碰柵欄，不就好了。這本來是個嚴肅的話題，但是其他聽到的人卻覺得好笑。所有的人全笑開了，嘰嘰喳喳說個不停，緊接著蘿拉就展現她的本性，從座位上站起來，歇斯底里地模仿起一個人伸手被電觸擊的模樣。才一下子，事情一發不可收拾，每個人都開始大叫起來，模仿碰到通電柵欄的模樣。

整個過程中我一直觀察著露西小姐，當她看著面前的學生，我卻看到了她臉上出現一種可怕的表情，雖然那表情只出現一秒鐘。接下來，我繼續仔細觀察著……她振作自己，微笑著說：「還好海爾森的柵欄沒有通電，不過有時候你們還是會發生嚴重的意外。」

她說這些話的時候，聲音很輕，全班同學還在叫囂，所以她的聲音多少給淹沒了。但我可是聽得一清二楚。「有時候你們還是會發生嚴重的意外。」發生什麼意外？在哪裡？但是沒有人聽到她那句話，於是我們又繼續回去討論詩作了。

其他這類的小事情不斷發生，不久之後，我發現露西小姐和其他監護人不太一樣，甚至當時我可能已經開始了解露西小姐所有焦慮和沮喪的本質。不過，這樣說可能過頭了；很有可能，在那時候，我注意到很多事情，卻不知道究竟該拿這些事情如何是好。假使現在看來，那些事件充滿了重要性，而且環環相扣，大概也是因為我從後來發生事情的觀點，回顧當初的事件所致，特別是那天我們在休憩亭躲一場豪雨的事發經過。

那時我們十五歲，邁入待在海爾森的最後一年。我們在休憩亭準備進行圓場棒球比賽。男生為了討好我們女生，也準備好要「欣賞」我們的比賽，所以那天下午共有三十多人。這場豪雨從我們更衣的時候就開始了，我們一行人聚集在走廊上等著雨停。但是雨卻下個不停，最後幾個人也到齊了，走廊上變得非常擁擠，所有人不停地兜著圈子，我還記得蘿拉當時對我示範如何用一種非常噁心的方法擤鼻涕，保證可以把男生甩得遠遠的。

露西小姐是在場唯一的監護人，她靠在走廊前面的欄杆上，望著外面的雨勢，眼光像要穿過大雨，直達整座運動場似的。我一如往常仔細地觀察她，就連我一邊被蘿拉逗得開心時，也不忘偷瞄露西小姐的背影。我記得當時心裡想著，露西小姐的姿勢有沒有什麼奇怪的地方，她頭垂得好低，看起來像是一隻俯身準備襲擊的動物。她的身體向前靠著欄杆，上面外突的屋簷溝滴下來的雨水差點兒就要濺在她身上，不過露西小姐一副毫不在乎的模樣。當時，我甚至告訴自己，這一切並沒有什麼不尋常的地方，露西小姐只是一心希望雨停，於是我便把注意力轉回蘿拉說的話。幾分鐘後，我已經完全忘了露西小姐的存在，自己一個人笑得頭都快斷了，突然間我發現周圍靜了下來，露西小姐正開口對著大家說話。

她還是站在原先的地方，但是現在已經轉身面向我們，背對著欄杆和陰雨的天空。

「不要再說了，不好意思，我必須打斷你們，」露西小姐說，她這些話是對著坐在她前面長椅的兩個男生說的。她說話的聲音沒什麼特別，但是音量很大，像是平常對著全班同學宣佈事情的音量，所以大家全安靜下來。「別再說了，彼得，我必須打斷你們，我不能這樣繼續不作聲地聽你們說下去。」

露西小姐抬頭看著全班其他同學，深深吸了一口氣。「好了，你們都聽得到吧，我是說給你們全班聽的，該是有人來說清楚講明白的時候了。」

露西小姐不斷盯著所有人看，我們等著她開始說話。後來，有些同學說，他們當時以為露西小姐打算好好訓斥我們一頓；還有人以為她要宣佈一項圓場棒球比賽的新規則呢。但是，露西小姐還沒說話之前，我就猜到，她要說的話比那些事情更重要。

「男同學，請原諒我聽了你們的談話。不過，你們正好站在我背後，所以不想聽到也難。彼得，你要不要把剛才對高登說的話告訴其他同學呢？」

彼得一臉疑惑，滿臉受傷、無辜的表情。露西小姐又說了一次，這回口氣溫柔多了。「說啊，彼得，請你告訴其他同學剛才所說的話。」

彼得聳聳肩，「我們剛才正在討論，將來如果變成演員，不知道會是什麼模樣，不知道那是怎樣的生活。」

「沒錯，」露西小姐說，「你還對高登說，必須到美國去，才有成功的機會。」

彼得又聳了聳肩，小聲咕噥地說：「是的，露西小姐。」

這時，露西小姐的眼光掃過全班同學。「我知道你們沒有惡意，但是這種話說得太多了。我不時聽到你們提起，校方竟然允許你們這樣下去，這是不對的。」我看到越來越多雨滴從簷溝落下，並且落到了露西小姐肩上，但是露西小姐好像沒留意到。「如果沒有人打算告訴你們，」她繼續說，「那就由我來說吧！在我看來，你們的問題是：一直以來你們總是聽而不聞。你們聽說了一些事情，但是沒有人真正聽懂，我敢說，甚至有些人非常樂意維持現狀。我可不行。如果你們打算將來好好地過日子，那麼，有些事情現在必須知道，而且必須真正明白才行。你們當中沒有人會去美國，沒有人可以變成電影明星，也沒有人會像前幾天我聽到你們計畫的一樣在超市工作。你們這一生都已經安排好了，你們會長大成人，然後在老化前，甚至進入中年以前，就要開始捐出身體的重要器官。這就是創造你們的目的。你們和電視上看到的演員不同，甚至和我也不一樣。你們來到這個世上，就是為了這個目的，你們所有的未來都已經決定好了。所以，不要再說那種話。不久，你們就要離開海爾森，距離你們準備第一次器官捐贈的時間也不遠了。你們一定要記住。如果想要過著正常像樣的生活，你們每一個人就要知道自己是誰，知道自己的未來。」

露西小姐說到這裡停住，但是在我印象中，她想繼續把腦中的話全說出來，因為她環顧著全班，從這張面孔到另一張面孔，就像還在對我們說話一樣。當她轉過身去，再度眺望著整座運動場，我們才鬆了一口氣。

「現在雨沒那麼大了，」露西小姐說，雖然外面的雨和之前一樣沒變。「我們出去吧，說不定，太陽也會出來露個臉。」

我想露西小姐說的就是這些了。幾年後，我在多佛中心和露絲討論這件事，她說當時露西小姐還說了很多事情；包括解釋了捐贈前要先花些時間擔任看護，以及捐贈的一般程序、康復中心等等之類的……但是我非常確定，露西小姐沒有說這些話。好吧，露西小姐剛開始說話時，可能還想多做些解釋，但是我猜她一開口，看到眼前這些疑惑不安的臉孔，就知道自己絕不可能把原先預備的話說完。

露西小姐在休憩亭突然對我們說了那些話，究竟產生了如何的影響，其實很難判定。這件事很快在校園傳了開來，但是內容多集中在露西小姐身上，而不是那些她努力想要告訴我們的訊息。有些學生說，那是她一時失去了理智；其他人說，其實是艾蜜莉小姐和其他監護人要求她說的；甚至有些當時在場的人認為，露西小姐是為了教訓同學在走廊上太過吵鬧。但是，就像我所說的，幾乎沒有人討論露西小姐說話的內容，這太令人意外了。若是有人提起，大家會說：「那又怎樣？那些事我們早就知道了啊！」

但是，那才是露西小姐的重點。就像她說的，一直以來我們總是聽而不聞。幾年前，我和湯米又談起過去這些事情，我提起當時露西小姐那個「聽而不聞」的說法，湯米聽了以後提出了一個理論。

湯米認為，監護人可能早已小心謹慎地安排我們在海爾森這幾年的時間，傳達每件事情的最佳時刻，好讓我們每次聽到最新訊息的時候，總是礙於年紀太小，不能完全搞懂。不過，當然我們在某個程度上還是接收了那些訊息，所以，不久之後，我們甚至還沒來得及好好檢查了解，那些訊息就全留在腦海裡了。

在我聽來，這種說法根本就是陰謀論，我不覺得那些監護人心思會這麼狡猾，但是說不定當中有點兒道理。感覺我們甚至早在六、七歲時，就已經模模糊糊覺得，自己一直都知道器官捐贈這件事。所以，當我們年紀大了一些，監護人對我們談起捐贈的時候，那些內容聽了一點也不覺得意外，好像以前在什麼地方就已經全部聽說了一樣。

我想起來了，監護人起先開始上性教育課程時，經常同時提到器官捐贈的事。我們在還是十三歲左右的年紀，對性可說既是焦慮又興奮，上課時自然就把其他內容擺在一邊。換句話說，監護人其實極有可能企圖把大量關於未來的事情挾帶走私到我們的腦海裡。

不過，平心而論，將這兩個主題擺在一起講，也是自然不過的事。好比說，當監護人正要教我們如何在發生性行為時，小心預防感染疾病，這時若是不順帶提到預防疾病對我們比對外界的人更加重要，也是很奇怪的。而這個話題當然也會帶到捐贈的事情。

接著，學校不時告訴我們，我們是不能生育的。艾蜜莉小姐過去經常為我們上性教育課程。我記得有一次，艾蜜莉小姐從生物教室拿來一副人體大小的骨架，向我們示範性行為的過程。她把骨架扭曲成各種姿勢，而且不自覺地拿著教鞭這兒戳那兒刺的，我們全都看得目瞪口呆。接著，艾蜜莉小姐向我們解釋性行為的具體細節，什麼東西該插入哪裡、不同變化的姿勢等等，好像上地理課一樣。

然後，突然間，當骨架依然猥褻地擺在桌上，艾蜜莉小姐轉身對大家說，我們必須小心選擇性行為的對象。她說，這不只是因為疾病，更是因為：「性行為對於一個人情感層面產生的影響是你們無法預料的。」我們在外界必須格外注意，尤其是和那些不是學生的人發生性關係，更要特別小心，因為性代表了很多事情。外面的人為了誰能和誰發生性關係，甚至會打架、殺人。誰和誰發生性關係之所以這麼重要——比什麼重要呢？就拿跳舞和打桌球來說好了，性這件事重要得多了——那是因為外面的人和我們學生不一樣，他們可以藉由性行為生育下一代。所以，這個誰和誰發生性關係的問題，對他們來說是非常重要的。我們都知道，雖然我們不能生育，但是，在外面，我們的一舉一動還是得像他們一樣。我們必須遵守外界的規則，把性視為非常特別的事情。

艾蜜莉小姐那次講課就是個典型的範例。一開始重點是性行為，然後其他事情就會不知不覺地攪和進來。我想這和我們變得聽而不聞大有關連。

最後，我們想必還是吸收了不少訊息，我記得在那個年紀的時候，同學之間對於捐贈相關議題的態度有了明顯的改變。誠如先前所說，在那之前，大家總是無所不用其極地想要避開器官捐贈的話題；只要發現誤觸了這個領域的徵兆，勢必趕緊退出，若有哪個笨蛋像上回瑪芝那樣粗心大意，就要接受嚴厲的處罰。但是，就像我所說的，從十三歲開始，事情開始有了改變。我們還是像以往一樣毫不討論捐贈和所有相關的話題；心裡還是覺得這是相當棘手的問題。不同的是，器官捐贈變成了所有人開玩笑的題材，就像拿性行為開玩笑一樣。回想起來，我覺得原先那個不得公開討論捐贈話題的規定還是存在，而且和以前一般嚴格。只不過，後來情況轉變成這件事三不五時可以、而且幾乎是必須拿來作為未來事情的詼諧譬喻。

湯米那次劃破手肘就是一個很好的例子。時間應該是我和他在池邊談話之前；那陣子湯米應該還是處於受人欺負、嘲笑的階段。

湯米的傷口並不嚴重，雖然被帶去烏鴉臉那兒處理傷口，但是幾乎馬上就回來了，手肘上多了一塊正方形的膏藥貼布。原先沒有人留意，直到一、兩天之後，湯米拆掉膏藥貼布，露出了處於癒合和破皮階段的傷口。從外面看來，皮膚正要慢慢黏合，隱約看得到皮膚底下有什麼又軟又紅的東西。那個時候我們正在吃午餐，所有人全圍了過來，發出「唉呦」的叫聲。然後大我們一個年級的克里斯多福一臉非常嚴肅地說：「真是可憐啊，受傷的地方就在手肘的這個位置。如果是其他地方，就沒事了。」

這個克里斯多福是湯米那個時期非常敬仰的人物，湯米有點兒擔心，於是問他那句話什麼意思。克里斯多福繼續吃東西，然後才冷淡地說：「你不知道嗎？像這種剛好在手肘的地方，傷口會裂開喔！萬一不小心迅速地彎曲手肘，不但是受傷的地方，整個手肘都會像打開手提袋一樣裂開來。我還以為你知道哩！」

我聽到湯米抱怨著烏鴉臉竟然沒有事先警告他有這種危險，而克里斯多福聳聳肩說：「當然是因為她以為你早就知道了。這種事大家都知道啊！」

附近一大堆人低聲表示認同，「你無時無刻都要把手伸直喔，」有人說，「手一彎可是非常危險的。」

第二天，我看到湯米不管走到哪裡，總是把手伸得直挺挺的。所有人無不嘲笑他，這讓我非常生氣，不過我得承認，這事還真有點兒好笑。後來，到了下午快結束的時候，我們正要離開藝術教室，湯米在走廊上向我走近說：「凱西，我可以很快地跟妳說句話嗎？」

這個時間大約是我在運動場上，提醒他休閒衫那次過後一、兩個星期，所以我們已經算是相當特別的朋友了。不過，像他這樣走上前要和我私下談話，還是讓我非常尷尬、手足無措。或許這是我稍後沒有幫上什麼忙的主要原因。

「我也不是擔心或什麼的，」湯米把我帶到一邊之後立刻開口說，「但我還是得小心一點兒，這樣而已。身體健康不能大意，我需要有人幫我啊，凱西。」他說他擔心自己睡著時的動作，很可能睡到半夜就會彎曲手肘。「因為我常夢到和一群羅馬士兵打仗。」

我問了他一些問題，顯然所有人，包括那次午餐時間不在場的人，不斷來找他，重複對他提出和克里斯多福相同的警告。事實上，當中似乎還有幾個人對他開了更大的玩笑：湯米從那些人嘴裡聽說，以前有個學生和他一樣劃破了手肘，半夜睡覺醒來，發現整條上臂和手掌骨頭外露，外面的皮膚則是啪呀啪地到處拍打。「就像窈窕淑女裡面的長手套一樣。」

湯米要我幫忙在他的手臂上綁一塊夾板，好讓手臂整夜維持挺直。

「我不相信別人，」湯米拿起一把用來充當夾板的厚直尺，「其他人說不定會故意讓尺在半夜鬆掉。」

湯米天真無邪地看著我，我不知道該說什麼。我心裡很想告訴他真相，也知道自己如果沒有這麼做，將會背叛從我提醒他注意休閒衫那次以來所建立的信任。要是我真的把他的手臂綁在夾板上，代表我也是這場鬧劇的加害人。真是丟臉，我當時竟然沒有告訴他實話。但是，可別忘了，那時我年紀還小，而且只有幾秒鐘的時間能決定。何況，要是有人像他這樣懇求幫忙，怎樣也都不能拒絕啊！

最主要的原因是，我不想增加他的煩惱。看得出來，湯米這麼擔心手肘傷勢，是因為其他人對他的關心所感動，湯米相信他們出於關心。當然，我知道湯米遲早就會發現真相，但是當時我就是說不出口。

我頂多只問了他：「烏鴉臉說過你要這麼做嗎？」

「沒有。要是我的手肘真的裂開了，看她會多生氣啊！」

這件事到現在還是讓我覺得很難過，總之，我當時答應要替他上夾板，我們約在晚安鐘前一個小時、十四號教室，然後看著他感激而且安心地離開。

後來，我並不需要完成我的承諾，因為湯米已經先發現了事實。大約是當天晚上八點鐘，我從中央樓梯下樓，在樓梯間聽到一樓傳來一陣笑聲。我的心沉了下去，立刻想到這陣笑聲和湯米有關。我停在一樓平台，從扶手看過去，湯米正從撞球室重重跺著腳走出來。記得當時心想：「至少湯米沒有大吼大叫。」湯米確實沒有，整個過程當中，湯米只是走到寄物間，拿走自己的東西，便離開了主屋。同時，撞球室開放的門口處還不斷傳來陣陣笑聲，當中更有聲音大喊：「你要是發脾氣，手肘一定會裂開喔！」

原本想跟著湯米走去漆黑的戶外，在他回到宿舍小屋前趕上他，但是，我想到自己先前答應他把手臂綁在夾板上過夜，便站在原地不動，只是一直對著自己說：「至少他沒有大發雷霆，至少他控制住脾氣了。」

不過我有點兒離題了，我之所以說這些事情，是要說明這個「裂開」的說法從湯米的手肘，變成了流行於同學之間有關器官捐贈的笑話。這個笑話的內容是說，等到捐贈的時候到了，我們只要拉開一小部份皮膚，就像是打開拉鍊一樣，裡面的腎臟或是什麼東西就會滑出來，然後把東西交出去。我們並不覺得這個說法本身有多好笑；這主要是拿來讓別人吃飯時倒胃口的絕招。例如我們把肝臟的拉鍊打開，倒在別人的盤子上等等之類的。我記得有一個胃口驚人的同學蓋瑞，拿了第三份布丁回到座位上，幾乎全桌的人都「打開拉鏈」倒出自己的器官，堆在蓋瑞的碗裡，而蓋瑞還是意志堅定地繼續把布丁塞進肚子裡。

當別人提起那些裂開之類的事情，湯米並不十分喜歡，不過那時候戲弄湯米的日子已經過去了，再沒有人把這個笑話和他聯想在一起。這個笑話的目的只是為了引發笑聲，讓別人吃飯倒盡胃口。我想，這也是接受未來命運的一種方式吧！這就是我原先的重點。在生命中的那個階段，我們遇到捐贈這個話題的時候，已經不再像一、兩年前一樣退縮；不過，卻也不曾認真地想過、或談過這件事。那些「打開拉鏈」的玩意兒，正是這件事在我們十三歲時所產生的典型影響。

所以，一、兩年後，我才會認為露西小姐說的沒錯，一直以來我們都是「聽而不聞」。而且，如今想想，我認為露西小姐那天下午對我們所說的話，其實造成了同學們態度上的改變。那天以後，關於器官捐贈的笑話漸漸沒了，同學開始認真地思考事情。若說真有什麼影響，那就是器官捐贈又再次成了眾人迴避的話題，只不過和我們年幼時的方式不同。這回，這個話題已經不再棘手或教人尷尬；而是變得沉重而嚴肅。

「真是好笑，」幾年前，我和湯米再度回想起這些過去，湯米這麼說。「沒有人停下來想想露西小姐心裡什麼感受，露西小姐對我們說了那些事情，不知道會不會因此惹上什麼麻煩，我們也從來沒替她操過心，那時候真是太自私了。」

「你不能這樣怪同學，」我說，「學校教導我們要為彼此設想，但是從來沒有告訴我們也要為監護人著想。誰會想到監護人之間也會意見不合。」

「可是我們那時候年紀已經夠大了，」湯米說，「我們到了那個年紀，應該能想到才對。但是我們沒有，根本完全沒有想到可憐的露西小姐，甚至是妳那次看到她之後，我們也沒替她設想過。」

我立刻知道湯米指的是哪件事。他說的是我們待在海爾森最後一年的夏天，有天早上我偶然在二十二號教室遇到露西小姐。現在想想，其實湯米說的沒錯。在那之後，事情已經非常清楚了，甚至我們也都應該明白，露西小姐變得非常不安。只是，就像湯米說的，我們從來沒有從她的角度思考，所以也沒想過給予露西小姐言語或行動上的支持。

8

當時很多人都滿十六歲了。那是一個陽光耀眼的早晨，同學剛在主屋上完課，走到了庭院，我想到有東西留在教室，所以又走回三樓，就這樣發生了露西小姐的事件。

那陣子我私底下玩著一種遊戲。每當我一個人，就會停下來找一個視野所及的範圍內沒有人的角度；例如望向窗外或從門口往教室裡看。這麼一來，至少在那幾秒鐘的時間內，我可以製造出一個假象，假裝我們這個地方不是到處充斥了學生；相反地，我可以想像海爾森是個安寧幽靜的建築，只有我和五、六個人住在這裡。為了達到這個目的，必須進入一種如夢似幻的狀態，拒絕所有零星的聲響。通常也必須非常有耐心：好比說，現在從窗戶專心看著運動場上的某個區域，可能得等上半天，才終於有那麼幾秒鐘的時間，整個視線範圍裡一個人也沒有。總之，那天早上我從教室拿了留在教室的東西，走回三樓平台之後，便玩起這個遊戲。

我站在窗邊動也不動，看著幾分鐘之前站在那兒的庭院某處，那些朋友已經離開了，庭院漸漸淨空，眼看我的小把戲就要成功；這時，卻聽見背後傳來像是瓦斯或蒸汽大量外洩的聲音。

這個嘶嘶聲大約持續了十秒鐘，停了一會兒，又繼續響起。我並沒有受到驚嚇，不過既然自己是附近唯一的人，我想還是去看看怎麼回事比較好。

於是我越過平台，朝那個聲音走去，沿著走廊，經過了剛才那間教室，一路走到了後面算來倒數第二間的二十二號教室。教室門口微微開著，我走上前去，那陣嘶嘶聲又出現了，這回的強度不同，我小心翼翼地推開門，完全不知道教室裡面是何情景。當我開了門，看到露西小姐，著實嚇了好大一跳。

二十二號教室絕少拿來上課，因為教室太小，而且即使是像那天的天氣，室內幾乎一點兒光線也沒有。監護人有時會到這間教室，批改作業或看看書。那天早上，教室因為百葉窗幾乎全拉上了，室內顯得更是黑暗。兩張桌子併在一塊，好讓一群人可以圍坐一起，但是當時只有露西小姐一人獨自坐在後面那邊。

我看到露西小姐面前桌上，零星放了幾張黑色發亮的散落紙張。她全神貫注地倚在桌前，低著額頭，手臂擱在桌上，手裡拿著一隻鉛筆，潦草地在一張紙上用力寫著什麼東西。我可以看到一大片黑色線條底下有整齊的藍色筆跡。我一邊看著，露西小姐繼續拿著鉛筆筆端在紙上塗抹，挺像我們在美術課畫陰影的時候，差別就在她的動作包含了更多的憤怒，似乎劃破紙張也不在乎。那一刻，我才明白，原來這就是那陣怪聲的來源，而我原本以為是黑色發亮的紙張，其實寫滿了整齊的字跡。

露西小姐畫得入神了，好一陣子才發現我站在那裡，她吃驚地抬起了頭，我看到她的表情十分激動，但是沒有淚痕，她直盯著我看，然後放下手裡的鉛筆。

「嗨，小姐，」露西小姐說，深深地吸了一口氣。「我能為妳做什麼事嗎？」

我別過頭去了，如此就不必看著露西小姐或桌上的紙張。我不記得當時說了多少話來解釋那陣聲響，或擔心瓦斯外洩等等。總之，我們並沒有真正談點兒什麼：她不希望我在那裡，我自己也不願意。我大概道了歉之後就走出去了，但是心裡又期待露西小姐喚我回去。不過她並沒有，我只記得當時下了樓，內心既是羞愧又是憤怒。那一刻，我巴不得自己什麼也沒看到，若問我究竟煩惱些什麼，也說不出來。就像我所說的，羞愧佔了很大的因素，但也有憤怒，不過不完全針對露西小姐個人。我心裡亂七八糟的，可能因為這樣，所以過了很久以後，我才向朋友透露這件事情。

那天早上之後，我開始相信一件可能是不好的事，我相信即將發生一件和露西小姐有關的事，我睜大眼睛、豎起耳朵，四處尋覓。幾天過去了，卻什麼也沒聽到。當時我並不知道另外有件重要的事情，發生在我看到露西小姐在二十二號教室之後幾天；那是露西小姐和湯米之間的事，這件事讓湯米心裡非常困惑不安。在那之前不久，只要發生這類事情，我和湯米往往都會立刻向對方報告；但是那年夏天，發生了太多事情，也就是說，我們說話並不那麼方便。

基於這個原因，我隔了很久，才聽說這件事情。後來，我真恨自己當時沒有猜到，沒把湯米找出來，好好問個清楚。不過，就像我之前所說的，那陣子發生太多事情了，包括湯米和露絲之間的事，還有一大堆其他的事，我從湯米身上所察覺到的一切變化，可以全部歸咎於這件事情。

若說湯米那個夏天行為舉止完全失常，可能有點兒極端，不過的確有段時間，我非常擔心湯米又要回到幾年前那個很難相處、情緒變化不定的狀態。例如有一次，我們幾個人從休憩亭走回宿舍小屋時，發現我們正好走在湯米和其他兩個男生後面。他們一群人在我們前面不過幾步遠的距離，包括湯米在內的每個人看起來體型都不錯，彼此嘻嘻哈哈地推來推去。事實上，我認為當時走在我身邊的蘿拉，從男生的打鬧得到一些靈感。當時的狀況是這樣的，湯米之前想必坐在地上，他身上的足球衣靠近腰背的地方黏了一大片泥巴。湯米顯然沒注意到，我猜其他男生也沒發現，否則一定大呼小叫地說個不停。總之，蘿拉就是蘿拉，於是她大聲嚷嚷：「湯米！你後面有便便喔！你剛才去幹什麼了啊？」

蘿拉說這些話並無惡意，如果當時我們其他人也說了些什麼，也是學生常有的舉動而已，沒什麼特別用意。所以，當湯米突然停下腳步，轉過身來，一臉氣呼呼地盯著蘿拉，我們全被嚇了一大跳。所有人都停了下來，一個男生看來和我們一樣丈二金剛摸不著頭緒，當下我還以為湯米就要發火，這可是幾年來第一次啊！不過他卻突然邁步離開，留下我們在原地彼此聳肩對看。

還有一次和這次一樣嚴重，那回我拿了派翠西亞做的月曆給湯米看。派翠西亞小我們兩個年級，但是所有人對她的素描技巧都是讚嘆不已，她的作品總是藝術交換活動上眾人追逐的焦點。我尤其喜歡這本在上次交換活動辛苦得來的月曆，活動開始前幾個星期，這本月曆的名氣便已傳遍校園。它不像艾蜜莉小姐那本動不動飄呀飄的英國各郡彩色月曆。派翠西亞這本又小又短，每個月份都有一小幅漂亮的鉛筆素描，描繪海爾森的生活即景。要是我現在還留著就好了，當中幾張圖畫，例如六月和九月那兩張，甚至可以認出上面學生和監護人的臉孔。我離開卡堤基的時候，丟了幾樣東西，這本月曆就是其中之一，都怪我那時心不在焉，沒有留意身邊攜帶的物品，不過我還是等待適當時機再來說明吧！我現在要說的是，這本月曆是我相當得意的一大收穫，所以才想拿給湯米瞧瞧。

我發現湯米站在南運動場大楓樹邊的陽光下，當時太陽已近黃昏，既然月曆正好放在袋子裡——我在音樂課展示過了——於是我向他走了過去。

湯米全神貫注看著旁邊運動場上幾個年紀小一些的男生正在進行足球比賽，他看起來心情不錯，甚至可以說相當平靜。我走上前去，湯米對我笑了一笑，我們隨便聊了一會兒。然後我說：「湯米，你看，這是我辛苦得到的東西。」我並未刻意掩飾自己的喜悅，當我從袋子拿出月曆遞給他的時候，甚至附上一句：「噹……噹！」湯米接過月曆，臉上還掛著笑容，但是，當他一邊翻看，我感覺他心裡豎起了一道牆。

「那個派翠西亞啊，」我開口說，但聽得出來自己的聲音已經不太一樣了。「她真是太厲害了……」

湯米把月曆還給了我。接下來，一句話也沒說，便經過我面前往主屋走去。

最後這個事件本來應該可以提供給我一些線索。要是我動點兒腦筋稍微想想，就該猜到湯米最近的情緒一定和露西小姐，以及他那個「表現創造力」的老問題有關。但是，同一時間發生了太多事情，就像我說的，我根本想不到那麼多。我猜那個時候自己大概以為過去的問題已經隨著早期青少年的歲月消失了，只有近在眼前的重大議題才能佔據我們的心思。

到底發生了哪些事情呢？嗯，首先，露絲和湯米吵得很凶。六個月前，他們就已經是一對了；至少，他們在六個月前就開始手挽著手、走在一起公開交往。他們這對情侶頗受人尊重，因為他們從不炫耀兩人的關係。其他人像是希薇亞和羅傑這一對，看了就教人作嘔，旁人非得要發出作嘔的聲音，他們才能規矩一點兒。不過露絲和湯米從來不在別人面前做出噁心的事情，即使有時候他們兩個人親熱地抱在一起或什麼的，也讓人覺得他們是出自對彼此的感情，而不是做給觀眾看的。

如今回想起那段過去，看得出來當時所有人對於性這個範疇還是非常困惑。其實這一點兒也不意外，我想，畢竟我們還不到十六歲。但是，讓我們更感到不解的是（現在回想起來尤其突顯），就連監護人自己也搞不清楚。當時我們一方面聆聽艾蜜莉小姐的講授，她告訴我們，重要的是不必對自己的身體感到難為情，要「尊重自己身體的需求」，並且只要兩廂情願，性將會是一個「非常美麗的禮物」等等。但是到了發生的時候，監護人或多或少又把事情搞得讓那些真的想要嘗試的學生很難不觸犯規定。

例如，女同學晚上九點以後不得進入男生宿舍，男生也同樣不能進入女生宿舍。而教室以及小屋、亭子後側，按照規定晚上時間均「不得進入」。即使天氣暖和，也不會有人想在運動場上做這檔事，因為才做不久，主屋那兒一定會出現一群觀眾，互相傳遞望遠鏡，朝著這兒觀望。換句話說，儘管課堂上說了什麼性是美好的這類的話，我們心裡都明白，要是被監護人抓到我們發生了性行為，可就要倒大楣囉！

話雖這麼說，我自己唯一知道類似的案例，是珍妮和羅伯在十四號教室半途被中斷的那次。午餐過後，他們兩個在書桌上做了起來，傑克先生正好走進教室拿東西。根據珍妮的描述，傑克先生滿臉通紅地立刻走了出去，但是他們小倆口給他這麼一耽擱，就沒再繼續了。後來傑克先生又走了回來，他們多少已經穿上了衣服，傑克先生便裝作第一次走進教室的模樣，又是意外又是震驚。

「我知道你們在幹什麼，那是不當的行為。」傑克先生說完就要他們兩個人去見艾蜜莉小姐。不過，他們一到艾蜜莉小姐的辦公室，艾蜜莉小姐卻說她正要去參加一場重要的會議，沒有時間跟他們說話。

「不管你們做了什麼事，總之，你們不該這麼做，我希望你們以後不要再犯。」艾蜜莉小姐說完便提著文件夾匆匆離開了。

順帶一提，我們對於同性之間的性行為更是莫衷一是。因為某些原因，我們把它稱為「性雨傘」；要是有人喜歡同性，那麼這個人就是「一把雨傘」。我不知道其他地方是什麼情形，但是在海爾森，我們對同性戀的事情可是一點兒也寬容不得。男生手段尤其殘忍。露絲認為，這是因為男生之中不少人年紀小的時候，已經互相做過那檔事，等到後來才明白當時行為的意義。所以，他們現在緊張到了一種荒謬的地步。我不知道露絲的說法對還是不對，但是，可以確定的是，若是指控別人「越來越像把雨傘」，最後一定以打架收場。

同學之間討論這些事情的時候，實在無法理解監護人究竟希不希望我們發生性行為。有些同學認為監護人其實同意，只不過我們老選錯時間。漢娜的說法是，她認為監護人有責任讓我們發生性行為，否則以後我們無法成為優秀的捐贈人。她說，除非人持續發生性行為，否則像腎臟、胰臟之類的器官便無法正常運作。還有人說，我們必須記得，監護人是「正常人」。所以他們覺得單純的性行為很奇怪；對他們來說，性是為了生兒育女的時候才發生的，雖然他們認知上明白，像我們這種人根本不能生育，但是他們還是很擔心我們發生性行為，因為在他們內心深處並不真的相信這些性行為最後不會導致懷孕。

安娜特另有一套說法：她說監護人之所以不喜歡我們有性行為，那是因為他們自己想和我們發生性關係，尤其是克里斯先生看我們女孩子的眼神，就是打著這個主意。蘿拉卻說，安娜特真正的意思是，她自己想和克里斯先生發生性行為。我們聽了全都笑瘋了，和克里斯先生發生性行為這個念頭，實在太荒謬、也太噁心了。

我認為最接近的說法是蘿絲所提出來的，「監護人的意思是指我們離開海爾森之後發生的性行為，」蘿絲說，「他們的確要我們和喜歡的人有正確而且不會致病的性行為。只是他們真正的意思是指我們離開以後的事。他們不要我們在學校裡發生性行為，這對他們來說是個很大的麻煩。」

總之，我猜真正發生的性行為沒有一般人以為的那麼多，或許很多情侶光是接吻、愛撫；事後便暗示大家他們發生了真正的性行為。但是回想起來，我懷疑究竟有多少人真正有性行為。要是所有宣稱發生性行為的人所言不假，那麼走在海爾森校園應該可以看到這樣的景象：不管前後左右，到處都是正在發生性行為的情侶。

我記得學生之間彼此私下協定，對於同學宣稱的內容不可過度追問。例如，要是大家正在討論某個女生的時候，漢娜轉了轉眼珠低聲地說：「好一個處女。」意指：「當然我們已經不是處女了，不過這個女生還是，妳希望她能怎樣？」這時候當然不能繼續追問：「那妳是和誰做的啊？什麼時候？在哪兒？」絕對不行，旁人只能心照不宣地點點頭。這就像另一個平行的宇宙，我們隱遁在人人知道的這個性經驗存在的世界。

當時我大概已經知道，身邊所有這些宣稱發生性行為的人數並未增加。但是，當夏天來臨，我覺得自己越來越像個異類。那時候，性行為的涵義就像幾年前「發揮創造力」一樣。感覺上，若是沒有性經驗的人，應該想點兒辦法，而且得加快腳步了。就我而言，我身邊最親近的兩個女生肯定有過性經驗了，使得情勢更加複雜。一個是蘿拉和羅伯，雖然他們並不登對；另外就是露絲和湯米這對情侶。

關於性這件事，我已經拖了很久，不時向自己重複艾蜜莉小姐的忠告：「若是找不到可以真心希望分享性經驗的人，寧可不要做！」但是，到了我所說的那年春天，我開始出現了一個念頭，其實和男生發生性關係也無妨。不只是為了嚐嚐性的滋味，更要熟悉一下性行為的經過，所以隨便先和某個男生練習也有好處。往後，若是和一個特別的人交往，可能比較不會出錯。我的意思是說，如果艾蜜莉小姐說的沒錯，性行為真是兩人之間的大事，我可不想把這麼舉足輕重的關鍵時刻作為我第一次的嘗試。

所以，我看上了哈瑞作為練習的對象。挑選他的原因很多。一來，我知道他以前和雪倫做過，而且，雖然我沒那麼喜歡他，但是至少我不討厭他這個人。加上他不隨便講話，人也正派，萬一我們做得亂七八糟，他也不會到處亂說話。更何況，他也曾經幾次暗示我想和我發生性關係。好吧，那段日子的確很多男生向女生調情，但是真心的提議和平常男生的玩笑話之間差別是非常明顯的。

所以，我選上了哈瑞，而且拖了好幾個月，我想確定自己的身體方面沒有問題。艾蜜莉小姐說過，性行為是很痛的，要是不夠濕潤，就會失敗，這才是我真正的擔心。重要的不是下面破裂——我們女生常拿這件事開玩笑——這才是不少女生私下的擔憂。我一直在想，只要我很快變得濕潤，應該就沒問題了，而且為了再次確定，我自己試了很多遍。

我知道我這樣的舉動，乍聽之下好像我對性上癮了，但我還記得當時也花了很多時間，一次又一次地重讀書本上性行為過程的片段，逐字逐句地看，求的就是能夠得到多一點兒線索。問題是，海爾森的書籍根本完全派不上用場。我們有很多十九世紀哈代之類作家的作品，這些差不多都沒用。有些現代的書籍，像是歐伯蓮、德拉布爾之類的作家，書中也有一些性的情節，但是實際發生的經過描述得並不清楚，因為作者總是假定讀者已經有過多次的性經驗，所以不必交代細節。那陣子我對書本失望透頂，而影帶也沒好到哪裡去。一、兩年前，撞球室擺了一台放影機，到了那年春天，已經收藏了很多部不錯的電影。當中性行為的鏡頭很多，但是多數畫面只帶到性行為剛開始的階段，接下來就沒有了；不然的話，也只有演員的臉部和背部的鏡頭。要是真的出現了一幕有幫助的畫面，也只能匆匆看過，因為撞球室一般來說有二十個人共同觀賞電影。同學之間慢慢發展出一套運作模式，只要有特別喜歡的鏡頭，便可以要求重播；例如電影「大逃亡」每次播到那個美國人騎著腳踏車越過鐵刺網那一刻，便會有人不停地喊：「倒帶！倒帶！」然後就會有人拿起遙控器，讓大家再看一次那個段落，有時甚至重播三到四次。但是，我一個人哪能為了再看一次性的畫面大喊倒帶呢！

所以我一週拖過一週，不斷做好各種準備，直到那年夏天，終於下定了決心，做好了準備。那時，我甚至對性行為相當有自信，並開始向哈瑞拋些暗示。一切相當順利，完全按照計畫進行，直到露絲和湯米分手，事情全都給搞混了。

9

露絲和湯米分手後幾天，我和其他幾個女生在美術教室畫靜物。我記得那天身後雖然有風扇吹著，但還是感覺相當悶熱。我們的畫具是炭筆，有人強佔了所有畫架，所以我們只得將板子立在腿上作畫。當時我坐在辛西亞旁邊，我們兩個人一邊聊天，一邊抱怨室內的悶熱。後來，不知道為什麼，我們聊到了男生的話題，辛西亞頭也不抬地對我說：「還有湯米啊，我就知道他和露絲在一起不會太久的啦。嗯，我猜妳就是自然的繼承人囉！」

辛西亞說這些話時，只是輕描淡寫地帶過，但她是個觀察敏銳的人，而且不是我們小團體成員，所以她的話題顯得更有份量。我是指，我心裡忍不住把她的想法看作所有和這個話題毫不相干的外人的一致意見。畢竟，在他們出雙入對之前，我已經是湯米多年的朋友了。在外人眼中，我看起來確實很有可能成為露絲的「自然繼承人」。我聽聽也就算了，辛西亞本來就不是要發表什麼長篇大論，也就沒再多說什麼。

差不多一、兩天後，我和漢娜從休憩亭走出來，她突然用手肘輕輕推了我一下，頭朝向北運動場那邊的一群男生點了一點。

「你看，」漢娜小聲地說，「是湯米耶，他一個人坐在那邊喔！」

我聳了聳肩，彷彿說：「那又怎樣？」這件事到此為止，沒有下文。不過，事後我想了又想。說不定漢娜想告訴我的是，湯米和露絲分開以後，剩下他單獨一個人了。我才不理漢娜；我太了解她了。她用手肘推我低聲說話的方式，明顯表示她心中的假設：她也把我當成「自然繼承人」，而且說不定她已經到處對人說過了。

我之前說過，這些事情讓我有點兒心煩意亂，在那之前，我可是全心全意進行著我的哈瑞計畫。事實上，現在看來，當初要不是「自然繼承人」那檔事，我早和哈瑞發生關係了。畢竟我把性行為全研究過了，準備也相當充份。直到現在，我依然覺得，哈瑞是那個生命階段的絕佳人選。如果我們當時真的做了，我想他一定非常體貼溫柔，也一定了解我對他的需求。

兩年前，我和哈瑞在威爾特夏的康復中心匆匆見過一面。他剛做完捐贈入院休養。那時，我心情不是很好，我所照顧的捐贈人前個晚上剛去世。雖然沒有人怪罪於我（因為都是不周全的手術造成的），但是自己心裡還是很不好受。我幾乎整晚沒睡，一直在整理東西，就當我在前面接待處準備離開的時候，看見哈瑞被推了進來。他坐在輪椅上，後來我才知道他並非不能走，而是因為身體虛弱；我不確定當我上前向他打招呼的時候，他是不是認得出我。我想我大概沒什麼理由在他的記憶裡佔有一席之地吧！

除了那次外，我們之間沒有太多接觸。要是他真的記得我的話，對他來說，我也不過是一個曾經走來問他要不要發生性關係，然後一溜煙就跑掉的笨女生吧！以他當時的年齡而言，他應該算是相當成熟的，因為他沒有生氣，也沒有四處張揚我是個賣弄風騷的女生之類的話。所以，我看到他被帶進來的那天，心裡對他懷著感謝，希望能做他的看護。我東張西望，不管他的看護到底是誰，反正那個人根本不在他身邊。護理員急著把他送到房間，所以我沒有和他說太多話。我只是向他打了一聲招呼，希望他能早日康復，哈瑞也只是疲倦地對我笑了笑。當我提到海爾森的時候，哈瑞翹起了大拇指，但我看得出來他認不出我。說不定再過一陣子，等他沒這麼累，或藥效沒這麼強的時候，就會試著回想我的臉孔，記起我是誰了。

總而言之，我要說的是，當時露絲和湯米分手以後，整個計畫全泡湯了。現在想想，我對哈瑞實在有點兒過意不去。前個星期我才給他暗示，這個星期卻突然小聲地說要再拖一陣子。我大概以為他急著想做，所以想辦法盡可能拖延一段時間。每次我看到他，總是趕緊找件事情，然後在他還沒來得及回答我的時候，趕緊溜走。直到很久以後，當我想起這件事，突然有了一個不同的想法，說不定他那時心裡壓根沒想到性。就我認為，他大概也很樂意忘掉這件事情，只不過每次他在走廊或運動場遇到我，我就走到他面前，小聲說了一些藉口，解釋自己那時候為什麼不想要性行為。他可能覺得我的行為十分愚蠢，要不是他這個人為人正直，我早就成了眾人談話的笑柄了。嗯，總之，拖延哈瑞前後的時間大概一、兩個禮拜，接著就是露絲的請求。

那年夏天，趁著天氣溫暖，學生之間出現了一種在草地一起聽音樂的獨特方式。隨身聽開始在海爾森出現，是在前一年的拍賣會，那年夏天，同學之間至少有六台在流傳著。當時流行幾個人圍著一台隨身聽，一起坐在草地上，輪流使用耳機。好吧，我知道這樣聽音樂實在很愚蠢，但是我們卻感覺很不錯。每人每次聽了大約二十秒鐘的時間，就要摘掉耳機傳給下一個人。意外的是，過了一段時間，如果我們重複聽同一卷錄音帶，就會發現這種方式和自己一個人聽完整卷差不多。如同我所說的，這個方式是從那年夏天開始流行起來，每到午餐休息時間，就會看見同學一群群圍著隨身聽躺在草地上。監護人並未激烈反對，雖然我們這樣可能會傳染耳炎，不過還是任由我們聽下去。如今，只要想起最後一年的夏天，就會想到下午圍繞著隨身聽的時光。經常有人走著走著，便問起草地上的人：「現在聽什麼啊？」要是他們喜歡，就會一起坐在草地上，依次等候。那段時間氣氛相當好，我不記得曾經發生有人想要共用耳機，卻遭到拒絕的情況。

總之，我正在草地上和幾個女生一起聽音樂，露絲走了過來，問我能不能去走一走。我看得出來露絲有重要的事情，於是離開我的朋友，和她一起走了，兩個人一路走到宿舍小屋。我們走進房間，我在露絲靠窗的床上坐了下來，太陽把毯子烘得暖暖地；露絲則坐在我的床上，就在後牆那邊。一隻青蠅嗡嗡地飛來飛去，我們開心地玩了一會兒「青蠅網球」，揮動雙手將那隻已經被拍得七暈八素的青蠅，從這裡扔到那裡，後來牠從窗口找到出路飛走了，露絲才說：「我想和湯米言歸於好。凱西，妳可以幫幫我嗎？」露絲接著問：「妳怎麼了？」

「沒有，我只是有點兒驚訝而已，畢竟都已經走到這個地步了。我當然願意幫忙啊！」

「我還沒告訴其他人，我想和湯米復合，甚至也沒對漢娜說起，妳是我唯一能相信的人。」

「妳要我做什麼呢？」

「妳只要和湯米說說話就可以了，妳不是常常和他說話嗎？如果由妳來轉告我的意思，他會聽妳的，他知道妳不會胡說八道。」

我們坐在床上，雙腳在床底下前後擺動了好一會兒。

「妳來找我真是找對人了，」我終於開口說，「如果要跟湯米說那些事情，我應該是最佳人選吧！」

「我希望我們可以重新開始。我們現在可以說是扯平了，我們過去做了一些愚蠢的事情傷害對方，現在也該喊停了。妳來評評理，那個該死的瑪莎！說不定他只是為了要嘲笑我而已。嗯，妳可以告訴他，他成功了，我們兩個人已經平手了。我們也該成熟一點兒，重新開始。我知道妳可以跟他講道理，凱西。妳可以把事情處理到最妥善的地步。如果他還沒準備好，依然那麼不明理的話，我想，再繼續交往下去也沒什麼意義了。」

我聳了聳肩，「妳說的沒錯，湯米和我向來可以好好溝通的。」

「對啊，而且他真的非常尊重妳。因為他常說起妳，我才知道的。他常說妳很有勇氣，每次說要做什麼，一定會去做。他曾說，他要是有麻煩，寧可有妳在背後支持他，也不要是其他男生。」露絲笑了一笑，「妳得承認，那句話可真是個很大的讚美。所以妳看，只有妳才能拯救我們。湯米和我兩個人注定要在一起，他會聽妳的話的。妳會幫我們這個忙吧！是不是啊，凱西？」

我沉默了一會兒，然後問道：「露絲，妳對湯米是認真的嗎？我是說，如果我真的說服他了，你們兩個人復合以後，妳不會再傷害他了吧？」

露絲不耐煩地嘆了口氣，「我當然是認真的啊！我們都已經是成人了，而且馬上就要離開海爾森，不能再把感情當兒戲了。」

「好吧，我會去跟他說。妳說的沒錯，我們不久就要離開這裡，沒有時間浪費了。」

之後，我記得我們坐在床上又聊了一會兒。露絲把每件事說了一遍又一遍：湯米有多愚蠢、為什麼他們是天生一對、復合之後他們的行事態度將會有何不同、他們將如何擁有更多隱密的空間，以及在更好的時間、地點發生性行為等等。我們無話不談，而且露絲事事都想聽聽我的意見。有一刻，我看著窗外遠處的山丘，旁邊的露絲突然抱住我的肩膀，著實嚇了我一跳。

「凱西，我就知道我們可以信賴妳，」露絲說，「湯米說的沒錯，有困難的時候，找妳就對了。」

接下來的幾天，發生了一件又一件的事情，我根本找不到機會和湯米說話。後來，有次午餐時間，我看到他在北運動場旁邊練習足球。起先他和其他兩個男生一起踢著玩，現在只有他一個人在空中耍球。我走了過去，坐在他後方的草地上，背靠著欄杆。當時應該距離那次我給他看了派翠西亞的月曆而他大步離去過後不久，因為我還記得我們不知道應該保持如何的距離才好。他繼續耍著足球，沉著一張臉，全神貫注從膝蓋頂到腳，然後頂到頭部，又頂回腳部，我則坐在一邊拔苜蓿，看著遠方那座曾讓我們膽戰心驚的樹林。

最後，我決定先打破僵局。「湯米，我們來說說話吧！有件事我想跟你談談。」

我一說，湯米立刻讓球滾走，走過來坐在我身邊。他向來如此，只要發現我願意說話，他臉上的不開心便會一掃而空；這種出於感激的渴望，讓我想起以前在小學部，每當監護人訓完話恢復正常的時候，我們心裡的感受。湯米有點兒喘，雖然我知道那是因為足球的關係，但也讓人覺得當中也表露出他內心的渴望。也就是說，我們還沒說話，他就已經教人非常生氣了。我對他說：「湯米，我看得出來，你最近不太開心。」湯米說：「什麼意思？我開心得不得了啊。真的。」他給了我一個燦爛的笑容，接著發出真誠的笑聲。他的反應就是這樣。

幾年後，我有時看到類似的笑容，我只會微笑以對。但是那個時候，這種笑容讓我看了就有氣。要是湯米這麼說：「我真的好煩喔！」他就會立刻把臉拉得低低長長地，以配合他的語氣。我的意思並非他刻意反諷，而是說他真的以為他這麼做，聽起來較有說服力。那麼現在呢，他為了證明自己的快樂，便試著讓自己的眼神充滿歡樂。我說過了，後來我覺得這種表情讓人感覺相當愉快；但是那年夏天我只看到這點突顯了他還是那麼幼稚，任何人都能佔他的便宜。那時我對海爾森以外的世界了解不多，不過我想我們絕對需要智慧面對未來，看到湯米做出這種表情，幾乎讓我感覺恐慌。以前，因為很難對他解釋，我總是置之不理，但是那天下午我終於爆發了。

「湯米，你笑成那樣，看起來真的很愚蠢！就算要假裝快樂，也不是這種方式！你仔細給我聽清楚了，這種方法不對。絕對不要這樣！喂，你要成熟一點兒。你要努力正常過日子啊，你最近的生活簡直亂七八糟的，我們也都知道原因是什麼。」

湯米聽得一頭霧水的模樣。他確定我說完了話，便對我說：「妳說的沒錯，我的生活簡直亂成一團。可是我聽不懂妳的意思耶，凱西。什麼叫做我們都知道原因？妳怎麼可能知道？我根本沒有告訴任何人。」

「當然我不知道所有細節，但是我們都知道你和露絲分手的事了。」

湯米還是一臉困惑。最後，他噗哧一笑，這回是發自內心的笑容。「我知道妳的意思了，」湯米咕噥著說，停了一會兒，好好地思考了一番。「老實說啊，凱西，」他終於開口說話，「這並不是真正困擾我的事情，其實是另外一件事，我無時無刻都想著這件事，這是和露西小姐有關的事情。」

我就是在這個時候，才知道湯米和露西小姐在那年夏天剛開始所發生的事情。後來，當我有時間反覆思量，才弄懂這件事一定是發生在我那天早上在二十二號教室，看到露西小姐在紙上亂畫過後沒幾天。我說過了，我真氣自己沒有早點兒從湯米身上知道這件事情。

事情發生在某天下午接近「閒置時間」的時候，所謂「閒置時間」也就是說，課程結束了，但是距離晚餐還有一點時間。湯米看到露西小姐從主屋走出來，手裡抱著滿滿的活動掛圖和公文資料箱，好像隨時就要掉下來一樣，湯米便跑過去幫忙。

「嗯，露西小姐要我幫忙拿些東西，說是要拿回她的書房。雖然我們兩個人分攤拿著，東西還是太多，一路上我掉了一、兩樣東西。當我們走到橘園，露西小姐突然停了下來，起先我以為她又掉東西了。露西小姐卻像這樣看著我的臉，表情相當嚴肅。她說我們得好好說個話。我說好啊，然後我們走進橘園書房，把東西全放下。露西小姐要我坐下，我剛好坐在上次同一個位置，妳知道，就是好幾年前的那次。我知道露西小姐也清楚記得上次的情景，她一開口就說，上次談話彷彿是昨天發生的事情一樣。接下來，她沒有任何解釋，什麼都沒有，開頭就說：「湯米，我錯了，我上次不應該對你說那樣的話。我老早就該把話糾正過來的。」她說，我必須忘記她上次說的每一句話，她要我別擔心創造力的話，根本是在幫倒忙，對我有害無益。她還說其他監護人才是對的，我的作品簡直就像廢物，我不能找藉口逃避……」

「等一下，湯米，露西小姐真的說你的作品像『廢物』嗎？」

「如果不是『廢物』，反正也是類似的話。什麼垃圾啦，可能是這樣，還是沒用之類的。她大概就是說廢物吧！她說她很抱歉上次說了那樣的話，要是她沒那樣說，我現在說不定已經有所突破了。」

「那你聽到之後怎麼說呢？」

「我根本不知道該說什麼，露西小姐說完也問過我：『湯米，你在想什麼？』我回答說：不太知道，不過露西小姐反正不必擔心，因為我現在過得很好了。然後露西小姐說：不對，我現在這樣是不好的，我的作品像廢物，一半也是她上次說的話造成的。我說，那有什麼關係？反正我現在很好啊，再也沒有人會笑我了。可是露西小姐還是一直搖頭說：『當然有關係，我上次實在不應該說那些話的。』她這麼一說，我想她指的可能是以後的事，妳知道，就是我們離開這裡以後。所以我說：『我不會有事的，露西小姐，我身體很健康，我知道怎樣照顧自己。等到需要捐贈的時候，我一定可以勝任的。』我說這些話的時候，露西小姐開始猛搖頭，搖得可厲害，我都擔心她會頭暈了。接著露西小姐說：『你聽好，湯米，你的作品是非常非常重要的。它不只作為證據，更是為了你自己啊，以你自己來說，可以從中得到很多很多。』」

「慢著，露西小姐說的『證據』是什麼意思？」

「我不知道耶，不過她的確是這麼說的。她說我們的作品非常重要，而且『不只作為證據』，誰知道她那句話是什麼意思。她說完之後，我也問了她，我說，我不知道她那些話的意思，是不是和夫人、藝廊有關呢？露西小姐大大嘆了一口氣說：『夫人的藝廊啊，是啊，夫人的藝廊是非常重要的，比我過去以為的還要重要。我現在才明白。』接著她說：『聽著，湯米，很多事情你還不了解，我現在也不能告訴你，關於海爾森的事情，關於你在外面寬廣世界的角色等等所有的事。但是，說不定哪天你自己就會發現了。不過他們不會讓你輕輕鬆鬆就發現的，但只要你真的非常非常想知道，或許就可以找到答案。』

她說完又開始搖頭，只不過沒有搖得像先前那樣厲害，接著又說：『可是你何必要和別人不一樣呢？那些離開海爾森的學生，也從來不知道這麼多事情。你又何必要和別人不一樣呢？』我實在不知道露西小姐什麼意思，所以我只是又說一遍：『我不會有事的，露西小姐。』露西小姐沉默了一會兒，突然站起身子，彎下腰來抱著我。這和性沒有關係，比較像是我們小時候監護人抱住我們那樣。我盡可能保持不動。然後，露西小姐站了回去，又說了一次她很抱歉過去對我說了那些話。她說現在還不算晚，我應該要馬上開始，彌補這段時間的損失。我應該沒再說話了，露西小姐看著我的模樣，我以為她又要抱我了，她只是說：『就算是為了我吧，湯米。』我跟她說，我會盡力，因為我那時候只想趕快離開。她這樣對我又抱又什麼的，我大概已經滿臉通紅了。我是說，現在不一樣了，畢竟我們年紀已經比較大了，妳說是吧！」

我全神貫注聽著湯米的故事，全忘了自己當初為什麼要來找他說話了。但是湯米一提到我們「年紀比較大了」，才讓我想起原先的任務。

「嗯，湯米，」我說，「我們再找時間好好來說這件事，這件事情真的很有趣，我也知道這事一定讓你非常痛苦。但是不管怎樣，你還是得好好振作才行。今年夏天，我們就要離開這裡了。你必須讓自己恢復正常生活才對，另外還有一件事，你現在就能整頓整頓。露絲告訴我，她打算喊停了，希望能夠和你復合。我覺得這是你的好機會。千萬別糟蹋了。」

湯米沉默了一會兒才說：「我不知道耶，凱西。我還有這麼多事情要想。」

「湯米，你聽好，你真的非常幸運，學校有這麼多人，你卻能有露絲喜歡你，我們離開學校之後，如果你還是和她在一起，你就不必擔心了，露絲這麼優秀，你只要和她在一起，保證不會有事，她說，她希望可以重新開始。所以，千萬別搞砸了。」

我等了又等，湯米遲遲沒有回答，我感覺整個人又變得惶恐起來。我靠過去對他說：「聽好了，你這個傻瓜，以後機會不多了。你不明白嗎？我們一起在學校的時間不多了。」

出乎我的意料之外，湯米回答的時候，態度冷靜，顯然經過了深思熟慮．湯米這一面在未來幾年將會更常出現。

「妳說的話我真的明白，凱西。這也就是為什麼我不能急著回去和露絲交往。我們必須謹慎地想想下一步該怎麼走。」湯米嘆了一口氣，又看著我。「妳說的沒錯，凱西，我們很快就要離開這裡了，這不再是一場遊戲，我們必須仔細想想。」

一時之間我不知道該說什麼，只是坐在原地，用力拉扯地上的苜蓿。我可以感覺湯米的眼光正落在我身上，但是我沒抬頭。我們大概這樣維持了一段時間，直到有人打斷我們。我猜是湯米稍早一起踢足球的男生回來了，還是其他學生散步經過，坐在我們旁邊。總之，我們短短的談心時間到此告一段落，離開時心裡不免覺得沒有達成原先的任務，我畢竟還是辜負了露絲。

我從來不曾評估過那次和湯米談話產生了多少影響，因為就在我們談話之後第二天，傳出了這樣一則消息。當時還是早上，我們正在聽一場文化概要的課。這門課有幾次上課要求我們扮演各種出現的人物，有餐廳服務生、警察等等。我們在課堂上既是興奮又緊張，總之大家一直相當激動。上完課之後，我們正要排隊離開，夏綠蒂衝進教室，關於露西小姐離開海爾森的消息，一下就傳開來了。那門課的老師克里斯先生想必老早知道這則消息，我們還來不及問他任何事情，他便一臉愧疚地溜出去了。最初，我們還不知道夏綠蒂會不會只是道聽塗說，但是她越說越像是真的。

一大早，另外一個中學部的班級走進十二號教室，等著露西小姐上音樂欣賞課程，卻發現是艾蜜莉小姐代課，艾蜜莉小姐說，露西小姐暫時不能來，所以由她代課。接下來的二十分鐘，一切都還正常。突然，話說到一半，艾蜜莉小姐撇開貝多芬的話題，當眾宣佈露西小姐已經離開海爾森，而且再也不會回來了。那堂課提早了幾分鐘結束，因為艾蜜莉小姐面帶憂傷地衝出教室。學生出去之後，這個消息便開始一傳十，十傳百。

我聽完立刻動身去找湯米，希望他能第一個從我這裡聽到消息。但是，當我走到庭院，卻發現事情已經太遲了。湯米在庭院另一邊，和一群男生圍成一圈，一邊聽一邊點頭。其他男生看起來滿開心的，甚至有點兒興奮，只有湯米一個人兩眼空洞。那天晚上，湯米和露絲又在一起了，我記得幾天以後，露絲來找我，謝謝我順利解決了這件事情。我說自己可能沒有幫上什麼忙，但她並沒有聽進去。這段時間我肯定是她心裡的大好人之一。我們在海爾森最後幾天，大概就是維持這樣的狀況。

第二部

10

有時我開車經過穿越沼澤地、或是一排排皺摺起伏的田野，走在冗長迂迴的路上，偌大的天空一片灰濛濛的，沿途景色毫無變化，這時我常想起以前在卡堤基應該要寫的一篇小論文。我們待在海爾森的最後一年夏天，監護人不時提起這篇論文，並且幫助每位學生選擇一個足夠投入兩年光陰的題目。但是，不知道為什麼，或許是我們從監護人的態度當中發現了這事沒什麼大不了，沒有人真正相信這篇論文有多重要，同學之間也從未議論這件事情。記得當初我進辦公室告訴艾蜜莉小姐，我所選擇的題目是維多利亞時期小說的時候，先前其實沒有考慮太多，我看得出來艾蜜莉小姐也發現了這點。她只是帶著狐疑的眼光看了我一眼，沒有多說什麼。

當我們到了卡堤基，論文卻出現前所未有的重要意義。最初幾天，某些人甚至更久，大家似乎還是牢牢記得論文寫作的事情，那是海爾森給我們的最後一項功課，就像監護人的告別贈禮一樣。儘管過了一段時間以後，這件事漸漸淡忘了，但是，那一陣子它卻是我們在新環境的心靈寄託。

每當我想起這篇論文，常會重新回顧論文的部份內容細節：我想過可以採取一個新的研究方法，或是撰寫不同的作家、作品。有時當我在服務站喝咖啡，看著落地窗外公路時，那篇論文便會毫無原因地突然出現在腦海中。我喜歡坐在那裡，一一回想論文的內容。最近，甚至興起一個念頭，等我卸下了看護工作後，時間充裕了，要回頭去修改修改論文。不過這事到了後來，也沒有當真，我只不過回想過去的事情，拿來消磨時間罷了。我對這篇論文的態度，就像對過去在海爾森十分擅長的圓場棒球一樣，或者像是回想很久以前和別人發生爭辯的時候，到了現在才想到當初應該說的幾句聰明話。但是一切都還停留在白日夢的層次，也沒當真。但是，如我所說，這和我們最初來到卡堤基的情況並不一樣。

那年夏天離開海爾森的學生當中，最後共有八人來到卡堤基。其他人則去威爾斯山上的白樓或多塞郡的白楊農場。當時我們並不知道所有這些地方和海爾森沒有太大關聯。剛剛抵達卡堤基的時候，還以為這裡和海爾森差不多，只不過是提供年長學生就讀的學校，我想我們這群人有段時間都是這樣看待這個地方。當然，我們沒有想過卡堤基之後的生活又是如何，也沒想過卡堤基的經營者是誰，或是這裡的生活如何能與廣大的外界銜接。那段時間沒有人曾經思考過這些問題。

卡堤基其實是一座幾年前就已經關閉的農場，當時所遺留下來的幾座農舍建築，包括一棟老舊的農舍，附近還有穀倉、庫房、馬廄等，全改裝成我們的住所。此外還有其他建築，多半位於農場邊緣，這些建築倒塌得差不多了，用途不大，只是我們約略覺得有責任照顧這些地方，主要還是因為凱弗斯先生的緣故。凱弗斯先生是個脾氣很壞的老頭子，每個禮拜出現兩、三次，開著泥濘的貨車，巡視整個地方。他不喜歡和我們多說話，他巡視的時候，若是一邊嘆氣，一邊厭惡地搖搖頭，那就代表我們維護環境的工作不夠周到。但是，我們從不知道他究竟還要我們做些什麼。剛到的時候，凱弗斯先生給了我們一張工作清單，卡堤基本來的學生，漢娜稱他們為「老資格的學生」，早已安排了一份輪值表，我們可都憑著良心、按表做事。其實可以做的事並不多，不外就是記錄漏水的簷槽，以及每次淹水過後得要抹地之類的雜務。

位居卡堤基的中心地帶的老農舍，裡面裝有多個壁爐，外圍穀倉堆著那些劈好的木柴可以拿來壁爐燃燒，否則我們就得勉強靠著箱型大暖氣機過日子了。暖氣機的最大問題出在它的操作得全靠瓦斯罐，除非天氣真的非常寒冷，否則一般來說凱弗斯先生給我們帶的瓦斯罐數量並不多。我們常要他多留一些給我們，他卻只是沉著一張臉，對我們搖搖頭，生怕我們隨意揮霍，或怕我們造成瓦斯爆炸。所以我還記得夏天以外的幾個月份，大多時候屋裡都是冷颼颼的。隨身都得穿著兩件、甚至三件的毛線衣，下半身穿的牛仔褲冷得硬邦邦的。有時候，我們整天穿著威靈頓長統靴，弄得房裡到處留下泥巴和溼氣的痕跡。凱弗斯先生若是發現了，又會搖搖頭，一旦我們問他，房間地板這麼冰冷，我們不穿靴子能怎麼辦，他卻什麼也不回答。

這麼說，好像我們的生活條件很差，但是事實上並沒有人在意這種不舒服，這就是在卡堤基生活刺激的地方。如果真要坦白地說，大多數人，尤其一開始，不得不承認大家心裡其實都還想念著過去幾位監護人。有段時間，有些人甚至想將凱弗斯先生也當成一種監護人，但實際上他一點兒也不像。要是有人趁他貨車到達的時候，上前向他問候，他會兩隻眼睛瞪著人看，當你是瘋子。不過，有件事情監護人一而再、再而三叮嚀我們：離開海爾森以後，就不再有監護人了，同學之間必須相互照應。整體說來，我必須說，海爾森在這方面已經給了我們萬全的準備。

那年夏天，多數在海爾森感情比較好的同學也一起到了卡堤基。辛西亞——那次在美術教室說我是露絲「自然繼承人」的那個女孩子，我本來並沒有留意到她，要不是她說了那些話——她和她那一夥朋友一起去了多塞。而那個差點兒和我發生性關係的哈瑞，聽說他去了威爾斯。我們這群人則是全部聚在一起。要是我們心裡想念其他人，便告訴自己將來可以前去探望同學，沒人會攔著我們。雖然我們過去聽了艾蜜莉小姐的地圖課，但是對於各地方距離和前往特定地點的難易程度，並不真正了解。我們想過可以趁著老資格學生外出旅行的時候搭個便車，或者到時我們自己學會開車了，任何時間想去看看同學也都可以。

當然，實際上，尤其最初幾個月，我們都很少踏出卡堤基一步。甚至沒有到鄰近鄉下地區散步，或是走到附近村莊閒逛。我想我們並不是害怕。我們都知道如果真想外出走走，不會有人攔著，只要當天回來，來得及趕上凱弗斯先生點名就沒問題了。我們剛到的那個夏天，經常看到老資格學生提著旅行袋、揹著帆布背包，一出去就是兩、三天，一點兒也不以為意，我們看了卻無不提心吊膽。我們驚奇地看著他們，懷疑自己明年夏天是不是會和他們一樣。當然後來我們也和他們完全一個樣子，不過起初那段時間，實在很難想像這種旅行的生活。別忘了，當時我們還不曾跨出海爾森一步，心裡困惑不已。如果有人告訴我，一年內我不僅會開始習慣一個人長時間散步，而且開始學開車，我會以為對方是個瘋子。

那個天氣晴朗的日子，小巴士在農舍前面放我們下車，隨後便繞過小池塘，消失在山丘上，當時即便露絲也是一副受驚的模樣。看著遠方層層綿延的山丘，讓我們想起海爾森遠處的小山，但是這裡的山丘看起來怪里怪氣的，崎嶇不平，就像替朋友畫一幅肖像，看起來幾乎沒有太大問題，卻又不完全相像，畫紙上的臉孔看了就教人全身發毛。還好，至少當時還是夏天，不像幾個月後，所有水坑全部結凍，凹凸不平的地面因為結霜的緣故變得硬邦邦的。我們剛到的時候，整個地方看起來漂亮而舒適，到處長滿了雜草，這些對我們而言相當新鮮。我們八個人站成一堆，看著凱弗斯先生在農舍進進出出的，等著他隨時過來對我們說個話。最後，他並沒有對我們說任何話，只聽到他幾次不高興地抱怨住在那裡的學生。他從貨車上拿東西的時候，一度悶悶不樂地看了我們一眼，然後又走回農舍關門入內。

還好，過了不久，一群老資格學生，看到我們可憐兮兮的模樣，頗覺有趣，結果他們就走了出來，握住我們的手，第二年夏天我們也是這樣對待新生。現在回想起來，看得出來其實那時候老資格學生是真心特別出來幫助我們適應環境。儘管如此，最初幾個禮拜仍然不太適應，我們這群人很高興能夠被安排在一起。我們經常一起行動，只是每天大部份時間似乎都只是尷尬地站在農舍外面，除此之外，不知道還能做些什麼。

回想最初那段時光當真有趣，每當我想起待在卡堤基的兩年光陰，最初的害怕和困惑與其他時間的境況實在不很符合。今天要是有人提起卡堤基，我所想到的是在彼此房間來回穿梭的悠閒生活，下午的時光慵懶地進入黃昏與夜晚，我那疊老舊的平裝書，書頁的裝訂已經鬆散，一張張的紙頁在外面飄呀晃地，像是海上健兒似的。回想當初讀書的景況，每個溫暖的下午，我趴在草地上，當時的頭髮已蓄得很長了，總是掉進我的視線。我的房間位於黑穀倉頂樓，清晨每每因為學生在外面辯論詩歌或哲學的聲音而轉醒過來；漫長的冬日，我們坐在霧氣升騰的廚房使用早餐，餐桌上盡是漫談卡夫卡或畢卡索的對話聲，早餐時間總是圍繞著這些話題，沒有人閒談自己前晚和誰發生了性行為，或是為什麼賴瑞和海倫彼此不說話了。

不過，回頭想想，其實我們第一天在農舍前面擠成一團的模樣，也是有幾分道理的，不盡然那麼矛盾。或許，就某方面來說，我們不像自己以為的那麼灑脫。我們的內心深處還是非常害怕週遭世界，儘管唾棄自己有著如此的感覺，卻仍舊無法解脫。

當然學長姊對於湯米和露絲的交往史全然不知，因而把他們視為長久交往的男女朋友，露絲對於他們這點認知向來似乎十分滿意。我們剛到的幾個禮拜，露絲把男女交往當成了什麼了不得的事情，動不動擁抱湯米，有時就算其他人在場，她也在房間角落和湯米兩個人卿卿我我。嗯，這種事在海爾森也就罷了，但是在卡堤基便顯得相當幼稚。老資格的學長姊從來不在公開場合引人注目，互動方式相當平實，就如一般家庭裡爸爸媽媽一樣的舉動。

順帶一提，我在卡堤基這些學長姊身上注意到一點，這點儘管是對他們加以仔細研究的露絲也都沒有發覺，許多人的行為舉止都是從電視模仿來的。第一次是我觀察蘇西和葛雷格這對情侶的時候，注意到的，他們大概是全校年紀最大的學生，自然也就成為這裡公認的「當家」。每當葛雷格開始高談闊論普魯斯特或其他作家時，蘇西便出現某種特別的舉動：她先對著我們其他人微微笑，轉動眼珠子，誇張的嘴型發出旁人剛好能夠聽見的聲音說：「我的老天。」以前在海爾森，看電視的限制很多，卡堤基也是一樣，雖然沒有人出面阻止學生整天收看電視，但是沒有人對電視有多大興趣。

但是，農舍裡擺了一台舊電視，黑穀倉也有一台，我偶爾便會打開看看。因此我才發現原來這套「我的老天」的把戲來自美國連續劇，其中有一集，不管誰說了什麼或做了什麼，觀眾總是笑個不停。裡面有個肥胖的女人住在幾位主角隔壁，她的舉止和蘇西一模一樣，只要她先生大放厥詞，觀眾便等著她轉動眼珠說：「我的老天。」引發一陣哄堂大笑。當我發現這點，便開始注意所有學長情侶從電視節目學來的種種玩意：包括他們的手勢、一起坐在沙發的姿勢，甚至是吵架、奪門而出的方式。

總之，我的意思是說，不久以後，露絲便發現自己和湯米互動的方式在卡堤基簡直完全錯誤，於是開始改變他們在眾人面前的舉動。露絲尤其模仿了他們的某個動作。以前在海爾森一對情侶要分別時，即使只是短短幾分鐘，總會藉機好好擁抱親吻一番。但是在卡堤基情侶說再見時，幾乎什麼話都沒有，更別提擁抱或親吻。取而代之，他們用指關節背面輕輕拍打對方手肘附近，就像平常引起別人注意的方式。這通常是女生在即將分別時對男生採取的舉動。雖然這個習慣到了冬天已經不流行了，但是我們剛到的時候大家都是這樣，所以露絲很快也就採取同樣的方式和湯米互動。要知道，最初湯米完全不知道發生了什麼事，總是突然轉身面對露絲說：「什麼事？」這時露絲只得忿忿地瞪著他，好像他們在演出當中湯米忘了詞似地。我猜露絲到頭來還是私底下向湯米解釋清楚了，所以大約一個禮拜後，他們勉勉強強做對了，看來和學長情侶差不了多少。

我並沒有親自在電視上看到拍打手肘這招，但是我很肯定這一定也是從電視上學來的，而且我非常確定露絲並不知道。因此，那天下午我在草地上閱讀《丹尼爾．迪蘭達》的時候，露絲的舉止實在令人討厭，我才決定該是有人向她說清楚的時候了。

那時已經接近秋天，天氣逐漸變冷。學長姊們大多待在室內，大體來說回復到夏天來臨以前的日常生活習慣。而我們這一群剛從海爾森畢業的學生還是坐在外面尚未修剪的草地上，一心盼望盡可能維持我們已經慢慢習慣的例行活動。儘管如此，那天下午，除了我在草地上看書外，大概也只有三、四個人。由於我先前特地為自己找了一個安靜的角落，所以後來我和露絲之間的對話肯定並沒有第三者聽見。

當時，我躺在一塊舊帆布上看書，看的是我先前說的《丹尼爾．迪蘭達》，露絲慢慢走了過來，坐在我身邊。她仔細看了這本書的封面之後便點了點頭。如我所料，過了一會兒，她開始向我描述這本書的大概內容。若是以前，我倒覺得還好，也很樂意她這麼做，但是這一天我心裡可火了。她這種行為已經發生一、兩次了，我也看過她同樣如此對待別人。問題首先出在她的態度：她老是一副看似漠不關心卻又一派誠懇的模樣，彷彿等著別人真心感謝她的協助。好吧，我得承認，即使當時，我也不清楚她背後是什麼動機。我們初到卡堤基的前幾個月，不知道為什麼產生了一個想法，也就是說，如果要評判一個人在卡堤基適應狀況如何、是不是吃得開，可以從這個人書讀的多寡看得出來。

雖然這種想法聽來詭異，但是事實就是如此，這是我們幾個海爾森學生之間存在的想法，但是卻又刻意保持低調模糊，事實上，這不禁讓人想到我們在海爾森看待性行為的態度。一個人可以到處暗示別人自己讀了所有書，例如當別人提到《戰爭與和平》的時候，便若有所知地點點頭，大家有個共識，不會有人過分理性地檢驗他人所發出的暗示。但可別忘了，自從我們來到卡堤基日日夜夜共處，當中若是有人讀過《戰爭與和平》，別人絕不可能沒有發現。不過，我們就和以前在海爾森看待性這個話題一樣，大家心裡有個默契，容許其中存在個人進行閱讀的神祕地帶。

如我所說，這是我們或多或少享受其中的小遊戲。即便如此，只有露絲將這個遊戲加以擴大延伸。只有她一個人老是假裝讀過別人正在閱讀的書籍；只有她一個人以為展現高妙閱讀能力的方式，就是四處告訴別人他們讀到一半的小說所發生的故事情節。就是因為這樣，當她開始講述《丹尼爾．迪蘭達》的故事，我就合上了書，坐正身子，冷不防地對她說：「露絲，我一直想問妳，為什麼妳每次說再見的時候，總是要那樣拍打湯米的手呢？妳知道我的意思吧！」

當然露絲起初不願承認，於是我捺住性子，解釋了一番。露絲聽完便聳聳肩說：「我不知道自己有這種舉動，大概是剛好吧！」

若是幾個月前，或許我會就此作罷，或者可能連提都不提。但是那天下午我非要窮追猛打不可，我仔細對她說明，這個動作是學長姊們從電視連續劇上學來的。「這不是什麼值得效法的行為，」我說，「如果妳以為外界的人都是這樣的話，我可以告訴妳，正常人在外面不會這樣的。」

我看得出來，露西非常生氣，只是不知道該如何反擊。她別過頭去，再次聳了聳肩。「那又怎樣？」她說，「又沒什麼大不了的，很多人都是這樣啊！」

「妳是指克莉絲和羅德尼吧！」

我才說完，馬上知道自己犯下了大錯；在我提到這兩個人之前，已經把露絲逼到了牆角，而今這麼一說，她已經脫困了。這就好像玩西洋棋，才走完一步，手指剛離開棋子，立刻發現自己犯下的錯誤，於是相當恐慌，完全不知這個錯誤讓自己陷入了如何程度的災難。想當然，我在露絲眼中看到一絲光芒，她這回再開口，語調可就完全不一樣了。

「這就對了，就是這件事情惹得可憐的小凱西不高興了。露絲都不注意她。露絲交了新的大朋友，小凱西不能常常和露絲保母玩了……」

「不要再說了，總之，正常家庭的相處方式不是這樣的，妳什麼都不懂。」

「喔，凱西，正常相處方式的偉大專家，真是抱歉了，話說回來，這就是問題所在了，是吧?妳還是抱著以前的觀念，認為我們這群海爾森的學生走到哪裡都得一起，我們是一個關係緊密的小團體，誰都不能交新朋友。」

「我從來沒這麼說。我只是剛好提到克莉絲和羅德尼，像妳這樣處處模仿他們的行為，實在太愚蠢了。」

「可是，我說的沒錯吧！」露絲繼續說道，「妳之所以不高興，都是因為我努力向前、設法結交新朋友的關係吧！有些學長姊甚至還記不得妳的名字，怪誰呢?誰教妳只要對方不是海爾森的學生，就不和人家說話。妳可別指望我成天牽著妳的手。我們來這裡都快要兩個月了。」

我不吃露絲這一套，「現在先不管我，也不說海爾森吧！可是妳不斷給湯米製造困境！我一直在觀察你們，光是這個禮拜就已經發生好幾次了。妳讓他一個人無依無靠的，看起來像沒有女朋友的人似的，這實在太不公平了，妳和湯米是一對情侶。我的意思是說，妳應該處處留意他才對。」

「話說得沒錯，凱西，就像妳所說的，我們是一對情侶。如果妳要介入我們的事情，那我就告訴妳吧！我和湯米已經談過這件事了，而且也達成共識了。如果他有時候不想和克莉絲、羅德尼待在一起，那是他的決定，我不會逼他去做不願意做的事情。但是，我們也都同意，他也不應該妨礙我去做我想做的事。還是多謝妳的關心。」露絲又補了一句話，說話聲音和先前不太一樣。「不過再仔細想想，至少妳和某幾個學長交往的過程可是一點兒也不拖泥帶水呢！」

露絲定定地看著我，笑了一笑，好像在說：「我們還是朋友吧！」但我不覺得她最後這句話哪裡好笑，於是我拿起了書，什麼話也沒說，掉頭就走。

我得解釋一下，為什麼會這麼生氣露絲所說的話。我們在卡堤基的前幾個月時間，對於彼此之間的友誼來說，是一個非常奇妙的階段。我們為了各式的小事爭吵不休，同時卻比以往更加信任對方。尤其，我們常常兩個人坐在一起談心，通常是在睡前的時間，一起窩在我那個位於黑穀倉頂樓的房間，這可說是以前常在宿舍熄燈之後聊天保留下來的習慣。總之，重點是，無論我們白天吵得多凶，到了睡覺時間，兩個人還是一起坐在床上，慢慢啜著熱飲，交換彼此對新生活的感受，而白天的不愉快就像從來不曾發生一樣。這些交心的晤談之所以能夠存在，甚至可以說那段時間我們的友誼還能夠維持的原因，正是因為知道雙方都能悉心尊重這個時間所說的任何內容：我們信守保密的承諾，無論白天吵得多凶，也絕不拿談心時間內說的任何話來攻擊對方。好吧，我承認，這個承諾從來不曾公開表明，但是，正如我所說，這是一個默契。《丹尼爾．迪蘭達》事件發生之前，我們從來不曾試圖破壞這項私底下的承諾。因為這個緣故，當露絲說到了我和幾位學長交往的事，我不光生氣，對我來說，這更是一種背叛。她的意思清清楚楚；她所指的就是某天晚上我向她透露有關性經驗的事情。

可以想像，性經驗在卡堤基和以往在海爾森是不一樣的，在這裡，性變得更加直截了當、更加「大人味」。沒有人拿著誰和誰發生性關係四處閒話打趣。要是知道某人發生了性關係，誰也不會立刻揣測兩人是否已經成為一對正式的情侶。哪天要是當真冒出一對情侶來，也不會有人當作大事一樣四處向人宣傳。大家只是默默地接受事情的發生，只不過從此以後一旦提起當中一位的名字，也一定附帶另一位，例如「克莉絲和羅德尼」或「露絲和湯米」。當有人想要發生性行為，進行的方式同樣簡單明白。通常是男生走上前來，詢問女生是否想要在他的房間共渡一晚、「交換交換」，大概就是這樣，這不是什麼大事。有時，這樣的請求是因為男方希望和女方變成男女朋友；有時純粹只為了一夜纏綿。

學校的氣氛就像我所說的一樣比較成熟、具有大人味。不過如今回想起來，當初在卡堤基，性有點兒像扮演著功能性的角色。或許那是因為所有的閒話和神祕感全消失了，也或許因為天候寒冷的緣故。

每次回想在卡堤基的性經驗，我便想到窩在冷颼颼的房間，身上鋪著數條毯子，在伸手不見五指的狀況下就這樣做了。有時甚至不鋪毯子，就拿如舊窗簾、甚至幾片地毯等的東西來保暖。有時天氣太冷，任何找得到的全拿來鋪在身上，發生性行為時，就感覺一整山的被單、床單朝我撞來，當中一半時間甚至不知道自己究竟是和男生，還是這些有的沒的毯子做愛。

總之，我要說的是，剛到卡堤基不久，我已經有了幾次一夜情的經驗。這並非原先的計畫，我本來計畫慢慢來，等到仔細挑選完對象，兩人變成情侶以後再說。以前我不曾和男生交往過，當我特別觀察過露絲和湯米一陣子後，就渴望自己親身嘗試。誠如所說，計畫也只是計畫，一夜情接二連三地發生，讓我心裡有些不安。所以，那天晚上才決定透露給露絲知道。

那天晚上的感覺和平常的談心時間沒兩樣，我們捧著一大杯茶，肩靠著肩，坐在房間的床上，因為屋椽的關係，我們得稍稍低頭。我們聊起卡堤基的幾個男生，想想有沒有人適合和我交往。露絲表現出身為好友最好的一面：激勵、風趣、機智、聰明。因此我才決定告訴她幾次一夜情的經驗。我告訴她這些經驗就在我並不真的想要發生的狀況下發生了；也和她分享了：雖然我不會因為性而懷孕，但是性經驗就像艾蜜莉小姐所警告的一樣，在我身上產生了微妙的影響。

我接著說：「露絲，我想問妳啊，妳有沒有覺得自己非做不可？好像不論和誰做都無所謂似的？」

露絲聳聳肩說：「我有男朋友，如果我想做，就和湯米做。」

「我想也是，說不定只有我會這樣，搞不好我下面那兒真的有點兒不對勁，因為有時候我覺得自己是非做不可。」

「那是滿奇怪的，凱西。」露絲關切地看著我，更是教我擔心。

「所以妳從來不會這樣囉！」

露絲又聳了聳肩，「我不會和什麼人做都可以，妳的情形聽起來的確有點兒奇怪，凱西。可是，說不定再過一陣子就平靜下來了。」

「有時候好一段時間我都不會這樣，可是突然間說來就來，第一次發生性行為就是這樣。那個男生開始對我獻殷勤，我只希望他趕快滾開，可是突然莫名其妙有了這種衝動，覺得非要不可。」

露絲搖了搖頭，「聽起來真的有點兒詭異，不過，可能很快就會沒事的，說不定是這裡的食物造成的。」

雖然露絲無法幫太多忙，但是她的同情和支持讓我心裡好過了些。也因為這樣，那天下午我們在草地爭吵到一半的時候，露絲突然提到了這件事，讓我非常震驚。好吧，附近或許沒人偷聽我們說話，即便如此，露絲的行為還是讓我覺得不太對勁。我們在卡堤基的前幾個月，友誼保持完好，因為至少對我來說，我認為存在著兩個不太一樣的露絲。一個總是拚命討好學長姊，要是我們妨礙了她，便會毫不猶豫地拋下我、湯米及其他人的這個露絲我並不喜歡；這個露絲也是每天只會拿翹、說假話，做出手肘拍打舉動的那個露絲。

但是每天深夜陪在我的小頂樓房間，坐在身邊，雙腳往床邊一掛，手裡捧著一個冒著煙的茶杯，這個是海爾森的露絲，不論白天發生了什麼事，我都能接著上次坐在床上的最後時刻，繼續和那個海爾森的露絲在一起。草地吵架那天以前，我心裡明白，這兩個露絲不會合而為一；至少我在睡前透露私密心事的那個露絲是我可以完全信任的人。所以，當露絲在草地上說出那樣的話，說我「至少和某幾個學長交往的過程可是一點兒也不拖泥帶水」之類的話，讓我非常不高興。因此我立刻拿起了書，掉頭離開。

現在想起這件事情，我較能從露絲的角度進行思考。例如，我現在能夠了解當初她說不定以為我才是最先破壞默契的人，她那小小的挖苦不過是報復。當時我未曾想過，但現在卻看出有這個可能，也為事情找到一個解釋。畢竟她說那些話之前，我提到了拍打手肘的行為。這件事有點兒不容易解釋，不過關於她在學長學姊前的行為舉止，一直以來已在我們之間形成了某種共識。好吧，露絲的確經常虛張聲勢，暗指一堆就我所知純屬不實的事。有時如我所說，她為了討好學長姊做出了傷人的舉動。但是，某種程度來說，露絲好像相信她自己所有行為全是代表了我們海爾森這群人。身為她的摯友，我的角色就是默默地給予支持，彷彿她在台上演出，而我就坐在首排觀眾席的位置。她拚命想要變成另外一個人，或許她比我們所有人壓力都要來得大，因為就像我所說，不知道為什麼，她一個人肩負了我們所有人的責任。在這種情況下，當我提到她拍打手肘，對她而言，可能就是一種背叛了，之後她的報復行為也就變得合情合理。

但是如我所說，這個解釋是我最近才想到的。當時，我沒有退一步思考這件事，或反省自己的行為。我想，基本上那段時間，自己心裡毫不感謝露絲為了適應新生活、為了變成大人、為了擺脫海爾森所做出的種種努力。想到這兒，倒是讓我想起在多佛康復中心照顧露絲那段期間，她曾提到一件事情。我們像平常一樣坐在她的房裡觀賞夕陽，享用我帶來的礦泉水和餅乾，我說到一直以來自己在起居室的松木衣櫃裡，小心保存著以前海爾森收藏箱裡面多數的小玩意兒。接下來，我並非刻意討論這個話題或發表任何論點，只是剛好說出了口：「妳離開海爾森之後就沒有收藏箱了，對吧？」

露絲當時坐在床上，遲遲沒有說話，夕陽餘暉落在她身後的瓷磚牆壁。她說：「我記得監護人在我們離校以前，再三叮嚀我們可以帶走自己的收藏箱。所以，我把東西全部拿出來裝在旅行袋，心裡盤算一旦到了卡堤基，馬上找個好的木箱擺進去。但是，當我們到了卡堤基，卻沒有一個學長姊有收藏箱。只有我們有，感覺好像不太正常。不只是我，大家都發現了，只是沒說出口，對吧？所以，我也就沒有找新的箱子。那些東西擱在旅行袋好幾個月，最後就全丟掉了。」

我兩眼直視露絲，「妳把收藏箱的東西和垃圾擺在一起了？」

露絲搖搖頭，似乎在心裡一一觀看收藏箱的所有小玩意兒，最後才說：「我把東西全裝在大垃圾袋，但是我不能接受這些東西和垃圾擺在一起，所以我問老凱弗斯離開的時候，可不可以把大袋子載到店裡。我知道幾家慈善義賣的商店，一家一家地全被我找了出來。凱弗斯在袋子隨便翻了一翻，他不知道裡面是些什麼東西，但他哪會知道呢！他笑著說，他認識的幾家商店，沒有一家想要這些東西的。我說，可是這些都是很不錯的東西。他看我有點兒激動，便換了一種口氣，大概是說：『好吧，小姑娘，我就送去給牛頓饑荒救濟會的人好了。』他費了點兒功夫說：『現在仔細看看，妳說的沒錯，這些東西的確不錯！』雖然聽起來不具說服力。我猜他拿走以後，只是丟在某處的垃圾桶吧！可是，至少我不必知道最後他是如何處理的。」這時露絲微笑說：「我記得妳就很不一樣了，妳從來不因為自己的收藏箱不好意思，而且一直保留了下來。真希望我也和妳一樣。」

我要說的是，每個人都努力想要適應新生活，但是我想大家都做了一些後來會感到後悔的事。當時，我在草地上聽了露絲的話覺得非常生氣，但是現在去評斷露絲或其他人當初在卡堤基的行為，也實在沒有太大意義。

秋天到了，我對週遭環境變得更加熟悉，於是開始注意到先前所忽略的一些事情。舉例來說吧！大家對於才剛離開的學生所抱持的態度非常地奇異。學長學姊們對於前往白樓或白楊農場路上遇見的人物所發生的種種趣聞向來毫不保留，但卻很少提到那些我們抵達前才剛離開、而且曾經還是好朋友的學生。

我還注意到另外一件事，我認為和這件事息息相關，大家對於幾位離校「進修」的學長姊們，往往噤若寒蟬，即便知道他們的進修勢必和擔任看護的工作有關。他們可能離開四或五天，但是那幾天之內沒有人會提起他們的名字；當他們回來了，也不會有人詢問他們任何事情。我猜這些學長姊們大概私下會將情形告訴最為親近的朋友。但是大家都知道，誰都不能在公開場合談及相關行程。我記得有天早上從霧氣模糊的廚房玻璃看到兩位學長姊出發前往進修，心裡還想著，到了第二年春天或夏天，學長姊全都離開了，我們是不是也會小心翼翼地避免提起他們。

但是如果要說提起已經離開的學生是項禁忌，或許過於誇張。如果非得提到他們，其實也是無妨，而且通常是聽到這些學生伴隨物品或農場雜務間接提及。例如落水管需要修理的時候，大家經常討論麥克以前都是如何修理。黑穀倉外面有個樹樁，大夥稱作「大衛的樹樁」，因為大衛三年來總是坐在樹樁讀書寫字，有時甚至下雨或天候寒冷也不例外，他直到我們抵達前幾個禮拜才離開卡堤基。最常被提到的人大概要算是史帝夫了。我們對史帝夫這號人物了解不多，只知道他喜歡看色情雜誌。

卡堤基時常出現色情雜誌，或被丟在沙發後面，或夾在一堆舊報紙當中。這些就是所謂的「軟性」色情，雖然當時我們並不知道有何區別。我們從來沒有看過色情雜誌，發現時當真不知如何是好。看著學長姊常常只要出現一本雜誌，便嘻嘻哈哈地像是看得煩膩似地迅速翻閱，我們便如法炮製。幾年前，露絲和我回想這些事情的時候，她說當初有幾十本色情雜誌在卡堤基校內四處傳閱。「沒有人敢承認自己喜歡看色情雜誌，」露絲說，「但是，妳還記得當時的情況吧，只要哪個房間出現了一本色情雜誌，雖然所有人裝作興趣缺缺的樣子，但是半個小時後回到房間，雜誌卻早已不翼而飛。」

總之，我要說的是，每次只要出現一本色情雜誌，有人就說那是流傳下來的「史帝夫的收藏品」。換句話說，只要有色情雜誌出現，史帝夫就得扛下這個責任。誠如我先前所說，我們對史帝夫其他方面了解得不多。即便當時，我們也覺得這件事相當有趣。每當有人伸手一指，說道：「啊，你們看，有一本史帝夫的雜誌。」言下之意其實帶點兒諷刺。

順帶一提，老凱弗斯對這些雜誌可是氣得要瘋了。據說他本人信仰虔誠，不但堅決反對色情雜誌，對於一般的性行為同樣無法見容。有時候他幾乎瀕臨崩潰的地步，灰白鬍鬚下面那張臉因為暴怒變得青一塊紫一塊……他暴跳如雷而且門也不敲地闖進房間，誓死沒收每一本「史帝夫的雜誌」。通常這種時候我們總是盡量找點兒有趣的事情，但是他脾氣發作的時候實在很恐怖。好比說他平常嘴裡動不動發的牢騷，這會兒全沒有了，他的沉默反而帶來一種情勢危急的氣氛。

我尤其記得有一次凱弗斯沒收了多達六、七本的「史帝夫的雜誌」，他拿著雜誌橫衝直撞地往外走回貨車旁邊。蘿拉和我從我樓上的房間看著他，蘿拉先前說了一些話，害得我笑個不停，接著我看見凱弗斯打開貨車車門，他像是需要兩手搬運東西的樣子，便先把雜誌往堆在鍋爐房外面的磚塊上一放。凱弗斯往前斜傾，頭和肩膀在貨車裡面摸了半天，我有預感，雖然他剛才是那麼地憤怒，這下一定馬上就不記得那堆雜誌了。果不其然，幾分鐘後，我看到他挺直身子，爬進駕駛座，砰地一聲關上門，車子就開走了。

我對蘿拉說，凱弗斯忘了帶走雜誌，她說：「嗯，反正那些雜誌也放不久，等他下次又決定淨化環境的時候，一定還要再沒收的。」

但是半個小時後，我正好散步經過鍋爐房，卻發現沒有人動過那堆雜誌。我一度想把雜誌帶回樓上房間，不過後來我想，萬一在房裡被發現，鐵定被笑個沒完沒了；況且，也不會有人了解為什麼我這麼做。因此，我拿起雜誌，走進了鍋爐房。

鍋爐房不過是蓋在農舍後面的一座穀倉，裡面堆滿了老舊的除草機和乾草叉，凱弗斯認為哪天萬一鍋爐爆炸，這些東西比較不易著火。凱弗斯在鍋爐房擺了一個工作檯，所以我把雜誌放下，擱在工作檯，撥開幾塊舊破布，使勁一躍，坐上桌面。鍋爐房裡面的光線不很充足，幸好我身後某處還有一扇髒兮兮的窗戶，所以打開第一本雜誌看得還算清楚。

雜誌裡面放了很多女孩的照片，要不兩腿張得大開，要不頂出臀部。我得承認，有時我看到這類照片覺得相當興奮，雖然我從沒想過和女生做那檔事。但是，那天下午，我的目的並不在那裡。我快速翻閱每本雜誌，不想被那些內容所傳達的性愛訊息分散了注意力。實際上，那些扭曲的軀體，我幾乎瞧也不瞧，因為我專心看著每個女孩的面孔。即使是錄影帶的小廣告，或是旁邊的摺頁也不放過，仔細檢查每個模特兒的臉孔，然後才翻下一頁。

就在快要看完那堆雜誌的時候，我肯定有人站在穀倉門外。我進來時門沒關，一來因為這扇門向來都是開著，二來也是因為需要光線；而且我兩次抬頭往外一看，以為聽到了什麼細微的聲響。但是外面卻都沒有人影，於是我繼續手邊的工作。現在，我非常確定外面有人，於是放下了雜誌，重重地嘆了一口氣，讓外面的人清楚聽見。

我等著聽見一陣咯咯的笑聲，或是兩、三個學生衝進穀倉，逮住我正在看一堆色情雜誌，迫不急待地要好好取笑我一番。但卻什麼事也沒發生。我便故意裝出疲憊的聲音朝外面說：「我很高興你一起加入，還等什麼呢？」

我聽見對方輕輕笑了一聲，接著便看見湯米出現在門檻處。「嗨，凱西。」湯米怯怯地說。

「進來呀，湯米，一起湊個熱鬧吧！」

湯米謹慎地走向我，在距離我幾步的地方停下。他往鍋爐那邊望了一下說：「我不知道妳喜歡這種東西。」

「女生也可以看色情雜誌吧？」

我繼續翻看手邊的雜誌，接下來的幾秒鐘湯米沉默不語，然後我聽見他說：「我不是要監視妳。我只是從房間看到妳走到這裡，拿起了凱弗斯忘了帶走的那堆東西。」

「等我看完以後，歡迎你也拿去看。」

湯米尷尬地笑了笑。「不過是一些性愛的東西，我想我大概都已經看過了。」他再度笑了笑，但是，當我抬頭看他的時候，發現他表情嚴肅地觀察著我。「凱西，妳在找什麼嗎？」

「什麼意思？我只是在看這些猥褻的圖片罷了。」

「為了得到一點兒刺激嗎？」

「大概可以這麼說吧！」我放下手中那本，開始看下一本。

我聽見湯米的腳步聲越來越近，最後他走到我面前。我再次抬頭，發現湯米雙手焦急地在空中不知所措，彷彿我正在進行一項複雜的工作，他在一邊急著想幫忙。

「凱西，妳不會……如果是為了刺激，妳不會這樣看吧，應該要再更仔細地看看那些圖片，看這麼快是沒有用的。」

「你怎麼知道什麼對女生有用？還是你已經和露絲一起看過了。對不起，說話沒用大腦。」

「凱西，妳在找什麼？」

我不理他，我幾乎快把整疊雜誌翻完了，現在只想趕快結束。湯米說：「以前有一次也看過妳這樣。」

這回我停下來看著他。

「你是怎麼了，湯米？凱弗斯是聘你做他的色情雜誌巡邏員了，是不是？」

「我不是要監視妳，但是上個禮拜我們本來都待在查理的房間，之後我真的看過妳有同樣的舉動。房裡有一本色情雜誌，妳以為我們全都離開了，但是我剛好回來拿毛衣，克萊兒房門開著，所以我正好能夠看到查理的房間。我看到妳正在裡面看那本雜誌。」

「嘿，那又怎樣？我們總得想辦法找點兒刺激吧！」

「妳那種看法不像是為了找樂子，我看得出來，就像現在一樣。因為妳的表情，凱西。妳在查理房裡時，臉上表情很奇怪，好像很傷心的模樣，也有一點兒害怕。」

我跳下工作檯，收拾一下雜誌，丟到他手裡。「拿去吧，拿給露絲，看她需不需要。」

我經過湯米的身邊走出了穀倉。我知道自己什麼也沒告訴湯米，他一定很失望，但是那一刻我還沒把事情想個透徹，也還沒準備告訴別人。但是我一點兒也不在意湯米跟著我走進了鍋爐房，真的一點兒也沒放在心上。我反倒覺得安心，甚至覺得自己受到了保護。我最後還是告訴了湯米，但那已經是幾個月後我們到諾弗克旅行的事情了。

12

我現在想談一談那次我們到諾弗克的經過，以及當時的一切經歷，但是首先我得把時間往回推一點兒，說說這件事情的背景，解釋我們之所以去諾弗克的來龍去脈。

就在第一年冬天快結束的時候，我們總算稍稍安頓了下來，我和露絲雖然有些小小的不愉快，卻還是維持在每一天結束時到我房裡一邊喝著熱茶，一邊聊天的習慣。

有次我們正在說笑嬉鬧，露絲突然說道：「我想妳應該聽過克莉絲和羅德尼最近說的事情了吧！」

我說我沒聽說，露絲笑了笑，繼續說：「他們大概只讓我一個人知道吧。可能只是他們說的一個笑話罷了，當我沒說吧！」

但我看得出來露絲希望我逼她說出這件事情，經過我再三央求，最後她才壓低了聲音說：

「還記得上個禮拜他們兩個出門的事情吧？他們去了一個叫做克羅默的小鎮，就位於諾弗克的北部海邊。」

「他們去那裡做什麼？」

「喔，我想是因為他們以前有個卡堤基的朋友現在住在那兒。這不重要啦！重要的是，他們說自己看到這……這個人了。就在一個開放寬敞的辦公室裡。嗯，妳知道的，他們覺得這個人是一個複製本尊，我的本尊。」

雖然我們大多在海爾森聽過「本尊」，但是隱約了解自己不能討論這個話題，所以從來不提「本尊」。不過可以確定的是，這件事教我們心裡既好奇又不安。連在卡堤基，我們也不能隨隨便便地想說就說，只要提到「本尊」，當場氣氛之尷尬絕對勝過大夥提到性的時候；但卻同時看出大家全被這個話題吸引住，有時甚至都著迷了！所以，這個話題不斷出現，通常在嚴肅討論的過程中，構成一個和我們所討論的如詹姆斯．喬伊斯的話題，距離相當遙遠的世界。

有關本尊理論背後的基本道理非常簡單，因此所引發的質疑並不多。理論的道理是這樣的：既然我們每個人都是從一個處於某個階段的正常人複製而來，因此，在這世上的某個角落，一定有個和我們長得一模一樣的人，過著一般正常的日子。也就是說，至少從理論看來，照理說我們應該可以找到這個最初被複製的人。所以，每當我們外出到了各城鎮、購物中心或公路休息站的餐館，無不仔細留意「本尊」的行蹤，尋找那些可能是當初複製自己或朋友的人選。

話說回來，除了這些基本假設外，其他方面卻少有共識。首先，關於找尋本尊的過程應以怎樣的人為目標，意見相當分歧。部份學生認為我們應該找尋比自己年長二十至三十歲的對象，也就是一般家長的年紀。但是其他同學則認為這種想法過於自作多情，誰說我們和本尊之間非得這麼「正常地」相隔一代？當初也可能採用嬰兒和老人，年齡和複製沒有關係。還有同學主張一定是選擇健康處於巔峰的人作為複製的本尊。不過，話說到這裡，大家感覺這個話題已經接近我們不願進入的領域，所以一切爭論到此草草結束。

接下來的問題是，我們追蹤本尊，到底是為了什麼呢？最大的原因就是因為當我們找到了複製出自己的本尊，可以窺見自己的未來。我的意思並非真有人相信自己的本尊是個好比說火車站的員工好了，自己將來一定也是火車站員工。大家心裡明白事情沒有這麼簡單。不過我們卻或多或少還是相信，只要看到了自己的本尊，多少可以知道自己到底是個怎樣的人，說不定也能稍微知道將來一生的經歷。

有些人則認為關心本尊是個如何的人真是非常愚蠢。當初的本尊是如何，一點兒也不重要，純粹是為了製造我們的技術要件而已，此外不具其他任何意義，一切全憑自己如何盡其所能地善用我們的生命。露絲向來支持這樣的主張，我也八九不離十。但是每當我們聽到有人發現本尊，不管是誰的本尊，還是按捺不住心中的好奇。

我還記得，有幾次發現本尊的時間往往相當集中，有時，幾個禮拜過去了，不曾聽說有人提起，突然有人發現了一位本尊，便會觸發一連串其他的發現，但當中多數線索顯然沒有任何繼續追蹤的價值：像是車輛行經時發現車內的人是某人的本尊這一類的訊息。但有時候，當中又似乎好像真的有點兒什麼，例如露絲那天晚上告訴我的就是屬於這一類。

根據露絲的描述，當時克莉絲和羅德尼兩人正忙著四處造訪他們抵達的海邊小鎮，兩人分頭走了一會兒。後來碰面的時候，羅德尼興奮地不得了，急著告訴克莉絲他在商業大街的小路走著走著，經過一間正面裝有一大片玻璃的辦公室，辦公室裡面很多人，有些坐在座位上，有些到處走來走去聊天。他就是在這間辦公室看到了露絲的本尊。

「克莉絲一回來，馬上跑來告訴我，她要羅德尼把事發經過一五一十告訴我，羅德尼盡了全力，不過要把每件事情全部交代詳盡那是不可能的。他們現在一直說要開車載我去那個地方，可是我心裡還沒有個主意。我不知道應不應該採取些什麼行動。」

我不太記得那天晚上我對露絲說了什麼，不過我知道那個時候自己對這件事情相當存疑。其實，老實說，我猜整件事情全是克莉絲和羅德尼兩個人瞎掰出來的。我不想說他們人品不好，這話不太公平。其實我還滿喜歡他們，只不過他們對待我們新生，尤其是對露絲的態度，實在不怎麼老實。

克莉絲是一個人高馬大的女孩子，身子若站直看起來非常漂亮，可惜她似乎不明白這點，老是彎腰駝背地，讓自己和其他人看來一般高。所以，她經常看起來像一個邪惡的巫婆，而少了電影明星的架勢；尤其當她和別人說話之前，總是會令人討厭地用手指戳人的習慣，更是給人這種巫婆的印象。她經常穿著長裙，極少穿牛仔褲，臉上小小的眼鏡緊緊扣在鼻粱高處。那年夏天我們剛抵達學校的時候，克莉絲也是真心歡迎我們的學長姊之一，起初我被她吸引住了，處處遵從她的指導。但是過了幾個禮拜以後，心裡便開始有所保留。她老是提起我們是海爾森畢業的學生，令人覺得不太對勁，好像任何與我們有關的事情全和我們來自海爾森有關。而且，她經常問我們海爾森的事情，問得非常清楚，就像我現在照顧的捐贈者一樣，雖然她裝出一副漫不經心的模樣，但看得出來她其實別有用意。另外我更發現，她好像總是想把我們分散開來：若是我們幾個人一起做點兒什麼事情，她就把其中一個人拉到一旁，或是找其中兩個做別的事情，留下其他兩個孤伶伶地；類似這樣的行為常常發生。

克莉絲不管走到哪裡，男友羅德尼幾乎總是陪在身旁。羅德尼頭上紮了一撮馬尾，晃來晃去地，活像個七〇年代的搖滾樂手，嘴裡動不動談些輪迴轉世的事情。其實我挺喜歡羅德尼這個人，只是他受克莉絲的影響太深。每次談話的時候，不必多想也知道他一定站在支持克莉絲的立場，要是克莉絲說了什麼好笑的話，他就放聲大笑，搖搖腦袋瓜，像是不敢相信克莉絲的話多麼好笑似的。

好吧，或許我對他們兩個人過於嚴苛了。不久前，我和湯米回想起他們的時候，湯米認為他們是非常正直的好人。我現在要說的只是當時我對他們所宣稱看到露絲的本尊這件事情相當懷疑。就像先前所說的，我第一個反應就是不相信他們所說的內容，認為克莉絲心裡別有用意。

另外一點不禁教人對這件事情起疑心的是和克莉絲、羅德尼提供的具體描述有關：一個女人在前側嵌著落地窗玻璃的漂亮辦公室工作。在我看來，這個描述和我們所知道露絲的「未來夢想」也未免太符合了吧！

我想，那年冬天雖然也有幾位舊生加入，但是「未來的夢想」多半是新生之間經常出現的話題。每當這個話題出現，幾個年長的學生，特別是才剛開始訓練課程的那些人，總是悄悄嘆了口氣，然後離開房間；過了許久，大家根本不知道他們已經離開了。我不知道當時討論過程當中，大家腦子裡想些什麼。我們心裡有數，這些討論都不是認真的，但是我也相信，沒有人完全把這個話題視為幻想。或許只要在離開海爾森半年左右的時間，大家還沒談起擔任看護的工作，也還沒開始駕駛課程前，當一切事情還未開始的這段時間，我們或許可以忘記自己的真實身分；忘記監護人對我們說過的話；忘記那天下午下著大雨，露西小姐在亭子突然冒出的那一段話，還有那些年來，同學之間衍生出的各種猜測。當然，這種情形無法永遠持續，但如我所說，那一、兩個月內，不知道為什麼，我們一群人拚了命地想停留在一種舒適而又如真似幻的狀態，突破往常的限制，思考著自己的生命。如今一想，當時似乎每天早餐過後就窩在蒸氣瀰漫的廚房裡待個老半天，或是圍坐在半滅的火堆旁一、兩個小時，沉浸在討論未來計畫的談話當中。

請注意，沒有人扯得太過離譜。我不記得有人說過將來要當個電影明星之類的話，通常是說將來要當郵差，或在農場工作，不少人希望成為各種車輛的司機，每當話題提到這裡，就會有些學長姊開始比較自己去過的每條風景路線、最愛的路邊咖啡館、最難走的路段等。若是今天，我當然可以就著這些話題私底下高談闊論一番，不過當時我常常只是靜靜地聆聽，一句話也不說，一邊聽一邊喝飲料。有時候時間晚了，我便合上眼睛，舒服地依偎著沙發扶手忽睡忽醒（若是正好碰上幾次很短暫地和男生正式「交往」的階段，便會挽著男生的手臂），談話中提及的道路就一條一條地穿越我的腦海。

總之，該回歸主題了，每次談論這個話題的時候，露絲總是比別人投入，尤其周圍有學長姊在場的時候。那年冬初，露絲不斷提到辦公室，不過辦公室工作真正比較具體成為她的「未來夢想」，是在我們一起走到村子那次以後的事。

就在一次寒流來襲的時候，幾台箱型瓦斯暖氣一直出毛病。我們花了老半天點燃暖氣，卻只是喀嚓喀嚓地響，怎麼就是點不著，我們只得一台一台地放棄，連帶退出一間又一間原本應該加熱的房間。凱弗斯起初不肯處理，推說是我們的責任，後來天氣實在太冷，他才交給我們一只信封，裡面放了些錢和一張寫著必須購買的點火器燃料的便條。於是，露絲和我自告奮勇走到村子去買，所以，就在一個嚴寒的早晨，我們沿著小路走去。我們走到了一個兩側架了高大籬笆的地方，地上到處都是一團又一團結凍的牛糞，這時露絲突然在我身後幾步停了下來。

過了一會兒我才發現她停下了腳步，當我回過頭去，她正在呵暖自己的手指，低頭專注地看著腳邊的東西。我本來以為大概是什麼可憐的小東西凍死在冰霜當中，待我走上前去，才知道原來是一本彩色雜誌，這可不是那種「史帝夫的雜誌」，而是一本隨著報紙免費附贈的雜誌，色彩鮮豔，看了便教人喜歡。雜誌翻落在地上，露出一則雙頁廣告，紙張雖然受潮，頁角也沾到了泥巴，但還是能夠清楚看到上面的內容。廣告上面有一間漂亮摩登的開敞式辦公室，三、四個上班的員工，正在相互取鬧，整個地方閃閃發亮，連裡面的人也像在發光。露絲目不轉睛地盯著這張照片，當她注意到我走近她身邊，便對我說：「妳看，這才是個像樣的工作場所。」

突然，她像是意識到什麼似的，也說不定是因為我發現她對著照片看個不停，變得有點生氣呢，她繼續往前走，步伐又快又急。

但是，過了幾天之後，我們幾個人圍著爐火坐在農舍，露絲開始滔滔不絕述說著理想中的工作場所，我一聽便立刻認了出來。露絲交代了工作場所的每個細節：植物、燈光的設備、裝上轉椅座和轉輪的辦公椅。她描繪得栩栩如生，所以大家從頭到尾沒有打斷她，讓她說上好半天。我仔細地觀察她，她似乎從沒想過我可能產生的聯想，也或許連她自己都不記得這樣的印象是從哪得來的。她甚至提到以後在辦公室工作的同事都是「活力十足、勇往直前」的人，我記得一清二楚，當時廣告頁頂端斗大的字體便是寫著類似的標語：「你是一個活力十足、勇往直前的人嗎？」

之類的話。當然，我什麼也沒說。實際上，我一邊聽她說話，一邊甚至開始想像將來有一天我們所有人有沒有可能全部住進那樣的地方一起生活。

克莉絲和羅德尼那天晚上當然也在場，露絲說的話他們一字一句全聽進去了。幾天之後，克莉絲再三設法讓露絲多說一些辦公室的事情，她們一起坐在房間某個角落，我經過時聽見克莉絲問露絲：「妳確定妳們一起在那種地方工作不會互相耽誤嗎？」她的目的只是為了要讓露絲再度回到辦公室的話題。

關於克莉絲個人（其他多位學長姊亦同），儘管我們最初抵達那段時間，偶爾對我們擺出一副高高在上的姿態，但是在知道我們來自海爾森之後，頓時轉為欽佩與羨慕。過了一段時間我才終於了解個中原因。就拿露絲的辦公室這件事來說吧：本來克莉絲從來沒有說過在辦公室工作這類的話，甚至對這種想法不屑一顧，但是因為露絲是海爾森的學生，突然間這個想法從不可能變為可能。克莉絲的想法便是如此，我想露絲有時說的話助長了這種行為，讓人以為我們海爾森的學生私下適用另一套規定。我從未聽過露絲對學長姊們撒謊；多數時候她只是不否認某些事情，有時則是利用暗示來傳達。有幾次，我本來可以教她停止這種行為。假如露絲偶爾在編造故事的過程發覺我的眼神而感到不好意思的話，她也似乎非常肯定我不會當場說穿她。當然，我從來沒有這麼做。

以上就是克莉絲和羅德尼聲稱看到露絲「本尊」事件的背景，基於上述的內容，大概可以明白為何我要如此小心以對。我並不贊成露絲和他們一起到諾弗克，雖然我自己也說不出什麼原因。當露絲確定前往，我說我也一起去。起初露絲並不高興，甚至表示也不肯讓湯米陪同。但最後我們全都去了，一共五個人：克莉絲、羅德尼、露絲、湯米，還有我。

13

羅德尼持有駕駛執照，已經安排出發當天向幾哩外邁契利的農場工人借一部車。他經常靠著這個方法弄到車子，偏偏這次卻在預定出發前一天計畫泡湯了。雖然事情後來相當順利地解決了——羅德尼去了農場一趟，立刻借到了另外一部車——但是有趣的是，起初看來以為這次行程可能必須取消的一、兩個小時中，露絲表現出來的反應。

在那之前，露絲一直假裝整件事純粹出於好玩，之所以跟著起鬨，也只是為了讓克莉絲開心而已。露絲老說我們離開海爾森之後，沒有好好探索自己的行動自由權；還說反正她一直想去諾弗克「找找大家弄丟的東西」。也就是說，她一直表現得讓人以為她對尋找「本尊」並不十分認真。

我記得出發前一天露絲和我外出散步的時候，我們走進農舍廚房，費歐娜和幾個學姊們正在烹調一大鍋的燉肉，費歐娜忙著廚房的工作，頭也不抬地對我們說農場工人先前進來留了話。露絲恰好站在我前方，我看不見她的臉，但我看得出來她全身都僵硬了。她一句話也沒說，轉過身，一把將我推開，走出了農舍。那時候我看了她一眼，才知道她非常不高興。費歐娜趕忙開口說：「啊，我不知道……」但我馬上接著說：「露絲不是生氣那件事，她是為了更早以前發生的事情生氣的。」我的藉口並不怎麼好，不過這是那時立刻能夠想到最好的理由。

我說過了，最後車子的危機終能獲得解決，隔天一大早，外面還是一片漆黑，我們五個人坐進一輛撞得凹凹凸凸，但還算有個樣子的Rover汽車。我們座位的安排是，克莉絲坐在前座，也就是羅德尼旁邊，我們三個人坐在後面。這樣的坐法感覺最為自然，所以我們毫不考慮便坐了進去。但是才過了幾分鐘，羅德尼剛載我們離開黑濛濛的蜿蜒小路，駛進一般馬路之後，坐在後座中間的露絲立即俯身向前，兩手搭在前座，開始和兩位學長姊聊天。這麼一來，那就表示我和湯米各坐一邊，不但聽不見他們的談話，而且因為露絲夾在中間，我們彼此既無法交談，也看不見對方。有時，露絲偶爾回來靠著椅背坐下，我嘗試聊點兒一些我們三個人的話題，但是露絲並不搭話，過了不久又往前靠，一張臉擱在兩張前座中間。

一個小時後，天漸漸亮了，我們下車伸展身體，也讓羅德尼上個廁所，車子停在一片空曠的草地旁，我們跳過水溝，花了幾分鐘時間摩擦雙手，看著自己呵出去的氣緩緩上升。那一刻，我注意露絲一個人走到一邊去，獨自看著草地另一頭的日出。於是我走了過去，提議既然她只想和學長姊聊天，何不乾脆和我交換位置，這樣她至少可以繼續和克莉絲說話，我和湯米也可以談點兒什麼消磨時間。

我話沒說完，便聽到露絲低聲地說：「妳為什麼這麼難伺候？每次都是這樣！我真是不懂！妳為什麼老愛找麻煩呢？」露絲說完，拉著我轉過身子，我們兩個人同時背對其他人，要是我們吵起來了，他們也看不見。露絲不用言語而用行動讓我能夠從她的角度思考；我發現露絲不但費盡功夫向克莉絲和羅德尼展現她的為人，同時也告訴他們我們又是怎樣的人品；我現在就是威脅要扯她後腿，搞得場面非常難堪。我了解之後，拍拍她的肩膀，走回其他人的地方。當我們回到車上，我小心讓我們三個人坐得和先前一模一樣。只不過後來這一路上，露絲變得比較安靜，靠回自己的椅背，就算克莉絲和羅德尼從前座大聲對我們說話，她也只是繃著一張臉，以一、兩個字簡單回答。

不過，當我們到了目的地的海邊小鎮之後，氣氛開朗了許多。我們大約在午餐時間抵達，車子停在旗幟飛揚的迷你高爾夫球場旁邊一座停車場。天氣轉為涼爽而晴朗，在我的印象中，剛開始那個小時，我們迫不及待想下車溜達溜達，至於原先來到這裡的目的，則沒放太多心思。有一刻羅德尼甚至興奮地大呼小叫，一面揮動雙手，一面載著我們緩緩爬坡，經過一排又一排的房子和少數的店家，遼闊的天空告訴我們，我們此刻正往海邊的方向前進。

當我們走到了海邊，發現我們所在位置是在一條嵌入懸崖邊坡的小路上，起初以為再過去就會直落海灘，不過倚著欄杆往外一看，發現有一條Z字型的小路，一路從峭壁延伸到濱海區。

那時我們肚子餓壞了，於是走進一家座落於懸崖上方，也是位於其中一條通往濱海小路起點的小餐館。我們走進餐館的時候，裡面的工作人員只有兩個穿著圍裙的胖女人，她們坐在餐桌邊抽菸，不過見了我們很快就站起來，走進廚房不見人影，所以這個地方全部屬於我們。

我們選擇最後面、向外最接近懸崖邊緣的餐桌坐下，坐在那裡，感覺就像騰空懸在大海上。那時候我還沒有比較的標準，不過現在已經知道，像那家餐廳只有三、四張小桌子，只能算是一家小餐廳。大概是為了避免室內充滿油煙味，餐廳裡的一扇窗戶開著，每隔一陣子就會吹進陣陣海風，吹得廣告美味食物的招牌不停地顫動。櫃檯釘了一塊彩色筆畫的硬紙板，最上面寫著英文字「look」，每個英文字母「o」裡面畫了一隻凝視的眼睛。最近這一陣子，經常看到相同的設計，我甚至不會多看一眼，但在以前我可是從來沒看過。我滿心佩服地看著這個字，無意間發現露絲的眼神，知道她也是訝異地看著同一個地方，我們同時大聲笑了出來。那真是個溫馨的時刻，好像我們先前在車上的不愉快全被拋在腦後了，雖然這一刻成了那次旅程當中最後一次出現的溫馨時刻。

自從我們到了鎮上，關於「本尊」一事我們提也不提，我心想，等我們找到地方坐下，就會好好討論才是。但是當我們開始吃三明治的時候，羅德尼說起他們的老朋友馬丁，馬丁去年剛離開卡堤基，現在住在鎮上某個地方。克莉絲迫不及待地跟著聊起這個話題，不久，兩個學長姊搬出所有發生在馬丁身上的趣味小故事，其中大部份我們聽了都似懂非懂，不過克莉絲和羅德尼兩個人講得不亦樂乎，頻頻交換眼神，相視而笑。雖然他們裝作這些全是為我們而講的故事，實際上他們顯然是為了雙方才回顧過去的往事。現在回想起來，當初在卡堤基提到離開學生的名字幾乎成了禁忌，他們兩個人可能甚至都無法互相訴說，只有離開學校的時候，才能這樣盡情說個沒完沒了。

學長姊開心大笑的時候，出自禮貌，我也跟著笑。湯米看來聽得比我更加迷糊，總是慢了半拍、猶豫了一會兒才淺淺露出要笑不笑的笑容。而露絲呢，前後一直笑個不停，頻頻對著每個馬丁的故事點頭，好像她也記得這些事情發生過似的。但後來克莉絲含含糊糊地提到了一件事，大概是說：「啊，對了，記得他拿出牛仔褲那次呀！」露絲哈哈大笑，指了指我們的方向，像是對克莉絲說：「繼續說啊，跟他們解釋解釋，讓他們也一起笑吧！」這些我也就罷了，但是當克莉絲和羅德尼開始討論起我們是不是要去馬丁的公寓探望一下，我才開口說話，或許口氣有點兒冷淡。

「這個馬丁到底在這裡做什麼？他為什麼有公寓住？」

接著是一陣沉默，然後我聽見露絲氣呼呼地吐了一口氣，克莉絲倚著餐桌往我靠近，她小小聲地對我說話，像是對小孩子解釋道理的態度。「他現在是一個看護。不然妳以為他在這裡幹什麼呢？他現在已經是一個真正的看護囉！」

我稍稍換了口氣說：「我的意思就是這樣。我們不能說要去看他，就跑去看他吧！」

克莉絲嘆了一口氣，「沒錯，我們的確不能去探望那些擔任看護的朋友。嚴格說來，這是不被鼓勵的行為。」

羅德尼笑了笑補充說：「絕對是不被鼓勵的，隨便跑去找人家是很調皮的行為喔！」「太調皮了。」克莉絲嘴裡發出嘖嘖聲。

接著露絲也加入了，「凱西最討厭人家調皮了。所以，我們還是別去的好。」

湯米看了看露絲，搞不清楚她到底站在哪一邊，就連我也不知道。我想，露絲既不希望這次的探險行動遭到拖延，也不願意附和我的意見，我朝她微微一笑，但她毫無回應。

突然湯米問道：「羅德尼，你看到的那個露絲本尊在什麼地方啊？」「喔……」羅德尼到了鎮上以後，似乎對本尊沒那麼大的興趣了，我看到露絲臉上露出焦慮的神情。羅德尼終於開口說：「就在商業大街一個轉角處，在另外一邊。不過，當然，那個人也有可能今天請假了。」聽了他的話，大家不發一語，他又說：「上班族可以休假，你們知道的吧。他們不是每天都要上班的。」

羅德尼這麼一說，不禁讓我開始擔心了起來，我們對他們恐怕是判斷錯誤了；就我們所知，學長姊經常假藉本尊的事情外出旅行，實際上並未想要有更進一步的了解。露絲心裡大概和我一樣想法，她此刻臉上佈滿憂慮，不過最後也只是淡淡一笑，好像羅德尼剛才說了什麼笑話一樣。

接著，克莉絲用一種不同的聲音說：「妳知道嗎，露絲，說不定幾年以後我們就要來這裡探望妳囉，可以在漂亮的辦公室工作，我想應該沒有人可以阻止我們來這裡找妳。」

「對啊，」露絲很快回答，「你們都可以來這裡找我。」

「我想也是，」羅德尼說，「沒有規定如果有人做辦公室工作，不准別人探望。」他突然笑了出來，「我們也不知道，其實以前沒發生過這種事。」

「可以的啦，」露絲說，「他們會讓你們來的，你們全都可以來找我，當然，除了湯米以外。」

湯米吃了一驚，「為什麼我不能來？」

「因為你已經和我在一起啦，笨，」露絲說，「我會養你啦！」

每個人聽了都笑了出來，湯米再度慢了半拍。

「我聽說威爾斯有個女生，」克莉絲說，「她也是海爾森的學生，可能比你們早幾年吧，她現在好像在服飾店裡工作，那家店非常時髦。」

大家表示同意地嗯了幾聲，眼神迷離地看著天上的雲朵。

「那是海爾森為你們準備的。」羅德尼終於說話，像是非常驚訝似地搖了搖頭。

「還有一個人，」克莉絲轉向露絲，「就是之前你提到的那個男生，高你們一、兩屆，現在不是擔任公園管理員嘛！」

露絲若有所思地點點頭，我必須趕緊給湯米一個示警的眼神，才一轉身，湯米已經開口了。

「那是誰啊？」湯米問，語氣十分困惑。

「你知道的啊，湯米，」我趕緊說。這時若是踢他太冒險了，甚至用聲音暗示他也不太保險：克莉絲一定立刻就會發現。於是我語氣平淡，同時帶著點兒不耐煩的口氣，看似我們實在受不了湯米總是忘東忘西的模樣。也就是說，湯米還是不明白。

「是我們認識的人嗎？」

「湯米，別又來了，」我說，「我看你得去檢查檢查腦袋了。」

最後，他終於有所領悟，閉上了嘴巴。

克莉絲說：「我知道自己算是非常幸運的人，才能留在卡堤基。但是你們海爾森的學生，真的非常幸運。你們知道嗎……」克莉絲放低聲調，再次俯身向前。「我一直想跟你們說一件事，可是在卡堤基不行，別人會偷聽。」

克莉絲看了看餐桌四周，最後眼光落在露絲身上。羅德尼也突然緊張了起來，同樣靠了過去。我有預感，對克莉絲和羅德尼來說，這件事才是這次遠行的主要目的。

「我和羅德尼在威爾斯的時候，」克莉絲說，「就是我們聽說有個女生在服飾店工作的那一次，我們還聽說了另外一件有關你們海爾森學生的消息。據說，過去有些海爾森的學生在特殊情況下設法申請到了延期。你們既然也是海爾森的學生，一定也可以如法炮製。你們可以要求延後三年、甚至四年再開始器官捐贈。雖然不是那麼容易，但有時候他們還是會答應。只要你們可以說服他們，只要你們符合資格。」

克莉絲停了一會兒，看看我們每個人，可能為了加強效果，也可能想確定我們是不是承認有這樣的事情存在。湯米和我大概都是一臉疑惑的表情，但是從露絲臉上的表情看來，旁人無法得知她的心思。

「聽說啊，」克莉絲繼續說道，「只要一男一女彼此相愛而且真心相愛的話，若能向他們證明，那些海爾森的經營者就會替你們安排。只要經過他們安排，你們就可以在開始捐贈前多幾年相處的時間。」

「我們在威爾斯的時候，」克莉絲繼續，「白樓的學生聽說有一對海爾森的情侶，其中那個男生距離擔任看護只剩幾個禮拜的時間，然後他們就去見某個人，最後所有事情全部延後三年。他們得到同意，可以繼續共同生活、住在白樓，整整三年的時間，不必參加進修課程或其他的。三年的時間全部屬於他們，因為他們可以證明彼此真心相愛。」

這時，我注意到露絲一派權威地點了點頭。克莉絲和羅德尼也發現了，他們看了她幾秒鐘，好像被催眠了似的。我可以想見克莉絲和羅德尼兩個人這幾個月來在卡堤基是如何激烈地討論這個話題。最初可能只是隨口提提，聳聳肩，便把這件事擱在一邊，然後又提起，從此再也無法不去想這件事。兩人興味盎然地討論著要如何告訴我們這件事情，再三推敲要如何措辭、用什麼方法告訴我們等等。我再次看著眼前不斷注視著露絲的克莉絲和羅德尼，試著解讀他們臉上的表情。克莉絲看起來既擔心又期待。羅德尼整個人變得緊張兮兮的，生怕自己脫口說出什麼不該說的話。

這不是我第一次聽說關於延後捐贈的傳聞，幾個禮拜以來，我一點一點累積知道了不少。每次都是學長姊相互談論著這件事情，一旦我們出現，他們便一臉尷尬地不發一語。不過，我聽了太多次，大略可以知道其中的內容；我知道這件事情尤其和我們海爾森的學生有關。即便如此，直到那天在海邊餐館，我才真正知道，這件事情對幾位學長姊是多麼地重要。

「我以為，」克莉絲繼續說道，聲音微微顫抖。「你們應該知道這件事，還有相關規定等等之類的細節。」

克莉絲和羅德尼看著我們每一個人，最後眼光又回到了露絲身上。

露絲嘆了口氣，「嗯，當然學校他們告訴了我們一些事情，只不過，」露絲聳了聳肩，「這件事我們知道得不多，也從來沒討論過。總之，我們得趕緊出發了。」

「你們要去找誰呢？」羅德尼突然問道，「如果你們想要……妳知道……就是申請的話，他們說你們要去找誰呢？」

露絲又聳聳肩，「嗯，我說過了，我們對這件事情知道得不多。」露絲幾乎是出於本能地看看我和湯米尋求支持，不過她這舉動大概是錯了，因為湯米接著便說：「老實講，我完全不知道你們在說什麼，那是什麼規定啊？」

露絲面帶殺氣地看著湯米，於是我趕忙說：「你知道的，湯米，就是以前在海爾森到處流傳的事情啊！」

湯米搖搖頭，「我不記得有這件事，」湯米說得很堅定。這回，我看得出來，而且露絲也發現了，湯米不是遲鈍。「我不記得海爾森有過這樣的傳說。」

露絲轉身背對湯米，「你們要知道，」露絲對克莉絲說，「雖然湯米以前是海爾森的學生，可是他其實一點兒也不像。他什麼事情都不知道，大家老是嘲笑他，像這種事情，問他也沒有意義。好了，我想我們該去找羅德尼看到的那個人了。」

湯米眼中出現一種令人窒息的神情。我很久沒有看過這樣的眼神了，這種眼神曾在湯米被堵在教室裡面踢翻桌椅的那個時期出現。後來，這樣的眼神消失了，湯米轉身面向外面的天空，重重地嘆了一口氣。

學長姊什麼也沒注意到，湯米嘆氣的同時，露絲站起身來，下意識地甩甩外套。我們突然間同時把椅子擺回小餐桌底下，造成了一陣小小的騷動。我負責保管金錢支出，所以我上前付款。其他人跟在我後面排成了一列走出餐廳，我等著櫃檯找零時，透過一扇起了薄霧的大窗戶，看著他們在太陽下拖著腳步走過來走過去，不發一語地低頭看著大海。

14

當我走到屋外，大家最初抵達的興奮感顯然已經完全消失，我們安靜地走著，羅德尼在前方帶領我們穿越幾乎不見天日的隱密巷道。巷道狹窄，逼得我們常得排成一列走得礙手礙腳。等我們走到外面的商業大街，心裡便舒坦多了，外面的噪音讓我們惡劣的心情不那麼明顯。我們走過行人穿越道，到了較多光照的另一邊，我看到羅德尼和克莉絲像在商量什麼事情，真不知道此刻沉重的氣氛有多少是源自他們以為我們隱瞞了某個海爾森的天大祕密，又有多少是因為露絲對湯米的作為。

後來，我們過了商業大街，克莉絲告訴大家，她和羅德尼想去買生日卡片。露絲聽了頗為震驚，而克莉絲卻繼續說：「我們最喜歡一次買一堆卡片了，最後算起來絕對比較划算。要是遇到有人生日，身邊隨時有卡片可以派上用場。」克莉斯指了指沃爾沃思商店的入口處，「那家店可以用非常便宜的價格買到漂亮的卡片喔！」

羅德尼點了點頭，我覺得他帶笑的嘴角帶著一抹嘲諷。「當然，」羅德尼說，「最後也有可能收到一疊相同的卡片，不過，你可以在卡片上面畫畫啊，你知道的，加上個人的風格。」

學長姊此刻雙雙站在人行道中央，推著嬰兒車的路人還得繞路而行，他們等著我們提出反對和質疑。看得出來，露絲非常生氣，可是，要是沒有羅德尼的推波助瀾，什麼也辦不成。

於是，我們走進沃爾沃思，一進去，我的內心立刻輕快了起來。直到現在，我還是非常喜歡這種地方：大型商店內部鋪設多條走道，走道兩邊展示著顏色鮮豔的塑膠玩具、問候卡、各種化妝品，甚至還有可能擺放著一座照相亭。現在如果我到了某個市鎮，得找事情消磨時間時，就會進去這種地方閒逛，隨意地四處走動，快樂得不得了，什麼都不必買，店員絲毫不在乎。

總之，我們走進了這家商店，沒過多久，就各自分散，逛一逛不同的走道。羅德尼還是待在入口附近的卡片展示架旁邊，我看到湯米站在更裡面的流行團體大型海報下面翻找音樂卡帶。大約過了十分鐘以後，我在商店後面附近，好像聽到了露絲的聲音，於是我朝著聲音走去。我轉進一條販賣絨毛玩具和一箱箱大型拼圖的走道，才發現露絲和克莉絲兩個人站在走道末端說悄悄話。我不知道該怎麼辦：既不想中斷她們談話，又不想轉身走遠，因為現在時間差不多，也該離開了。於是，我停在原地，假裝仔細地研究拼圖，等著她們發覺我的存在。

那時我才發現原來她們又回頭討論關於那個傳說的話題。克莉絲壓低了聲音，大概是說：「可是你們在那裡待了那麼久，真教人驚訝，竟然沒有想過該怎麼做、要去找誰等等之類的事。」

「妳不了解，」露絲說，「如果妳是海爾森的學生，就會知道。這件事對我們來說沒什麼大不了的。我想大家心裡都明白，如果真想調查，只要傳個話回去就好了。」

露絲看到我之後立刻住了口。我放下拼圖，轉頭看著她們，他們兩個憤怒地看著我，像是被我逮住她們正在做一件不該做的事情似地，不自然地分了開來。

「我們該走了。」我假裝什麼也沒聽見。

但是露絲可沒上當，當她們走過去時，就狠狠地看了我一眼。

我們再度出發跟著羅德尼，前往尋找一個月前看到露絲本尊的辦公室，彼此間的氣氛比先前更糟。加上羅德尼一而再、再而三帶著我們走錯路，氣氛更是不見好轉。他至少四次信心滿滿地帶著我們繞進商業大街的巷弄，找遍了所有商店和辦公室，卻又得循著原路往回走。不久之後，羅德尼心虛了起來，幾乎就要放棄。這時候，我們竟然找到了。

那時我們再度回頭，準備走回商業大街，羅德尼突然停下腳步。他沒說話，用手指了指街道另一邊的辦公室。

沒錯，這就是我們要找的地方。這間辦公室和我們那天在地上發現的廣告頁不完全一樣，但也八九不離十。高大的玻璃門面與地面齊平，經過的人可將辦公室內部的情形一覽無遺：那是非常寬敞的大辦公室，約有十幾張桌子排成不規則的L型，裡面還有棕櫚樹盆栽、亮晶晶的機器和從天花板垂下的燈飾。辦公室的人有些在座位之間來往穿梭，或者靠著隔板談天說笑，有些則把旋轉椅兜在一起，一起享用咖啡和三明治。

「你們看，」湯米說，「現在是他們的午餐休息時間，但是他們都沒外出。這不能怪他們。」

我們目不轉睛盯著裡面猛看，那裡就像是一個整齊、舒適、自給自足的世界。我看了露絲一眼，發現她的眼睛緊張地在玻璃後面的臉孔之間來回逡巡。

「好吧，羅德尼，」克莉絲說，「哪一個是露絲本尊啊？」

克莉絲說話的口吻近乎諷刺，像是非常肯定整件事情最後勢必只是羅德尼的錯誤判斷。羅德尼卻是小聲地回答，說話聲音因為興奮而顫抖。

「那邊那個人，角落過去那裡，就是穿藍色套裝的那個，她現在正和一個高大的紅髮女子說話。」

起初我們感覺並不明顯，但是看得越久，越覺得羅德尼的推測有點兒道理。那名女子大約五十歲，身材維持相當好。她的髮色比露絲來得深，雖然那有可能是染髮造成的，頭髮梳到了腦後，紮起一個簡單的馬尾，和露絲平常一模一樣。此時她聽了穿著紅色套裝的朋友說的話因此笑了起來，她那張臉，尤其是笑完以後搖頭的模樣，越看越像露絲。

我們所有人盯著她看，什麼話也沒說。這時，我們發現辦公室另一邊的兩個女人注意到我們，其中一個舉起了手，一臉納悶地向我們揮揮手，這個舉動立刻破除了咒語，我們一嚇，笑咯咯地拔腿就跑。

我們走到街道過去一點兒的地方停了下來，每個人興奮地說個不停。當然，唯有露絲除外，她在一陣說話聲中沉默不語。很難解讀她臉上的表情：她當然不是失望，卻也不是興高采烈。她只是似笑非笑的，像一般家庭的媽媽，面對一群小孩圍在身邊跳上跳下，吵著要媽媽說：好吧，他們想做什麼都可以；但媽媽再三地考慮、分辨輕重。我們一群人站在那裡，紛紛說出自己的想法，我很高興自己終於可以和別人一樣老老實實地說，我們看到的那個女人確實可能就是露絲的本尊。其實我們每個人都鬆了一口氣：雖然我們並不清楚為何會如此，但是我們確實一直做好準備面對失望。但是，現在我們可以好好地回卡堤基了，而露絲可以因為親眼所見而受到了鼓舞，我們則可以大方在背後給予支持。那個女人在辦公室的生活看來已經相當接近露絲經常描述的理想生活。不論那天我們之間發生了什麼事，沒有人心裡希望露絲垂頭喪氣地回去，那個時候，我們以為有了十足的把握。我相信，要是當時馬上決定讓這件事情告一個段落，原本可以勝算在握。

但露絲卻說：「我們去那邊牆壁上坐一下，一下就好了，等他們忘記我們了，我們可以回去再多看一眼。」

大家表示同意，不過當我們朝著露絲指的小停車場周圍的矮牆走去，克莉絲大概稍微心急了點兒，說道：「可是，就算我們沒再看到那個女人，還是一致認為她就是妳的本尊。而且，辦公室真是漂亮啊，真是漂亮。」

「我們等個幾分鐘吧，」露絲說，「然後我們就回去了。」我沒有坐在牆上，因為那裡相當潮濕，加上坑坑洞洞的，而且我覺得隨時會冒出人來大罵我們坐在牆上。可是露絲直接坐了上去，分開兩腿，像是跨在馬上似的。我現在還是清楚記得當初我們在牆上等候的十分鐘、十五分鐘的時間，沒有人繼續討論本尊的話題，我們假裝自己在一次輕鬆愉快的白天出遊當中，來到景色秀麗的地方消磨時間。羅德尼微微地晃動身體，表示心情很好。後來他站到了矮牆上，維持平衡往前走，然後故意從矮牆掉下來。湯米則是不斷拿路人開玩笑，雖然不是很有趣，我們聽了還是哈哈大笑。唯有中間的露絲，跨坐在牆上，從頭到尾安安靜靜。她的臉上保持著微笑，但身體幾乎沒有任何移動。一陣風吹來，吹散了她的頭髮，冬天陽光燦爛，照得她瞇上雙眼，看不出來她是在笑我們的滑稽動作呢，或者只是因為陽光，才一臉擠眉弄眼的模樣。這些在停車場旁等候的景象一直留在我的記憶裡。所有人等著露絲下決定是不是該回去再多看一眼。嗯，露絲從來沒有機會做出這個決定，因為接下來發生了以下的事情。

湯米和羅德尼兩個人站在牆壁上打打鬧鬧，湯米突然跳了下來，一動也不動說：「就是她，同一個人。」

所有人停下了手邊的事，看著從辦公室方向走過來的人。那個女人穿了一件淡黃色大衣，一邊走著，一邊努力想扣緊手上的公事包。公事包的釦子出了問題，所以她頻頻慢下腳步，停停走走。當她從街道另一邊經過的時候，我們出了神地望著她，當她轉進商業大街，露絲跳起來說：「我們跟著看看她要去哪裡。」

我們回過神來，跟在女人後面走。老實說，克莉絲不時要提醒我們慢下腳步，否則別人還以為我們是一幫企圖搶劫的歹徒，正在跟蹤那個女人。我們從商業大街一路跟著，始終維持一段相當距離，邊走邊笑，閃躲迎面而來的路人，一會兒分開，一會兒聚集。當時大約下午兩點，人行道全是逛街購物的人潮。我們幾次差點兒跟丟，但最後還是趕緊跟上腳步，每當她走進商家，我們便在櫥窗展示區前逗留，等她出來之後，便趁著嬰兒車與老人之間的細縫兒掌握她的蹤影。

那個女人後來離開了商業大街，進入濱海區的巷弄。克莉絲擔心她會從人群中發現我們，但是露絲還是繼續往前走，我們只有在後面跟著她。

最後，我們來到一條狹窄的巷道，裡面只有幾家零星的商店，大多只是一般的住家。我們又得走成一排，要是正好貨車從對面朝著我們駛過來，還得緊挨著住家牆壁，好讓貨車經過。過不了多久，整條街上只剩下女人和我們，要是她回過頭，一定就會注意到我們。不過，那個女人不斷往前走去，與我們相隔十幾步的距離，然後走進一扇門，進入「港岸工作室」。

那次以後，我多次回去這間工作室，兩、三年前換了老闆，如今改成販售各種鍋壺、盤碟、捏陶動物等藝術品。當時工作室是兩間寬敞的白色房間，裡面純粹只有畫作，展出十分精緻，畫作間隔著相當的距離。不過，門口上方的木製招牌還是沒變。總之，羅德尼覺得我們站在那條安靜的小巷裡，看起來行跡相當可疑，若進入工作室，至少可以假裝在店內看畫。

走進室內，發現我們一路跟蹤的女人正和一位看似負責人的年長銀髮女士談話。她們坐在門邊的小桌兩側，畫廊除了她們以外，空無一人。當我們魚貫而入的時候，她們並未多加注意，我們分散開來，佯裝對畫作看得入迷的模樣。

雖然我原先注意的是露絲的本尊，其實我也開始欣賞起牆上的畫作，享受工作室的寧靜氣氛，感覺就像從商業大街沿路跋涉，才走到了這個地方。牆壁和天花板是薄荷綠色，室內隨處可見殘破的漁網或是漁船的腐朽碎片，高高地嵌在簷楣上。牆上的畫作多半是深藍與青綠的油畫，同樣描繪著海洋的主題，置身其中，恍若夢中，或許是因為突然浮現的疲憊感才如此吧，畢竟天還沒亮我們就已經出門。我們每個人走到了各自的角落，看著一幅幅的圖畫，偶爾壓低了聲音喊道：「你們來看這個！」整個過程當中，我們可以聽到露絲的本尊不停地和銀髮女士交談。她們說話聲音不大，但卻像充滿了整個室內。他們討論著某個共同認識的人，說起這個人如何不了解自己的小孩。我們一邊聽著，一邊找機會往她們的方向偷瞄幾眼，幾次下來，之前的觀感漸漸產生了一些變化。這種變化，不僅我有，看得出來，其他人也同樣有了變化。

如果我們當初只是挨著辦公室的玻璃窗觀察，然後便轉身離開，甚至一路跟著她在小鎮穿梭，最後卻跟丟了，我們都還是可以高高興興、得意洋洋地回去卡堤基。可是現在來到了畫廊，女人近在眼前，比我們想像中更接近，我們越是聽她說話，越是觀察她的外表，便越覺得她不像露絲。這種感覺越發明顯，我知道站在房間另一頭全神貫注看著某一幅圖畫的露絲，一定比任何人感覺強烈。可能因為這個緣故，我們才會不安地在工作室到處晃了那麼久的時間，盡可能延後所有人聚集談論的時間。

突然間，那名女子離開了，我們卻還是繼續分頭站著，迴避彼此的眼光，沒有人想再繼續跟蹤，時間一分一秒地過去，雖然沒有說話，看法卻似乎一致。

後來，那位銀髮女士從桌子後面走了出來，對著距離最近的湯米說：「這幅畫特別好看，是我最喜歡的一幅。」

湯米轉身看著那位女士，發出了一陣笑聲。當我趕忙過去拯救他，那位女士問：「你們是美術系的學生嗎？」

「我們不是，」我趕在湯米回答前說，「我們只是……很有興趣而已。」

那位銀髮女士笑容滿面地開始對我們說明眼前畫作的藝術家和她之間的關連，並介紹藝術家的生平。最起碼她的介紹成功地打破了我們的恍惚狀態，我們全圍了過來，就像以前在海爾森每當監護人開始說話的時候一樣。我們的舉動使得那位女士說得更起勁，她述說每一幅畫的繪製地點、藝術家喜歡工作的時段，以及部份畫作未經草圖便直接完成的故事，我們時而點頭、時而驚呼。她的講述自然地到了最後一部份，我們嘆了口氣，感謝她的解說之後，便離開了。

外面街道狹窄，我們連要好好說個話都不容易，真是謝天謝地。我們排成一列走出畫廊，羅德尼站在隊伍前面誇張地伸出雙臂，表現出和最初抵達鎮上時一樣地興奮，但卻騙不了人。待我們一行人走到了較為寬敞的街道，便不安地停下腳步。

我們再次停在懸崖邊，和先前一樣，往欄杆外面看去，可以看見直達海邊Z字形蜿蜒而下的小徑，只不過這次可以看到底下還搭了一排一排木棚的海邊步道。

我們只是看著遠方的風景，任風吹在我們身上。羅德尼依舊設法假裝開心的樣子，決心不讓任何事情破壞一個美好的出遊。他對克莉絲向外指了指遠在地平線那端出現在海面上的某樣東西。克莉絲轉身不理，「嗯，我想我們應該都同意，是不是？那個人不是露絲。」克莉絲輕輕一笑，一手放在露絲肩上。「我很遺憾，我們都很遺憾，但是實在不能怪羅德尼，他的猜測也不是完全沒有道理。妳得承認，我們透過窗戶看到那個女人的一剎那，真的很像……」克莉絲越說聲音越弱，又碰了碰露絲的肩膀。

露絲沒有說話，只是聳聳肩，有點兒像要甩開克莉絲的手。露絲瞇著眼睛看向遠方的天空，並不望著大海。我知道她不開心，不了解的人還以為她只是想事情想得出神了。

「對不起啦，露絲。」羅德尼同樣拍了拍露絲的肩膀。但是，他臉上掛著笑容，似乎從不覺得自己犯了什麼錯，完全就是一副他已試著幫你的忙，但卻又因為幫不上忙而道歉的態度，沒什麼實際安慰的作用。

還記得，當時我看著克莉絲和羅德尼，心裡想著：好吧，這兩個人還算不錯。他們有他們表示體貼的方式，也不斷試著讓露絲開心一些，我也記得，當時也為了露絲的失望，而對他們產生恨意，雖然那時都是他們在說話，湯米和我始終保持沉默。因為，不論他們外表看來多有同情心，看得出來心裡可是輕鬆多了。最後這個結局讓他們寬心不少，他們相當樂於扮演安慰露絲的角色，而不必被露絲超越，所以必須不斷給露絲的期望猛灌迷湯。顯然，他們很高興自己不必面對那個讓他們著迷卻又困擾而害怕的念頭：我們海爾森的學生享有各種他們所沒有的機會。我當時的確覺得，克莉絲和羅德尼他們確實和我們三個人不太一樣。

湯米接著說：「我不覺得這有什麼差別啊，我們只是好玩而已。」

「對你來說，可能只是好玩而已，湯米，」露絲冷冷地說，眼神依舊看著前方。「今天如果我們找的是你的本尊，你就不會這麼想了。」

「我應該還是會保持同樣的想法，」湯米說，「我不覺得找不找本尊有多重要，就算妳找到本尊，其實也沒什麼。」

「謝謝你的精闢解說，湯米。」露絲說。

「可是，我覺得湯米說得很對，」我說，「如果以為我們和本尊一定可以過著相同的生活，那才真的是瘋狂的念頭。我同意湯米的話。我們來這裡只是好玩而已，不該太過當真。」

我同樣伸手拍了拍露絲的肩膀，希望她能感覺到我這一拍和克莉絲、羅德尼不一樣，我也刻意選在和他們同樣的肩膀位置。我期待能夠獲得一些回應，以表示她從我和湯米身上獲得了學長姊無法給予的同情與諒解。但露絲卻毫無回應，連先前她對著克莉絲聳肩的動作也沒有。

背後傳來羅德尼來回踱步的聲音，他發出了一些聲響，讓別人知道強風吹得他有點兒冷了。「我們現在去看看馬丁，你們說好不好？」羅德尼說，「他的公寓就在那邊房子的後面。」

這時露絲突然嘆了口氣，轉身朝向我們。「老實說，」露絲開口說話，「打從一開始，我就知道我們這樣做很笨。」

「對啊，」湯米迫不及待地說，「只是好玩而已嘛！」

露絲生氣地看了他一眼，「湯米，能不能請你閉嘴，別再說『只是好玩而已』這種鬼話了。沒有人想要聽你的高見。」接著，露絲轉身朝著克莉絲和羅德尼繼續說：「當初你們告訴我的時候，我不想對你們說。不過，你們要知道，這種事情是不會發生的。他們從來從來不會用那種女人。你們想想，那種女人怎麼會想做這種事呢？我們其實心知肚明，何必這樣欺騙自己。我們絕對不是依照那種人造出來的……」

「露絲，」我堅定地打斷她的話，「露絲，別再說了。」

露絲卻繼續說：「我們心裡明白得很，我們都是拿那些毒蟲、妓女、酒鬼、流浪漢之類的人渣作為模型製造出來的。說不定還有囚犯，只要不是精神病患就沒問題，那才是我們的生命起源。我們都很清楚，會找那種女人，算了吧，沒錯，湯米，你說得對，只是好玩而已，我們來玩玩假裝的遊戲吧。畫廊另外那個女的，她那個年紀大一點兒的朋友，她還以為我們是美術系的學生啊。她要是知道我們的真實身份，你們想，她還會用那種態度和我們說話嗎？『不好意思，請問一下，請問你知道你的朋友以前是不是當過複製人的模型？』她要是聽了，一定把我們全部攆出去。我們心裡都很清楚，不如大家就攤開來說吧，要是真想找到本尊，要往正確的方向去找，那就要到貧民窟去。看看垃圾桶裡有沒有，看看廁所有沒有，那才是我們尋根的正確場所。」

「露絲，」羅德尼語氣堅定，並帶有警告的意味。「我們忘了這件事吧，一起去看看馬丁，他今天下午休假，你們一定會喜歡他的，他那個人真的很好笑。」

克莉絲一手扶在露絲腰上，「走吧，露絲，我們照羅德尼的話去做吧！」

露絲抬起腳步，羅德尼開始往前走。

「嗯，你們去就好，」我輕聲說，「我不去了。」

露絲轉過身，仔細地打量著我。「妳又怎麼了？現在是誰不高興啊？」

「我沒有不高興。可是，露絲，妳有時候簡直胡說八道。」

「喔，看看現在誰不高興囉！可憐的凱西，就是不喜歡別人實話實說。」

「這和那個沒有關係。我只是不想拜訪看護。我們不該這麼做，何況我又不認識他。」

露絲聳聳肩，和克莉絲彼此交換眼神。「好吧，」露絲說，「我們沒有必要到哪兒都走在一起。如果這位小姐不想加入我們，也就不必去了。讓她自己一個人吧！」接著她靠著克莉絲，小聲卻又像是刻意讓人聽見似地說：「每次凱西心情不好，最好的辦法就是讓她自己一個人靜一靜，很快就沒事了。」

「記得四點左右要回到車子那邊喔，」羅德尼對我說。「不然妳就得搭便車回去了。」他說完笑了一笑，「別這樣啦，凱西，不要拉著一張臉，一起去啦！」

「不了，你們去吧。我不想去。」

羅德尼聳聳肩，又開始繼續往前走。露絲和克莉絲在他後面跟著，但是湯米站在原地不動。直到露絲瞪了他一眼，湯米才說：「我要和凱西在一起，如果我們要分開走，那我要和凱西一起。」

露絲氣呼呼地瞪著他，轉身大步離開。克莉絲和羅德尼尷尬地看著湯米，隨即也往前走去。

15

湯米和我靠著欄杆，望著眼前的風景，直到其他人都走遠了。

「只是嘴上說說而已，」湯米總算開口說話了。他停頓了一下，又說：「人難過的時候，總是會說些氣話。那只是說說而已，監護人從來沒跟我們說過那種話。」

我開始漫步了起來，和他們相反方向，湯米則走在我後面。

「不值得為那種事情難過啦，」湯米繼續說，「露絲現在都是這樣，她這麼說只是為了發洩。反正，事情就像我們告訴她的一樣，就算她說的是真的，即使只有一點點，我也不覺得有什麼差別。不管我們的本尊是什麼樣子，都和我們沒有關係，凱西。不值得為那種事情難過啦！」

「好啦，」我故意用肩膀撞了他肩膀一下，「好啦，好啦。」

雖然我並不確定，但隱約記得我們當時往市中心走去。我正想改變話題，湯米便先開口：

「妳知道嗎？之前我們在沃爾沃思商店的時候，妳不是和其他人在後面嗎？我一直在找一樣東西，找一樣給妳的東西。」

「禮物嗎？」我驚訝地看著湯米，「我不知道露絲聽了會不會同意，除非你送她一樣更大的禮物才行。」

「算是一種禮物啦，但是我找不到。我本來不打算告訴妳，但是現在，嗯，我還有機會再找一次，除非妳得幫我，我對買東西不太在行。」

「湯米，你在說什麼？你想要送我一件禮物，可是又要我幫你挑選，這……」

「不是啦，我知道要送妳的是什麼東西，只是……」湯米笑了起來，聳聳肩說：「好吧，我乾脆告訴妳好了，我們之前去的那家店裡有一排展示架擺滿了唱片和錄音帶，所以我就在那裡找妳上次丟掉的錄音帶，還記得吧，凱西？只是我不記得是哪一卷了。」

「我的錄音帶？我怎麼不知道你也曉得錄音帶的事情，湯米。」

「對啊，那個時候露絲到處要人幫忙找錄音帶，她說妳丟了錄音帶非常難過，所以我一直在找。雖然當時沒有告訴妳，但是我真的很認真在找。我想到了幾個地方妳不能去找，但我卻可以，例如男生宿舍之類的。我記得那時候找了好久，最後還是找不到。」

我看了湯米一眼，所有的壞心情全蒸發了。「我都不知道這件事，湯米，你對我真好。」

「嗯，幫助不大，但是我真的很想幫妳找到錄音帶，後來看樣子錄音帶是找不到了，我對自己說，總有一天我要去諾弗克，找到這卷錄音帶給她。」

「英國失落的一角，」我看了看四周，「而且，我們現在人就在這裡。」湯米也看了看周圍，然後我們停下腳步。我們來到了另一條小巷，這裡不像畫廊那條巷道狹窄。我們誇張地東張西望，咯咯傻笑。

「這個點子不算瘋狂吧，」湯米說，「先前那家沃爾沃思商店有各種錄音帶，本來我以為他們一定有妳那卷，可是我覺得他們沒有。」

「你覺得？啊，湯米，你是說你根本沒有仔細地找囉！」

「我有啊，凱西，只是，嗯，真是氣死人了，我就是想不起來那卷錄音帶叫做什麼，以前在海爾森，我到處打開男生的收藏櫃，每個地方全檢查過了，現在竟然想不起來。好像是叫茱莉．布吉還是什麼的……」

「是茱蒂．布里姬沃特啦，叫做『入夜之歌』。」

湯米態度認真地搖搖頭，「我確定他們絕對沒有這卷。」

我噗哧笑了出來，拍打湯米的手臂。湯米一臉疑惑，於是我說：「湯米，沃爾沃思不會賣這種東西啦，他們賣的都是最新的流行專輯。茱蒂．布里姬沃特是好久以前的歌手，那卷錄音帶只是剛好出現在我們的拍賣會，現在不可能在沃爾沃思買到的啦，你這個傻瓜！」

「嗯，妳看吧，我對音樂完全一竅不通，可是他們有那麼多錄音帶。」

「他們只有一些啦，湯米，唉，算了，這是個好點子，我好感動，真的是個很棒的主意。反正我們人就在諾弗克。」

我們繼續向前走，湯米吞吞吐吐地說：「嗯，所以我才要告訴你啊，本來想給妳一個驚喜，但是我一個人瞎找是沒有用的。就算我知道錄音帶的名稱，也不知道該去哪裡找。現在既然讓妳知道，妳就可以幫我了。我們兩個可以一起找。」

「湯米，你在說什麼啊？我真想罵你幾句，可是我實在忍不住要笑出來。」

「嗯，我們還有一個多小時，這是個好機會啊！」

「湯米，你這個笨蛋，你該不會真的相信什麼失落的一角之類的吧？」

「我沒有真的相信呀，但我們現在既然到了這裡，還是可以到處看看啊。我是說，妳想要找回錄音帶，沒錯吧？我們只是看看，又沒損失。」

「好吧，你真是個傻子，好吧。」

湯米無助地攤開雙手，「嗯，凱西啊，我們現在要往哪兒走呢？我就是這樣，說到買東西，什麼都不懂。」

我想了一會兒，便說：「我們得去二手店找找。那種全部賣舊衣服、舊書的地方，有時候也會擺一箱唱片、錄音帶。」

「好。那麼這種二手店哪裡才有？」

如今回想起當初和湯米站在小巷準備開始找尋錄音帶的那一刻，心裡仍會升起一股暖流。一切突然變得美好：眼前我們多出了一個小時，拿來找錄音帶，真是再好也不過了。我拚命忍住別再傻笑個不停，或是像小朋友一樣在人行道跳上跳下的。不久前，當我照顧湯米的時候，提到了我們的諾弗克之行，湯米說他當時的心情和我一樣。在我們決定出發尋找遺失的錄音帶那一刻，彷彿所有的不愉快全都煙消雲散，只有樂趣和笑聲等著我們。

起先，我們不斷走進錯誤的地方：例如二手書店，或是擺滿舊吸塵器，卻什麼錄音帶也沒有的商店。過了一會兒，湯米說我知道的不比他多，決定自己帶路。就在那時候，這傢伙運氣真是不錯，他馬上找到一條街道，街上可說連開了四家我們正在尋找的那種商店。店面全是服飾、手提包、兒童年刊，走進店裡，一股老舊的甜美氣味撲鼻而來。到處堆滿了皺巴巴的平裝書，還裝了明信片或雜物、表面佈滿灰塵的紙箱。其中一家店專門賣些嬉皮的玩意兒，另外一家則有軍事勳章和沙漠士兵的照片。但是這幾家店裡某個角落擺了一、兩個裝滿唱片和卡帶的厚紙箱。我們在店裡仔細尋找，老實說，剛開始幾分鐘之後，我們已經不怎麼在乎茱蒂·布里姬沃特。我們只是盡情享受兩個人一起尋找東西的樂趣；一會兒分頭進行，一會兒聚在一塊，甚至搶著在射進了一束陽光的煙塵瀰漫的角落，翻搜同一只裝滿舊玩意的紙箱。

當然，最後我找到了。當時我倚身在一排錄音帶旁，一盒一盒翻開來找，心裡想著其他的事情。突然間手指下面出現了那卷錄音帶，外表看起來和幾年前一模一樣：茱蒂拿著一根菸，對著酒保擺出一個嬌媚的表情，背後隱約可見幾棵棕櫚樹。

我沒有大呼小叫，不像平常要是發現什麼稍微讓我興奮的東西，總是會嚷個不停。我安安靜靜站在原地，看著這個塑膠盒，不知道自己是高興還是什麼。一瞬間，甚至覺得這是個錯誤。尋找這卷錄音帶是一切樂趣的最大來源，如今找到了，我們就得停止搜尋。或許這就是為什麼起先我出乎自己意料地保持沉默，甚至想過假裝沒有看到錄音帶。眼前這卷錄音帶讓我有點兒不好意思，顯得我有些幼稚。實際上，我甚至繼續翻看架上的錄音帶，任由旁邊的錄音帶壓在上面。我終於鼓足了勇氣，招呼湯米過來。

「是這卷嗎？」湯米似乎不太相信，或許也是因為沒有聽見我大呼小叫的關係吧！我抽出那卷錄音帶捧在雙手。這時心裡突然感到極大的喜悅，同時感受到另一種幾乎逼得我嚎啕大哭的複雜情緒。但是我控制住了情緒，只是拉拉湯米的手臂。

「是啊，就是這卷，」我第一次露出興奮的笑容，「你相信嗎？我們真的找到了耶！」

「妳覺得這是同一卷嗎？我是說，就是真正那卷，妳弄丟的那一卷？」

我把錄音帶拿在手裡翻來覆去，知道自己還是記得錄音帶背後每個設計的細節、每首歌的名稱等，樣樣記得清清楚楚。

「看起來的確可能就是我遺失的那卷錄音帶，」我說，「但是你要知道，湯米，同樣的錄音帶市面上販賣的可能就有幾千卷。」

這回換成我注意到湯米不如預期那麼開心。

「湯米，你看起來好像沒有替我高興。」我擺明是詼諧的口吻。

「我是很替妳高興啊，凱西。只是，嗯，我希望要是我找到的就好了。」湯米笑了一笑，繼續說道：「當初妳弄丟錄音帶的時候，我腦子裡一直在想，要是我找到錄音帶拿去給妳，那會是什麼畫面？而妳會說什麼話、露出什麼表情……」

湯米的聲音比平常更為輕柔，眼睛不停看著我手裡的塑膠盒。突然我發現店裡除了前面櫃檯專心文書工作的老先生外，只有我們兩個人。我們站在店內最後面高起的平台，這裡比其他地方更加陰暗、隱蔽，彷彿老先生根本不顧這一區的物品，打從心裡將這個地方分隔開來。湯米恍惚了幾秒鐘，我知道他一定是在心裡排演親自將遺失的錄音帶送交給我的情景。他突然出其不意地從我手裡搶走盒子。

「那至少我可以買來送妳。」湯米開心笑說，我還來不及阻止他，他已經跨下平台，往前面走去。

老先生去找這只盒子的錄音帶的時候，我仍然繼續站在後面東翻翻西看看。這麼快找到錄音帶，還是教人感到懊悔不已。後來回到了卡堤基，自己一個人在房裡，才真正慶幸自己找回了錄音帶，也找回了那首歌。即便是以前，這卷錄音帶主要仍是懷舊的心情寄託，現在，若是不經意地拿出錄音帶，那天下午我們在諾弗克的點點滴滴，就像海爾森的歲月一樣重現心頭。

我們從店裡走出來，急著恢復之前輕鬆愉快、甚至傻里傻氣的心情。但是湯米聽了我開幾個小玩笑，卻陷入思緒當中，毫無回應。

我們沿著陡峻的小路往上走，看見往前差不多一百碼的懸崖邊，有個類似觀景台的地方，面對海洋的方向設了幾張長椅。這裡到了夏天，可以是一般家庭坐下野餐的好地點。

我們這時不顧海風淒厲往觀景處走去，就在快要抵達的時候，湯米慢下了腳步說：「克莉絲和羅德尼他們兩個對這件事已經到了鬼迷心竅的程度，妳知道，就是有關兩個人如果真心相愛可以延後捐贈這件事。他們還當真以為我們什麼都知道，可是以前在海爾森從來沒有人說過這件事。至少我沒聽說，妳呢，凱西？應該沒有吧，這只是最近在學長姊間才開始流傳開來的，露絲那種人，就會跟著加油添醋。」

我仔細地觀察湯米，卻很難看出他這番話是出自好玩，還是表達個人的不屑。總之，我看得出來他心裡還想著別的事情，一件和露絲無關的事情，所以我沒有說話，只是耐心地等著。後來，他完全停下了腳步，開始用腳撥弄地上一個壓扁的紙杯。

「其實啊，凱西，」湯米說，「這陣子我一直在想，我非常肯定我們是對的，我們在海爾森唸書的時候，從來沒有人提起這件事。但是以前確實也發生了很多事情，我們也都想不出個道理。我在想，如果這是真的，這個謠言可以解釋很多事情，那些我們以前怎樣也想不出所以然的事。」

「什麼意思？哪些事情？」

「例如畫廊的事情啊，」湯米壓低了嗓子說，我走近他身邊，彷彿我們還在海爾森的晚餐隊伍或池塘旁邊說話似的。「我們從來沒搞清楚，到底畫廊是個什麼樣的地方。為什麼夫人要拿走所有優秀的作品？但是我想我現在知道了。凱西，妳還記得那次大家爭吵代幣的事情嗎？到底那些學生該不該為了夫人拿走的作品得到一點兒補償？羅伊不是還為了這件事去見艾蜜莉小姐？嗯，艾蜜莉小姐那時候說了一句話，她無意間說出來的，那句話我想了很久。」

兩個女人牽著狗經過，雖然有點兒愚蠢，我們還是停止了交談，直到她們走上山坡，聽不見我們說話，我才開口說：「什麼話，湯米？艾蜜莉小姐無意間說了什麼？」

「羅伊問她，夫人為什麼要拿走我們的作品，妳記得她說了什麼嗎？」

「我記得艾蜜莉小姐說這是我們的榮幸，我們應該感到驕傲……」

「但這不是全部。」這時湯米的聲音微弱得只剩下嘶嘶的耳語聲，「她告訴羅伊的話，或許不是有意說出來的，只是不小心說溜了嘴，妳記得嗎，凱西？她告訴羅伊，所有像繪畫、詩歌之類的作品，可以顯示出學生的內心狀態，顯露一個人的靈魂。」

湯米說話的時候，我突然想起蘿拉畫過一幅大小腸的圖畫，噗哧笑了出來。但我又立刻回到當時的談話。

「是啊，」我說，「我記得呀，可是你這話是什麼意思呢？」

「我在想啊，」湯米緩緩地說，「假如學長姊說的話是真的，假如海爾森的學生真的享受過特殊的安排，只要兩個人表明真心相愛，希望能有更多時間相處。那麼凱西妳看，總是得要有個判斷真假的方法。不能光說相愛，就直接延緩捐贈時間吧！妳想想，要做出這種決定有多麼困難。一對情侶可能真的以為彼此相愛，其實卻只有性關係，或只是一時的迷戀。妳知道我的意思吧，凱西，這種事情很難判斷，也不可能每次都能做出正確的判斷。但是重點是，不管由誰決定，到底是夫人還是其他人，他們都需要某些東西才能做出決定。」

我慢慢地點了點頭，「所以，他們才要拿走我們的作品……」

「很有可能，所以夫人在某個地方開了一間畫廊，裡面放了學生從小創作的作品。假如兩個人走過來說他們彼此相愛。夫人可以找出他們好幾年來的美術品，從中看出兩個人是不是談得來、是不是匹配等等。別忘了，凱西，她手裡的東西可是展現出我們的靈魂啊！她可以因此決定兩個人是不是相配，或者只是愚昧的迷戀。」

我再次慢慢向前踱步，沒有看著正前方。湯米跟了上來，等著我的回應。

「我不確定耶，」我最後說，「你所說的當然可以用來解釋艾蜜莉小姐的回答。我想這也能夠解釋，為什麼監護人總是說，繪畫和所有其他創作能力對我們來說非常重要。」

「沒錯，也就是因為這樣……」湯米嘆了一口氣，勉強繼續說完。「也就是因為這樣，露西小姐才得承認，她當初告訴我創作能力並不重要那是錯的，她之所以那麼說，只是因為覺得我很可憐。但是她心裡明白，創作其實很重要。在海爾森唸書，就代表我們享有這種特殊的機會。要是沒有一樣東西能夠送進夫人的畫廊，也就等於白白葬送這個機會了。」

聽到這裡，我才驚覺他這段話的涵義，心中難掩一陣寒意。我停下腳步，轉身面對湯米，我還來不及說話，湯米便笑了一聲說：「如果我說得沒錯，那麼，嗯，看來我是把自己的機會搞砸了。」

「湯米，年紀小一點兒的時候，你有沒有做過什麼東西送去畫廊呢？」

湯米搖了搖頭，「我很沒用，妳知道的，後來發生了露西小姐的事情，我知道她是一片好意，她可憐我、想要幫我。這點我很確定。不過，如果我的推論沒錯的話，那麼……」

「這只是你的推論而已啦，湯米，」我說，「你知道你每次做的推論最後是什麼結果。」

我試著淡化這件事情，不過語氣不對，我的語氣顯得我還拚命想著湯米剛才說的話。「說不定他們判斷的方法很多，」過了一會兒，我說。「說不定創作只是所有方法當中的一種而已。」

湯米又搖了搖頭，「還有什麼方法呢？夫人又不認識我們，也不記得我們每一個人。而且，說不定夫人不是唯一決定的人，可能還有更高層的人，他們甚至從來沒有來過海爾森。這件事我想了很久，凱西，各方面都可以說得通。就是因為這樣，畫廊才會這麼重要，也是因為這樣，監護人才要我們認真創作、寫詩。凱西，妳在想什麼？」

我的確有點兒想得出神了。實際上，我想起了那天下午，自己一個人在宿舍聽著我們剛找到的錄音帶；我跟著音樂擺動身體，抓了一個枕頭抱在胸前，夫人站在門口看了我很久，眼裡泛著淚光。即便是這個我一直找不到合理解釋的事件，似乎也相當符合湯米的理論。當時我在腦中想像自己抱著一名嬰兒，但是夫人當然不可能知道這點。她一定以為我手裡抱著愛人。如果湯米說得沒錯，夫人和我們唯一的關連就是過了一段時間之後，學生若是彼此相愛，可以申請延後捐贈，那麼一切也就說得通了，所以夫人平常才會對我們態度這麼冷淡。當天碰巧看到這樣的情景，一定讓她非常感動。所有這些畫面閃過我的心頭，我正準備一古腦兒全說出來，但我忍住了，只想繼續討論湯米的理論。

「我只是在想你說的話而已，沒什麼，」我說，「我們該往回走了，可能還要一段時間才找得到停車場。」

我們沿著原路下坡，但是知道還有時間，所以不必太急。

走了一會兒之後，我問：「湯米，你有沒有把這些話告訴露絲呢？」

湯米搖搖頭，繼續往前走。最後才說：「問題是，學長姊說的每一件事，露絲全部相信。沒錯，她喜歡假裝自己知道很多事情，但是她也是真的相信那些話。而且，早晚她也想採取一些行動。」

「你是說，她想要……」

「對啊，她想要申請。只是不像我們剛才那樣仔細想過。」

「你還沒把那個畫廊的理論告訴她？」

湯米又搖了搖頭，什麼話也不說。

「你要是把那個理論告訴她，」我說，「她如果相信你的說法……嗯，她一定會氣死的。」

湯米好像正在想些什麼，所以沒有說話。直到我們回到窄巷，他才又開口，聲音一下子變得膽怯起來。

「凱西，其實，」湯米說，「我一直在做一件事情，為了預防萬一啦，我還沒有告訴任何人，就連露絲也沒說，而且只是剛開始而已。」

這是我第一次聽說湯米虛構的動物。湯米開始描述他正在做的事，那時我實在很難表現聆聽的熱忱，但幾個禮拜之後，我才真正對這件事情有所了解。事實上，我得承認，他的描述讓我想到最初引發湯米在海爾森一連串問題的那張草原大象的圖畫。湯米解釋，他這個靈感是卡堤基沙發後面找到的一本缺了封底的兒童讀物得來的。他拜託凱弗斯給他一本用來人物塗鴉的黑色筆記本，從那時開始，湯米至少畫了十幾隻那種想像中的動物。

「重點是，我把這些動物畫得很小很小，極小無比，我以前在海爾森從沒有想過要這樣畫，我猜自己的問題可能就是出在這裡。當我們把動物畫得很小很小……何況本子只有這麼小，我也只能這樣畫，總之，當我們把動物畫得很小很小的時候，一切都不一樣了，這些小東西好像自己活過來了一樣。畫畫的時候必須想到的細節也不一樣，你得思考他們要如何保護自己、他們拿東西的動作等等。老實說，凱西，這種畫和以前在海爾森完全不一樣。」

湯米開始描述他最喜歡的幾隻動物，但我實在無法專心聽他說話；他說的越是高興，我越是渾身不自在。「湯米，」我很想對他說，「你又要讓自己變成別人的笑柄了。想像中的動物？你到底怎麼了？」但我沒說出口，只是小心翼翼地看著他，不停地說：「聽起來不錯耶，湯米。」

接著湯米提到：「凱西，就像我剛才所說的，露絲並不知道這些動物的事情。」湯米說到這裡，似乎想起了其他事情，想起了我們最初為什麼提到他的動物，頓時臉上的活力全部消失。我們再度默不作聲地走著，走到了商業大街，我才又說：「嗯，就算你說的有點兒道理，湯米，我們還有很多地方需要了解。例如說，情侶要如何申請？他們要怎麼做？又不是到處都有表格可以索取。」

「我也想過這點。」湯米的聲音再度恢復平靜和鎮定，「就我看來，眼前只有一個辦法，那就是找到夫人。」

我想了想，然後說：「要找夫人恐怕不容易，我們對她一概不知，甚至不知道她的名字。你還記得她的態度吧？她連我們靠近都不喜歡。就算我們真的找到了她，我也不覺得她能幫什麼忙。」

湯米嘆了口氣，「我知道，」他說，「嗯，我想我們還有時間，我們還沒那麼急。」

我們走回停車場的時候，下午天氣變得烏雲密佈，而且非常地冷。還沒看到其他人的影子，所以我和湯米斜靠著車子，看著迷你高爾夫球場。場上沒有人打球，旗幟在風中飄動。我不想繼續談論夫人、畫廊或其他相關話題，於是我從商店給的小袋子裡拿出茱蒂・布里姬沃特的錄音帶，仔細端詳了一會兒。

「謝謝你買錄音帶給我。」我說。

湯米笑了笑，「要是當時我去錄音帶區，妳去唱片區，我就會先找到了。唉，可憐的老湯米，運氣太差。」

「誰找到都一樣啊，我們能夠找到錄音帶，全是因為你說要去找。我老早不把失落的一角當一回事了。露絲說了那些話以後，我心情不太好。啊，茱蒂・布里姬沃特，我的老朋友啊，好像她從來沒離開過我一樣。真不知道當時到底被誰偷走了？」

這時，我們轉身面對街道，看看其他人是不是到了。

「妳知道嗎，」湯米說，「露絲先前說了那些話，我看到妳的臉色不太好看……」

「別提了啦，湯米。我現在已經沒事了，露絲回來，我也不會再提。」

「不是啦，我不是那個意思。」湯米離開車子，一腳踩在前輪上，像在檢查輪胎似的。「我的意思是說，露絲說出那些話的時候，我才知道妳為什麼一直看色情雜誌。好吧，我也不是真的知道，只是自己的猜測，另外一個猜測。都是露絲說了那些話之後，我才想通的。」

我知道湯米正在看我，但我直視著前方，沒有回應。

「可是我還是不太了解，凱西，」湯米等了一會兒才終於開口說，「我不覺得她說的話是對的，但是就算露絲說的沒錯，妳為什麼要在那些過期的色情雜誌找本尊呢？為什麼妳的本尊一定是那種女孩子？」

我聳聳肩，仍然沒有正視他。「我又沒說一定是怎樣，我只是翻翻而已。」此刻我眼裡充滿淚水，我努力藏住眼淚，不讓湯米發現。但卻只能聲音顫抖地說：「你要是不高興，我以後不會再看了。」

我不知道湯米是不是發現了我的眼淚。總之，當湯米靠近我身邊，緊緊抱住我的肩膀時，我已經完全控制住淚水。以前湯米有時候就會過來抱著我的肩膀，這個舉動對我來說一點兒也不稀奇。但是不知道為什麼，此刻我心裡卻變得比較舒服了，微微地笑了一笑。湯米放開手，但是我們仍然肩並著肩靠得很近，背對車子站著。

「好吧，我的舉動的確沒什麼道理，」我說，「但是我們都是這樣，對吧？每個人都想知道自己的本尊。畢竟，那就是為什麼我們會出現的原因。所有人都是一樣。」

「凱西，你應該知道的，對吧，我沒有把那次在鍋爐房的事情告訴別人，包括露絲和其他任何人。可是我就是不懂。我搞不懂妳到底在做什麼？」

「好吧，湯米，我就告訴你吧。說不定你知道以後，也聽不出什麼道理，不過你還是可以聽聽看。我之所以那樣，只是因為有時候我有種強烈的感覺，想要發生性行為。有時候，這種感覺突然襲擊全身，那一、兩個小時的時間，真的很可怕。依我看，甚至最後我會跑去和老凱弗斯發生性關係也說不定，情況就是糟到了這種地步。所以囉……我和修伊會發生性關係，唯一的原因就是這個，還有奧立佛也是，實際上他們對我來說並沒有什麼意義，我甚至不太喜歡他們。我也不知道這種感覺到底是什麼，之後，等這種感覺退了，真的很恐怖。所以我才開始想，嗯，這種感覺一定是從別的地方來的，一定和我原來的真面目有關。」我停了一下，不過湯米沒說什麼，於是我繼續說：「所以囉，我想到如果可以在其中一本雜誌找到她的照片，至少可以有個解釋。我也不會想去找她或什麼的，只是啊，你知道的，可以稍微解釋一下為什麼我是這樣的人而已。」

「我有時候也有這種感覺，」湯米說，「很想有性行為，我想大家如果誠實，應該每個人都是這樣的吧。我不覺得妳有什麼不同，凱西，其實，我自己還滿常這樣……」湯米沒說下去，一個人笑了起來，我並沒有跟著笑。

「但是我說的狀況是不一樣的，」我說，「我看過其他人，他們也會想有性行為，可是他們不會採取行動。他們絕對不會做出像我那種行為，跑去和修伊那種人混在一起……」

我大概又開始哭了起來，我感覺湯米從後面抱著我的肩膀。雖然心情不好，我還是相當留意我們的周遭環境，我在心裡稍微打量了一下，確定如果露絲或其他人走在這條街上，就算是現在，也不會產生任何誤會。我們並肩站著，背靠著車子，從別人看來，我像是為了什麼事情煩惱，湯米只是安慰我而已。

接著，我聽見湯米說：「我不覺得這是什麼壞事，一旦妳找到一個真正想要交往的人，凱西，性就會變成一件很棒的事。還記得監護人以前常常告訴我們的嗎？如果和合適的人發生性關係，我們就會覺得非常美好。」

我動了動肩膀，擺脫湯米的手，深深吸了一口氣。「我們別再想這件事情了吧。反正我現在衝動的時候，已經比較能夠控制自己的情緒了。所以，我們就別再想了吧！」

「不過，凱西，妳這樣到處翻雜誌，實在是很愚蠢。」

「沒錯，是很蠢，湯米，別再說了，我已經好多了。」

我不記得其他人出現之前我們還聊了些什麼。我們沒有再談這些嚴肅的話題，要是其他人仍然感覺氣氛不對，他們也沒說。大家心情都很好，尤其是露絲，她似乎決心要彌補之前難堪的場面，走到了我身邊，拍拍我的臉頰，開了個玩笑什麼的。我們坐進車子之後，露絲設法維持這種快樂的氣氛。她和克莉絲覺得馬丁這個人處處都滑稽，他們既然離開了馬丁的公寓，就津津有味地享受這個可以公然嘲笑他的機會。羅德尼看起來很不以為然，我知道露絲和克莉絲為了取笑馬丁，把事情大肆渲染了一番，不過基本上還算溫和。

回程路上，我還注意到露絲有鑒於先前來的時候，每次說到什麼笑話或提到什麼事情，總是不斷把我和湯米排拒在外，這會兒她可是不停地轉過頭來，仔仔細細把他們說的每一件事，詳細地對我們解釋。過一陣子，我聽得累了，怎麼好像車內說的每一句話都是為了說給我們聽，至少也是為了說給我聽似的；但我還是很高興露絲這樣小題大作。我能了解，湯米也一樣了解，露絲已經知道自己先前表現失當，這是她承認錯誤的方式。我們的座位安排還是和出發時候一樣，露絲坐在我們中間，只不過現在她所有時間全花在和我說話，偶爾轉到另一邊，握握湯米的手，或是不經意地親他一下。車內氣氛很好，沒有人提起露絲本尊之類的事情。我也沒有提到湯米買了茱蒂·布里姬沃特的錄音帶給我，我知道露絲早晚會發現，但還是不希望她現在就知道。回程的路上，黑夜逐漸籠罩漫長而空蕩的道路，感覺現在我們三人又變得像以前一樣親密，我不希望任何事情破壞了這樣的氣氛。

16

這次的諾弗克之旅最奇怪的地方是，當我們回去以後，幾乎什麼也不提。那一陣子，四處流傳各種有關我們私底下計畫的謠言。即便如此，我們還是保持沉默，直到最後所有人失去了興趣。

至今，我還是不太確定當初我們為何如此，或許大家覺得這件事說與不說要看露絲的主意，對外透露多少消息必須由露絲決定，我們得先等候她的指令。露絲或許因為本尊的事實而覺得不好意思，也或許是喜歡保持神祕吧，對於這個話題從頭到尾守口如瓶。就連面對我們這些自己人，也盡量不提。

環繞在這種神祕的氣氛下，我也比較能夠不去向露絲提起湯米送我茱蒂．布里姬沃特錄音帶的事。我不是刻意隱瞞事實，錄音帶一直擺在我的收藏區，也就是壁腳板旁邊、一小堆一小堆物品當中的一疊區域。不過我也的確時時刻刻注意不讓錄音帶離開收藏區，或是被擺在最上層。有幾回我真的很想告訴她，那樣的話我們兩個人就可以拿這卷錄音帶的音樂作為背景，共同回憶海爾森的往事。但是，一旦距離我們從諾弗克回來的時間越長，而我越是沒有提起，這個祕密就越讓我覺得有罪惡感。當然，過了很久以後，露絲還是發現了，她發現的時機比現在更糟，不過，人的運氣有時就是這樣。

春天來臨時，越來越多學長姊離校開始接受訓練，雖然他們像往常一樣保持低調地離開，但是到了最後，人數越來越多，實在很難教人不發現。我不確定當時看到他們離別的場面，一般人內心作何感想。但是，我想，大家心裡或多或少總是有點兒羨慕準備離開的人。感覺他們像是前往一個更廣闊、更刺激的世界。當然，他們的離開無疑地也增加了我們心中的不安。

後來應該是四月左右的時候，愛莉絲是我們這群當中第一個離開的人，不久以後，高登也離開了。他們兩個都是自己主動要求開始接受訓練，離開的時候臉上掛著開心的笑容，但是在那之後，對我們這一票人來說，這裡的氣氛卻是完全不一樣了。

很多學長姊似乎也受到其他人離開所引發的騷動影響，或許也算是直接影響的結果，到處謠傳著克莉絲和羅德尼在諾弗克提到的事情，據說某個地方的鄉下，有學生表示彼此相愛因而得到緩期，這回聽說的少數幾個學生和海爾森並無任何關聯。我們五個一起去諾弗克的人照樣避開這些話題，就連之前總是這類話題的中心人物克莉絲和羅德尼，這次聽到同學竊竊私語，也只是尷尬地轉過頭去。

這個「諾弗克效應」同樣發生在我和湯米身上。原本以為等我們回去之後，一定會找個什麼機會單獨相處，繼續交換關於湯米那個畫廊理論的意見。但是，不知道為什麼，我們什麼也沒討論過，甚至湯米自己也不想提起，這種事從來沒發生過。唯一的例外，我想是某天早上我們在鵝舍，湯米拿假想動物給我看的時候。

取名鵝社的穀倉位於卡堤基的外圍，屋頂嚴重漏水，加上前門鉸鏈損壞，所以無法使用，只有情侶會在氣候比較溫暖的幾個月份，成雙成對偷溜到這裡來。那時，我已經開始一個人長時間散步的習慣，應該是剛要出門去散步的時候，才經過鵝舍，便聽見湯米叫我的名字。我轉過頭去，看見光著腳的湯米姿態笨拙地站在大水坑包圍的一小塊土地上，一隻手撐在穀倉牆壁以保持平衡。

「你的橡膠靴怎麼了，湯米？」我看著湯米光著腳，身上穿著平常那件厚毛衣和牛仔褲問道。

「我正在……妳知道的……我正在畫畫……」湯米笑了笑，舉起一本黑色的小筆記本，筆記本和凱弗斯平日巡視拿的十分近似。那時距離諾弗克旅行已經兩個多月的時間，不過我一看到筆記本，立刻知道裡面是些什麼，不過，我還是等著湯米先開口：「凱西，如果妳想看，就給妳看。」

湯米帶著我走進鵝舍，跨過凹凸的地面。原本以為鵝舍裡面很暗，卻沒想到強烈的陽光透過天窗照了進來。擺在牆邊的是去年前後被拿來丟在這裡的各式家具，如：破損的餐桌、老舊的冰箱之類的東西。湯米之前應該已經來過這裡，我們從外面走到中間一個黑色塑膠皮破了洞、曝露出填充物的兩人座沙發旁邊，我猜剛才我經過的時候，他就是坐在這沙發上畫畫。他的橡膠靴子倒在一旁，從靴子裡露出了足球襪的一角。

湯米跳回沙發上，摸了摸自己的腳拇指。「不好意思，我的腳有點兒臭。剛才我想都沒想就把鞋襪全脫光了，我大概是割到了，凱西，妳想看看嗎？露絲上星期看過了，所以我也一直想讓妳看看。除了露絲以外，沒有別人看過。來看一下嘛，凱西。」

那是我第一次看到湯米的動物。當初他在諾弗克告訴我這些動物，我心裡所想像的，是小時候那種縮小版的圖畫，所以當我看到筆記本裡每隻動物畫得如此精細，真是嚇了一跳。事實上，我花了一會兒，才看出這裡面畫的是動物。這種感覺就像我們掀開收音機的後蓋，看到裡面小小的管線、繁複交織的線路、小型的螺栓和動輪。這些動物畫得過於精細準確，以致必須把畫本拿遠一些，才知道原來那是犰狳或是一隻鳥。

「這已經是第二本了，」湯米說，「沒有人看過第一本！我隔了一段時間才繼續畫下去。」

此時湯米又坐回沙發，拉了一隻襪子套在腳上，故意裝出輕鬆的語調，但我知道他急著知道我的反應。即使這個時候，我還是無法真心讚美他的作品。或許部份是因為我擔心這些藝術創作可能又會給他惹上麻煩，但也可能因為我眼前所看到的和以前監護人在海爾森教導我們的不一樣，我不知道該怎麼給予評價。

我只說：「天啊，湯米，畫這些東西一定需要非常專心吧。真是教人驚訝，你在這裡還能將這些小東西畫得這麼清楚。」然後，大概因為我心裡仍在掙扎著該說些什麼話，我輕輕地翻看他的畫本說：「不知道夫人要是看到了會說什麼。」

我說話的語調詼諧，湯米也只是竊竊地笑了一笑，但是我們之間有種以前沒有的氣氛。我繼續翻著筆記本，沒有抬頭看著他，差不多畫了四分之一本了，要是剛才沒有提到夫人就好了。

我聽見湯米說：「我覺得，在夫人有機會看到這些作品之前，我還得再加點兒油才行。」

我不知道他這話是不是暗示我得稱讚這些作品，但是看到這裡，其實我漸漸被眼前這些奇奇怪怪的小動物所吸引。在眼花撩亂、金屬般的外表之下，他們有種討人喜歡、甚至脆弱的特質。記得湯米之前在諾弗克說過，他在創造這些小動物的時候，總是煩惱著他們該如何保護自己，該怎麼拿住東西，現在看到他們，在我心裡升起了同樣的擔憂。即便如此，某種無法解釋的原因卻讓我無法說出任何讚美的話。

湯米便說：「反正，我不只是為了那些才畫的。我只是喜歡畫。凱西，我一直在想是不是應該要繼續這樣保密下去，說不定讓別人知道我畫這些東西也沒什麼關係，漢娜不還是一直創作水彩畫嘛，很多學長姊也都會做點兒什麼。我並不是說要把這些畫拿給每個人看，我只是在想，嗯，我沒有必要再這樣神祕兮兮的吧！」

聽到這裡我終於能抬起頭來看著他，語氣略為肯定地說：「湯米，沒有必要，真的沒有必要，這些動物畫得很好，真的，真的很好。說真的，要是你因為這樣繼續躲在這裡，就真的太笨了。」

湯米沒有回答，不過他的臉上出現笑容，像是自己想到了什麼笑話似的，我知道我的回答讓他非常開心，之後我們似乎沒再多說什麼。沒多久之後，湯米穿上了靴子，和我一起離開鵝舍。一切就如我所說，這是那年春天湯米唯一和我提到那個理論的一次。

後來到了夏天，距離我們來到這裡已經整整一年。卡堤基又來了一批的新生，搭乘著小巴士，和我們當初差不多，只不過沒有一個是海爾森畢業的學生。就某些方面來說，這點倒是讓我們寬心不少：我想我們一直擔心，新的一批海爾森學生只會讓情勢變得更加複雜。不過，至少對我來說，沒有海爾森的學生出現只是更加令人感覺，海爾森如今已經變得越來越遙遠，維繫我們以前這群學生的記憶，現在也一點一滴地消磨光了。這不只是因為漢娜開口閉口總是提到要學愛莉絲的榜樣提早受訓，或其他像是蘿拉找到非海爾森畢業的男朋友，而是大家幾乎已經忘了海爾森曾經和我們關係非常密切。

當然還有露絲，常常假裝忘記以前在海爾森發生的事情。好吧，或許多數都是些微不足道的小事，但我實在越來越無法忍受她的行為。例如說吧，有一次我們早餐吃了很久，餐後我們坐在廚房餐桌邊，在場的人有露絲、我，還有幾位舊生。其中一個舊生提到了深夜吃起司會影響睡眠，我便轉過身對著露絲說：「妳記得潔若汀小姐以前也是這樣跟我們說的嗎？」我只是順口提了出來，露絲其實只要微微一笑或點個頭就行了，她卻偏偏一臉茫然地看著我，好像我說的事情她已經完全不記得似的。等到我向學長姊解釋說：「潔若汀小姐是我們的監護人。」露絲才皺著眉點了點頭，彷彿她剛剛才想起我說的這個人是誰。

那次我沒有和她計較。但還有一次，我就沒那麼輕鬆放過她了。就是我們晚上坐在外面一個破公車亭的那次。當時我很生氣，她在學長姊面前玩這套把戲是一回事，但當我們兩個人獨處，而且正說到嚴肅的話題，她又跟我來這一套，這又是另外一回事。當時我話說到一半，提到海爾森那條穿過大黃根區往下走到池塘的捷徑向來禁止學生行走。露絲卻又擺出一副困惑的表情，我擱著原先要說的話，對露絲說：「露絲，妳不可能忘記吧。別裝蒜了，拜託。」

若不是我太過尖銳，讓她下不了台——我本來可以開個玩笑，繼續說下去就算了——露絲應該就能了解自己的不合理，開始自我解嘲。但是我這樣一巴掌打在她臉上，當然她也就回給了我一個憤怒的眼光。「那又怎樣？大黃根區和這個有什麼關係？妳打算說什麼，繼續說下去就是了。」

時間有點兒晚了，這個夏天夜晚的天色越來越暗，最近下了一場雷雨，舊公車亭發出一股潮濕的霉味，因此我滿腦昏鈍，說不出大黃根區有什麼重要性。後來雖然我很快就放下這個話題，繼續原先的討論，但是氣氛已經變得有些冷淡，這樣的氣氛更是無助於我們面對當前的棘手問題。

若要解釋那天晚上我們談話的內容，我得稍微回頭說一說更早以前的事。實際上我得回溯到幾個禮拜以前的初夏。那時我和一個名叫藍尼的舊生交往，老實說，維繫這段關係主要只是性行為。但是藍尼突然決定開始受訓，而且很快就離開了。這件事讓我心裡有點兒不安，這期間露絲對我很好，不動聲色地照顧著我，若是我的模樣有點兒憂鬱，她便設法逗我開心，也常常為我做些小事，像是幫我準備三明治，或是替我做部份的清潔輪值工作。

後來大約是藍尼離開以後兩個星期，我和露絲兩個人深夜坐在我的閣樓房間，一邊喝著馬克杯的茶、一邊聊天，露絲開始讓我覺得，有關藍尼的事情都變得非常好笑。藍尼那個人不是那麼壞，但是當我對露絲說起他的私事，卻樣樣都顯得十分可笑，我們兩個人始終笑聲不斷。後來，露絲伸出手指上下翻了翻壁腳板旁邊一堆一堆的卡帶，她一邊笑著，一邊漫不經心地上下翻看。

但是事後我突然有個念頭，懷疑這件事並非偶然，說不定露絲幾天前就注意到了，甚至仔細地檢查確認過，只是一直等待一個「突然看到」的最佳時機。幾年後，我略略向露絲暗示這個推測，她似乎不知道我在說些什麼，或許是我錯了吧！總之，我在房間裡每每提到可憐的藍尼的某件小事，我們兩個人便笑得合不攏嘴，突然間，笑聲就像插頭被拔了出來一樣。露絲側躺在我的毯子上，在微光中看著我的錄音帶盒，接著茱蒂．布里姬沃特的錄音帶就在她的手中。露絲沉默了一會兒，那段時間像是一輩子那麼久，然後她說：「妳找到這卷錄音帶多久了？」

我盡可能告訴她大概的情況，那天她和其他人離開以後，湯米和我如何碰巧發現了錄音帶。露絲繼續仔細地看著。

「所以是湯米替妳找到的囉！」

「不，是我自己找到的，我先看到的。」

「你們都沒告訴我，」露絲聳了聳肩，「還是你們說了，只是我沒聽到。」

「諾弗克那個傳說是真的喔，」我說，「妳還記得吧，大家都說那裡是英國失落的一角。」

當時我心裡想過，露絲也許會假裝不記得這個比喻，但實際上她卻認真地點了點頭。

「我那次要是想起這件事就好了，」她說，「說不定我也可以找回我的紅色圍巾。」

我們同時笑了笑，原先的不安似乎已經消失了。但是看著露絲就這樣放回錄音帶，沒再多說什麼，隱約讓我覺得這件事情還沒結束。

我不確定之後談話究竟是露絲因為發現了錄音帶因此開始主導我們的話題，還是我們原本已經往那個方向討論，總之，後來露絲認為她可以因此說出她所說的那一段話。起初我們先回去討論藍尼的私事，尤其很多關於他做愛的過程，我們把他當作笑話看待。露絲總算發現了錄音帶，而且她也沒有小題大作，我這才放下心中的大石，所以，我並沒有十分留意接下來的談話。過了不久，我們從嘲笑藍尼，轉而開始嘲笑湯米。起初並沒有惡意，好像我們只是出於對他的關愛。但是後來我們便開始嘲笑起他那些動物來了。

就像我所說的，我並不確定露絲是否刻意將話題導向湯米的動物，老實說，我甚至不能肯定是露絲先提到了這些動物，打從我們開始這個話題，我笑得和露絲一樣開心，笑著其中一隻動物看起來像是穿了內褲一樣，另外一隻像是看著一隻壓扁的刺蝟畫出來的，我當時應該找個機會告訴露絲這些動物其實滿好看，其實湯米畫得不錯。但我沒有這麼說，部份也是因為錄音帶的事情，不過老實講，或許也是因為我很高興露絲並沒有這麼在意那些動物，以及動物圖畫背後所意味的一切。最後說再見的時候，我們彼此感覺像過去一樣親近。露絲出去時撫摸我的臉說：「妳能夠這樣經常保持心情愉快，真是太好了，凱西。」

因此，幾天後當我在教堂墓地面對所發生的事情，心裡絲毫沒有準備。那年夏天，露絲在卡堤基半英里以外的地方發現了一座可愛的老教堂，教堂後面有幾處雜草叢生的草地，草地上斜倚著幾塊老舊的墓碑。那兒到處都是雜草，但是環境非常安寧，之後露絲便經常到教堂後面的欄杆附近，坐在高大柳樹下的長椅閱讀。最初我對這個新的變化並不熱中，我還忘不了去年夏天我們一起坐在卡堤基外面草地上的情景。於是，每次散步的時候若往那個方向走去，而我又知道露絲可能就在那裡，便會穿過低矮的木門，沿著雜草叢生的小路經過墓碑。有天下午，天氣和煦，沒有起風，我輕飄飄地走在小路上，逐一唸著墓碑上的名字，這時，我不只看到了露絲，還看到湯米，他們一起坐在柳樹下的長椅。

其實只有露絲坐在長椅上，湯米則是一腳踩在扶手上面站著，一邊說話、一邊做伸展運動。他們看起來不像正在討論什麼大事，所以我毫不考慮便走上前去。或許我該從他們和我打招呼的方式看出一些蛛絲馬跡，但是我很確定，當時從他們外表看來並無異常。我之前聽到了一些關於某位新生的小道消息，於是迫不及待地想要告訴他們，所以，一開始只有我一個人嘰嘰喳喳說個不停，他們只是點點頭，偶爾問個問題。過了一會兒，我感覺不太對勁，甚至到了這時我也只是停下來，用一種開玩笑的方式問：「我是不是打斷你們了啊？」

露絲便說：「湯米剛才正在告訴我他那個偉大的理論。他說，他已經告訴過妳了，而且已經告訴妳很久了，現在，他才終於大發慈悲，也透露一點兒內幕讓我知道。」

湯米嘆了一口氣，正打算開口說點兒什麼，露絲卻先低聲地用一種嘲諷的口氣說：「湯米那個偉大的畫廊理論！」

緊接著，他們同時看著我，就像我現在是負責人一樣，接下來的一切全由我來決定。

「這個理論沒什麼不對，」我說，「說不定是真的，我不知道。妳覺得呢，露絲？」

「我還得打破砂鍋問到底，才終於從這個可愛的男生身上知道這件事。從來不想讓我參與，是不是啊，可人兒？我得再三逼他，要他告訴我這些了不起的藝術作品背後到底怎麼回事，他才肯說。」

「我畫畫不只是為了那個，」湯米說。腳還是放在扶手上，繼續伸展。「我只是說，如果關於畫廊的猜測是真的，我可以把這些動物交上去試試看吧！」

「湯米啊，親愛的，不要在我們的朋友面前鬧笑話了，你騙騙我，那無所謂，但是可別在我們可愛的凱西面前做這種傻事。」

「我不覺得我的理論那麼可笑，」湯米說，「這個理論和任何其他人的理論一樣有它的道理。」

「親愛的，這可不是一般人覺得好玩的理論。大家或許相信你的說法，老實說是有點兒道理。但是，你想要藉由給夫人看你那幾隻小動物，就想逆轉情勢，這想法也未免……」露絲一邊笑一邊搖頭。

湯米沒有說話，繼續做著伸展運動。我很想替湯米說些什麼，正在想著該怎麼說，可以讓湯米覺得好過些，又可以避免再度激怒露絲。就在這個時候，露絲說話了。這些話聽起來真是非常糟糕，那天我在墓園根本無法想像這些話的後果會有多嚴重。

露絲說：「親愛的，不只是我這麼想，就是凱西也覺得你那些動物根本是鬼畫符。」

我第一個念頭就是否認露絲所說的話，然後乾笑。但是露絲說話的態度具有某種權威，我們三個人心裡都明白，她的話背後勢必有所依據。因此，最後我選擇了默不作聲，內心瘋狂似地回顧著過去，最後停留在我和露絲那天晚上在我房間捧著馬克杯喝茶的情景，我嚇得全身發冷。

露絲繼續說：「讓大家拿你畫的這些小傢伙開開玩笑，那倒無妨，但是可別讓人以為你是認真的，拜託、拜託。」

湯米停止了伸展，一臉疑問地看著我，突然又完全像個小孩似的，雖然他沒有任何動作，看得出來他的眼神背後沮喪而又激動。

「聽著，湯米，你要知道，」露絲繼續說著，「如果只是凱西和我覺得好笑，那就算了，因為只有我們知道。但是，拜託你，不要把別人也攪和進來了。」

我一次又一次回想那個時候，自己應該要說些什麼話，我大可直接否認，儘管湯米可能不會相信。而且，要我老老實實把話解釋清楚，那實在太複雜了。不過，我還是可以做點兒什麼的。我可以質疑露絲所說的話，說她扭曲了事實，就算我嘲笑湯米的動物，但是那和她這個時候所暗指的並不一樣。我甚至可以乾脆當著露絲的面，走上前去抱住湯米。這是我幾年之後才想到的方法，或許在當時就我的行事作風以及我們三人互動的關係而言，這個辦法並不可行。不過，處於這種語言可能只會讓我們越陷越深、糾纏不清的狀況之下，擁抱或許有效也說不定。

但是，我卻什麼也沒說、什麼也沒做。我想，部份是因為我被露絲突然來這麼一招給嚇到了。我還記得，當時一種強烈的疲倦向我襲來，面對這樣糾纏不清的亂局，我已經筋疲力盡。就像大腦疲累的時候，別人給了你一道數學題，你知道遙遠的一方有個答案，卻甚至提不起勁嘗試解題。我已經完全放棄，心裡出現一個聲音，那個聲音告訴我：「好吧，就讓他以為事情已經壞到極端了，就讓他這樣想吧，就讓他這樣想吧！」我當時大概是一臉無奈地看著湯米，臉上表情說著：「沒錯，這是事實，不然你以為呢？」我還清楚地記得湯米臉上的表情，原來的憤怒已經消失了，取而代之的幾乎是一種訝異，彷彿我是他在籬笆樁上面看到的一隻稀有蝴蝶。

我並沒有快要哭出來，或者發脾氣什麼的。我只是決定轉身離開而已。當天稍晚，我才了解這個舉動大錯特錯。我只能說，當時我最怕的就是他們兩個人其中一個先離開了，我得留著和剩下的那個人在一起。不知道為什麼，總之我覺得我們三個人當中似乎只有一個人會憤而離去，我得確定那個人是我。於是，我轉身循著原路大步離開，經過墓碑，朝向低矮的木門走去。在那短短幾分鐘的時間裡，我感到洋洋得意；現在就只剩下他們兩個人在一起，面對他們本來就該承受的命運。

17

如我先前所說，過了很長一段時間之後，也就是離開卡堤基很久之後，我才知道，那天在教堂墓地發生的小衝突影響有多麼深遠。當然，那陣子我心情也不好，但是我並不覺得這次和過去幾次爭執有何不同。沒想到，長久以來我們緊密相連的生活竟為了這樣的事情而破裂。

不過，我想當時其實有一股更大的力量想要拆散我們，只不過等著這種小事來達到目的罷了。誰知道會發生這種事呢？要是能夠早點兒知道，或許我們會更把握彼此間的友誼。

一開始有越來越多學生離開卡堤基擔任看護，我們這群海爾森學生也漸漸體認這是必然的趨勢。我們仍有論文需要完成，但是大家心裡都明白，如果選擇開始受訓，論文也不一定非完成不可。剛到卡堤基那段期間，不寫論文這件事情可是想也沒想過。但是隨著海爾森越來越遙遠，論文也就越來越不重要。當時我心裡想著，只要論文的重要性逐漸減少，那麼很快地我們這群海爾森學生之間的連繫也會慢慢消失。所以，我有一陣子設法維持大家對閱讀、筆記的熱忱。但是，由於以後見到監護人的機會不大，況且這麼多學生都已經離開了，論文這件事很快便注定了失敗的命運。

總之，自從我們在墓園談話過後，我盡可能把當天的事情拋在腦後。見到湯米和露絲，就表現得像是什麼事都沒發生一樣，他們對我也是如此。但是大家心裡總是有些疙瘩，而且不只存在我和他們之間。雖然他們表現仍然像是一對情侶，繼續像往常一樣在分開的時候拍打對方的手臂，但是我太了解他們，我看得出來他們的關係已經相當疏遠了。

當然，面對這樣的發展，我非常難過。但是，現在不再像以前那麼簡單，直接找湯米道個歉、說明真相也就行了。若是早幾年，甚至六個月以前，這個辦法還有效。湯米可以和我將事情說個清楚明白。但是，不知道為什麼，到了卡堤基的第二年夏天，事情出現了變化。或許因為我和藍尼的關係吧，我不知道。總之，此後和湯米說話就沒那麼容易了。雖然，至少表面看來和過去差不多，但是我們卻再也沒有提過那些動物，或是墓園發生的事情。

這就是我和露絲在舊公車站說話之前所發生的事，我很生氣她假裝忘記海爾森的大黃根區。就像我之前所說的，若不是我們正在討論嚴肅的話題，或許我就不會這麼生氣了吧。好吧，那個時候我們已經說得差不多了，但是，即使這樣，就算我們已經開始聊點兒輕鬆的事了，她也不該這樣裝模作樣。

事情經過是這樣的。雖然我和湯米之間有些疙瘩，但是我與露絲之間是不同的，至少在我看來是如此；所以我下定主意，該是好好和她談談墓園事件的時候了。那一陣子經常出現夏季陣雨和雷雨，空氣相當潮濕，而我們卻長時間被困在室內。所以，那天傍晚天氣看似變晴，伴隨著橘紅色的美麗夕陽，我便向露絲提議出門呼吸點兒新鮮空氣。我發現了一條沿著山丘上坡的陡峭小路，小路銜接到馬路口有座舊公車亭。公車好久以前停駛了，車站招牌也拆掉了，公車亭後面牆上還留著一副框架，那想必是以前陳列公車班次的玻璃公告所在之處。不過，它的外型像個可愛的小木屋、開放的一邊面對著山谷下坡草地的公車亭，仍然屹立不搖，就連長凳也保持完好。我和露絲坐在公車站這裡，看著屋椽和外面的夏日夜晚。

然後我說：「妳知道嗎，露絲，我們應該要把那天發生的事情說個清楚。」我的語調和緩，露絲也回答了。她立刻說，我們三個人為了最愚蠢的事情爭吵實在很笨。她提到以前我們之間發生過的爭吵，聽著我們都笑了出來。不過，我實在不想讓露絲就這樣把這件事情給算了，於是我盡可能繼續用一種不具威脅性的口氣對她說：「露絲，妳知道嗎，我覺得，有時候當妳有了交往對象，往往不能像旁觀者一樣，把事情看個透徹。我是指有時候。」

露絲點點頭，「大概是吧。」

「我不想多管閒事。但是，有時候……像是最近，我覺得湯米的心情一直不太好，妳知道的，都是因為妳說過或做過的一些事。」

我擔心露絲聽了生氣，她卻點點頭，嘆了一口氣。「我想妳說的沒錯，」露絲終於說話，

「最近我也常常思考這件事。」

「這樣的話，或許我不該再提了，我早該知道妳也注意到了，我真不該插手的。」

「這也算是妳的事呀，凱西。妳也是我們當中的一份子，所以我們的事也是妳的事。妳說的沒錯，最近是不太好，我了解妳的意思。關於那天湯米畫的動物那件事，的確是我不好，我也就這件事向他道過歉了。」

「我很高興你們把話說開了，我不知道你們談過了。」

露絲一邊說話，一邊用手扳著旁邊長凳的裝飾木條，有段時間甚至看起來完全專注在這個動作上。

後來露絲又說：「妳知道嗎，凱西，我很高興我們現在可以談談湯米的事情，我一直想告訴妳一件事，可是我不知道該怎麼說，或是什麼時候說才對，真的。凱西，答應我，妳聽了以後不要生我的氣。」

我看著她說：「只要別又是和運動衫有關的事就好了。」

「不是，我是說真的，妳要答應我別生氣喔。因為我非得告訴妳這件事情不可，要是我繼續保密下去，我不會原諒自己的。」

「好啊，什麼事情？」

「凱西，這件事情我已經想了一段時間，妳是聰明人，應該看得出來，我和湯米兩個人可能不會永遠在一起。這沒什麼好難過的，我們以前很相配；但是，大家都在想，我們到底會不會永遠在一起。現在，所有人全在討論情侶獲准延期的事，妳知道的，就是兩個人如果可以證明他們非常相配的話。是這樣的，凱西，我想要說的是，如果妳曾經想過我和湯米兩個人將來有一天或許決定分手，真的一點兒也不奇怪。我們不是馬上要分手，別誤會我的意思。我只是覺得，如果妳這樣想過，那是再正常也不過的事了。嗯，但是，凱西，妳要知道，湯米並沒有把妳當成什麼。他是真的真的很喜歡妳，他覺得妳人真的很棒，只是就我所知，他並沒有把妳當成……妳知道的……就是真正的女朋友。更何況……」露絲停了一會兒，嘆了一口氣。「更何況，妳知道湯米的個性，他有時可是很挑剔的。」

我瞪著她，「這話什麼意思？」

「妳一定知道我的意思吧，湯米不喜歡女生曾經和……嗯，妳知道的……就是一下子和這個男生在一起，一下又換成和那個男生在一起的那種女生。他就是這個怪脾氣。對不起，凱西，要是沒有告訴妳，我心裡會不安的。」

我想了想之後說：「知道也是好的。」

我感覺到露絲拍了拍我的手臂，「我知道妳一定不會誤會我的意思。他非常崇拜妳，真的。」

我真想改變話題，但心裡卻是一片空白。我想露絲大概發現了，她伸出雙手，打了一個呵欠。「要是我學會開車，就會載著大家到一個荒涼偏遠的地方旅行，好比說達特穆吧，就我們三個人，說不定也可以找蘿拉和漢娜一起去。」

接下來的幾分鐘時間，我們一直聊著如果這樣的旅行真能成行，那麼我們該做些什麼。我問到住的地方，露絲說我們可以借個大帳篷，我說那種地方可能風很大，到了晚上，帳篷很容易就被吹走了。我們說這些話的時候，並不那麼當真。不過，我大概也就在這個時候，想起了我們以前在海爾森念小學和潔若汀小姐一起在池塘邊野餐。詹姆士被派去主屋拿我們稍早烘烤的蛋糕，不過，正當他拿著蛋糕回來時，一陣強風吹來，把整個上層海綿蛋糕全吹走了，蛋糕翻倒在大黃根的葉子上。露絲說她只模模糊糊記得有這一件事，為了幫助她回想起來，我說：「那天，他可是惹上大麻煩了，因為葉子上面的蛋糕證明了他的確是穿過了大黃根區，然後才走到池塘邊的。」

就在這個時候，露絲看著我說：「為什麼？走大黃根區有什麼不對嗎？」

露絲說話的方式一下子變得非常虛偽，要是一旁有人，也能輕易地看穿她。我忿忿地吐了一口氣說：「露絲，妳別來這套了，妳不可能忘記的，妳知道那條小路是禁區啊！」

可能我說話的方式有點兒尖銳，總之露絲不肯讓步，繼續假裝什麼也不記得，這下讓我更加生氣。

就在這個時候，她說了那些話：「那又怎樣？大黃根區和這個有什麼關係？妳打算說什麼，繼續說下去就是了。」

之後，我想我們又回到先前的談話，語氣也還算親切，過了不久，我們在一片黯淡中沿著小路走回卡堤基。但是氣氛再也不能恢復往常的熱絡，我們在黑穀倉前互道晚安的時候，也不像以前會拍拍手臂、肩膀，然後才各自離去。

過了不久，我下了一個決定，一旦決定，便不再猶豫。於是，一天早上我起了床，告訴凱弗斯先生我想開始接受看護的訓練，整個過程意外地簡單。凱弗斯先生經過院子，橡膠靴子上沾滿了泥巴，嘴裡發著牢騷，手裡拿著一條橡膠管。我走過去告訴他我的決定，他只是看了看我，好像我來向他要柴火似的；然後，才含混不清地說了什麼晚一點兒下午的時候再來找他填寫表格之類的話，就這麼簡單。

當然，在那之後還是等了一段時間，不過整個程序已經開始辦理，突然間我開始用一種不同的眼光看待關於卡堤基，還有那兒所有的人的一切。我現在已經屬於離開遠行的那群人了，很快地，大家知道了這個消息。也許露絲以為我們還會花幾個小時討論我的未來，也或許她自認自己對我改變心意與否具有相當的影響力，我不知道。我刻意與她保持一定的距離，和湯米也是一樣。我們在卡堤基再也沒有好好說過話，一轉眼，我便和大家說再見了。

第三部

18

大致來說，看護這份工作相當適合我。甚至可以說，擔任看護以來發揮了我的最大潛力。但是這份工作對有些人就是不合適，對他們來說，這個工作充滿了掙扎。起初或許態度仍然保持正面積極，但是緊接著長時間接觸痛苦和憂慮，日子就沒那麼好過了。他們負責照顧的捐贈者遲早總是撐不下去，就算才到第二次捐贈，卻沒有人預料得到這時竟會出現併發症，也會有捐贈者就這樣撒手而去。當捐贈者的生命突然在這種時候結束了，不論事後護士怎麼說，也不管信上如何告訴你：他們相信你已經盡了力，希望你繼續保持下去，但這些話已經都沒用了，你至少將會有段時間顯得相當洩氣。有些人很快就能面對，但是有些人，像是蘿拉吧，卻永遠也學不會。

接下來還要面對的就是一個人的孤獨。從小到大，身邊總是被一大群人包圍，這是我們成長唯一的經驗，突然間，成了看護之後，卻經常得好幾個小時自己獨自開車前往各地，從這個康復中心到下一個康復中心，從這所醫院到那所醫院，整夜在旅館渡過，無法向人傾訴自己的擔憂，也沒有人和你一起說說笑笑。有時候遇到認識的學生——可能是以前認識的人，現在成了捐贈者或看護——但是，交談時間並不長；要不因為趕路，不然就是過於勞累，沒辦法好好說上幾句話。要不了多久，長時間的工作、旅行與斷斷續續的睡眠等，全都一個一個爬進了你的靈魂，成了你的一部份，別人可以輕易從姿勢、眼神、動作和說話的方式看出你的一切。

我並不是說自己對這些產生了免疫力，但我一直學著與這份工作和平共處。不過，還是有些看護，他們的態度是使他們變得消沉的原因，看得出來，很多人只是機械化行事，等著哪一天接獲消息，可以停止看護的工作，轉為一名捐贈人。還有一點，我實在不明白，為什麼這麼多人一旦踏進醫院，就變得畏畏縮縮，不知道該向白領階級說些什麼，也無法代表捐贈者發言。莫怪最後出了事情，總是十分沮喪、自怨自艾。我不是故意惹人厭，可是我確實想盡辦法，當自己必須挺身而出的時候，讓別人聽見我的聲音。當然出事的時候，我的心情也很糟，但是至少我已經盡力而為，也能夠保持對於事物的覺知。

實際上，我已經逐漸喜歡一個人的孤獨時光。這話不是說，到了年底，這些看護工作結束的時候，我不想找個伴什麼的。不過，我倒滿喜歡一個人的感覺，一個人孤獨地走進小小的汽車裡，接下來幾個小時，只有公路、寬闊的灰色天空，還有白日夢陪著我。要是早些抵達某個市鎮，還有幾分鐘時間消磨，我喜歡一個人四處逛逛，參觀商店的櫥窗展示。我的起居室裡擺了四座桌燈，顏色不同，但款式一樣，具有可摺式的角度設計，可以任意彎曲。所以，我到了鎮上，可能會去找一家櫥窗展示著這類桌燈的商店，這麼做不為了買燈，只是想拿店裡的桌燈和家裡的做個比較。

有時候，我甚至沉浸在一個人的世界，要是碰巧遇到認識的人，還會感覺受到驚嚇，必須花點兒時間調適調適。那天早上便是如此。我走路經過服務站迎風面的停車場，發現蘿拉坐在其中一輛車裡的駕駛座上，兩眼無神地看著高速公路。我和她仍然有點兒距離，雖然七年前離開卡堤基以後我們就再也沒有見過面，但是那一瞬間，我卻想當作沒看見她，繼續往前走。這個反應很怪，我知道，想想看，她還曾經是我要好的朋友之一呢。如我所說，這個反應部份是因為不願被迫離開我的白日夢，同時也是因為當我看到蘿拉消沉地坐在車裡，我知道她已經變成我之前所描述的那種看護，我並不想對那種生活多作了解。

但是，當然我還是朝著她的方向走了過去。當我走向她那輛遠離其他車輛停靠的斜背式汽車，一陣淒厲的強風吹了過來。蘿拉穿著一件外型走樣的藍色厚夾克，頭髮貼著前額，比以前短很多。我敲敲她的車窗，過了這麼久時間再次看到我，蘿拉一點兒也不驚訝，甚至也不意外。好像她坐在那裡就是為了等人，如果不是等我，也是等著多少和我類似的舊識。如今，我出現了，她第一個念頭便是：「終於出現了！」因為我看見她的肩膀像是嘆了口氣似的，不慌不忙地側身為我開門。

我們說了差不多二十分鐘的話，談話內容多數和她有關，她有多麼疲累，她的捐贈者狀況多糟，她多麼討厭這個護士或那個醫師等等。我等著看一眼以前那個總是淘氣地笑著、滿嘴俏皮話的蘿拉，但是那個蘿拉並沒出現。蘿拉說話的速度比以前更快，雖然她看起來很高興看到我，但是有時我不免要想，今天如果不是我，而是其他人，對她來說，或許也無所謂，她只要有人可以說話就行了。

或許我們都覺得提起以前的日子有點兒危險，所以一直避免提起往事。不過，最後還是提到了露絲，蘿拉說她兩、三年前在一家診所遇到她，當時露絲還是看護。我於是開始問她露絲的狀況如何，她卻什麼也答不上來。

最後我說：「嗯，妳們總是說了點兒什麼吧！」

蘿拉嘆了長長的一口氣，「妳知道的，」她說，「我們兩個人都在趕時間。」又說：「更何況，當初離開卡堤基的時候，我們已經不是好朋友了，所以，說不定我們根本不想再和對方碰面。」

「我不知道妳也和她吵架了。」我說。

蘿拉聳聳肩，「也沒什麼啦，妳知道她以前那副樣子，妳離開以後，她變得更糟。妳知道的，她動不動就想告訴別人該怎麼做。所以，我就不想和她打交道了，如此而已，我們從來沒有大吵一架還是什麼的。所以，妳之後也沒有見過她囉？」

「沒有，說來好笑，我根本再也沒見過她了。」

「對啊，真是好笑。還以為我們能夠經常碰面呢。我見過漢娜幾次，還有麥可。」接著蘿拉說：「我聽說露絲第一次捐贈狀況很糟。只是聽說啦，不過我聽到不只一次了。」

「我也聽說了。」我說。

「可憐的露絲啊！」

我們沉默了一會兒。蘿拉問：「那是真的嗎，凱西，他們現在可以讓妳選擇捐贈人了？」

蘿拉不像其他人有時會用一種指責的口吻詢問我這件事情，所以我點點頭說：「也不是每次，大概是因為我把幾個捐贈人照顧得還算不錯，所以偶爾我可以自己決定。」

「如果可以自己決定，」蘿拉說，「那妳怎麼不當露絲的看護呢？」

我聳了聳肩，「我也想過這件事情，不過，我不確定這樣好不好。」

蘿拉一臉疑惑，「可是，妳和露絲以前這麼要好。」

「是啊，大概吧，不過，就和妳一樣，蘿拉。她和我最後分開的時候，已經沒那麼好了。」

「這樣啊，不過那是以前的事情了。她那時候狀況不好，我還聽說她和看護之間也有些問題，他們得常常幫她更換看護。」

「這一點兒也不意外，」我說，「妳能想像嗎？當露絲的看護是什麼樣子？」

蘿拉笑了笑。那一刻，她有了一個不一樣的眼神，我以為她總算要吐出一些俏皮話，但是後來那個眼神又消失了，她只是滿臉疲憊地坐在那裡並沒說話。

我們又談了一些蘿拉所面臨的問題，特別是關於一個處處和她過不去的護士長。後來，到了我該離開的時候，我伸手開門，並對蘿拉說，下次見面時一定要多聊聊才行。那時，我們心裡都明白有件事情我們還沒提到，我猜我們也都覺得什麼都沒提就分開，似乎不太對勁。實際上，我十分肯定，當時我們心裡想著同樣的事情。

於是蘿拉說：「這種感覺真奇怪，它竟然已經不存在了。」

我又坐回位置面向著她，「對啊，真的很奇怪，」我說，「我真的不敢相信它現在已經不存在了。」

「感覺很怪耶，」蘿拉說，「本來以為這件事對我現在來說應該已不重要，但是不知道為什麼，還是覺得不太一樣。」

「我知道妳的意思。」

最後談到海爾森關閉的這段對話，突然將我們兩個人拉近了距離，我們幾乎是自發地相互擁抱，倒不是要安慰對方，而是要確認海爾森依舊存在於我們的記憶裡。隨後我就趕緊離開，回到自己的車上。

我第一次聽到海爾森關閉的傳聞，是這次在停車場遇見蘿拉之前大約一年左右。當時我正在和某個捐贈人或某個看護說話，他們順道談起了這件事，好像我應該什麼都知道似的。「妳是海爾森來的，不是嗎？所以，那件事是真的嗎？」等等之類的話。後來，有一天，我從薩弗克一間診所走出來，遇到了小我一個年級的羅傑，他十分肯定地告訴我海爾森就要關閉了；而且隨時都可能關閉，海爾森已經打算把房宅土地賣給連鎖飯店。我還記得，他告訴我這個消息的時候，我的第一個反應是：「那樣的話，學生要怎麼辦？」羅傑顯然以為我指的是當時仍然在學的學生，那些還得依賴著監護人的小朋友，羅傑一臉憂愁的樣子，開始思考那些學生該如何轉到國內其他機構，雖然部份地方距離海爾森相當遙遠。不過，當然那不是我的意思。我指的是我們這群人，所有和我一起長大的學生，如今分散在各地，有些成為捐贈人，有些擔任看護的學生，如今我們全疏遠了，母校是我們之間僅存的聯繫。

同一天晚上，我在過夜旅館試著入睡，腦中卻一直想著幾天前發生的事。幾天前，我到了北威爾斯的海邊小鎮，整個上午雨下得很大，但是中午過後雨就停了，露出了一點點陽光。我正要走回停車的地方，停車處在又直又長的濱海公路旁邊。附近一個人也沒有，所以眼前可以看到潮濕的路面石頭排成了一排。過了一會兒，一輛貨車停了下來，距離我大約三碼，一個男人下了車，一身打扮像個小丑。他打開貨車後蓋，拿出一把裝了氦氣的氣球，大約十來個，他一手拿著氣球，彎下腰去用另一手在車子裡翻東西。我走近的時候，看見那些氣球上面全都有頭有臉，旁邊還有耳朵的形狀，幾顆氣球湊起來像個小小的部落，在主人頭上來回擺動，等候主人的使喚。

小丑挺直了身子，關上貨車後蓋，開始往前走，和我同一個方向，距離我幾步的地方，一手提著皮箱，另一手拎著氣球。海濱又直又長，我在他身後走了好久好久。有時候覺得有點兒尷尬，甚至以為小丑會轉過身來對我說話。可是，這是我唯一的路，我沒有其他選擇。於是我們繼續走著，只有小丑和我兩個人，走呀走地，沿著無人的道路，路面因為上午的大雨，所以還是溼的，一路上氣球相互碰撞，時而往下對著我齜牙咧嘴地笑著。我不時看著那個人的拳頭，也就是全部氣球的繫繩匯集的地方，我看著他將繫繩牢牢地纏在一起，緊緊握在手裡。就算這樣，我還是擔心繩子鬆開，其中一個氣球可能就這樣飛走了，飛向灰濛濛的天空。

那天晚上羅傑告訴我那個消息之後，我整夜沒睡，腦海裡不斷看到那些氣球。海爾森就要關閉了，就像有個人拿著一把大剪刀走了過來，從那個人拳頭上方繫繩的纏繞處，喀嚓一聲剪斷了。從此而後，氣球再也不屬於這個團體。羅傑告訴我這個消息的時候，還說這個消息對我們來說沒有什麼差別。就某方面來看，或許羅傑說的沒錯。只是，當我想到那裡什麼都沒有了，想到潔若汀小姐再也不會在北運動場帶領著小學部學生，心裡還是感到不安。

我和羅傑談話過後幾個月，不斷地想著這件事，想著海爾森的關閉，以及當中所有的含意。我突然領悟，過去一直以為將來還有很多時間可以抽空去做的事情，現在恐怕得要趕緊行動，不然就乾脆放棄算了。我並不是感到驚慌。只是覺得海爾森的消失改變了我們週遭的一切。因為這樣，蘿拉那天對我說的話，就是有關我擔任露絲看護的那件事情，對我造成了一些影響，即便當時我立刻拒絕了她的提議。但是，在我心中彷彿早已做了決定，蘿拉的話只是掀開了罩在上面的一層紗。

第一次出現在露絲那所鋪著白色牆磚的現代化多佛康復中心，是在和蘿拉談話過後幾個星期。那時距離露絲第一次捐贈已經兩個月左右了，露絲第一次的器官捐贈正如蘿拉所說，進行得不大順利。當我走進她的房間，露絲正穿著睡袍坐在床邊，對著我開心地笑著。她起身給我一個擁抱，但是很快地又坐下了。露絲說我的氣色看起來比以前好，髮型也很適合我。我也讚美了她一會兒，接下來半個小時左右，我們相處得非常融洽愉快，一起談天說地：海爾森、卡堤基，以及離開之後做了些什麼事情……感覺像是可以一直一直說個不停。換句話說，這是一個好的開始，比我所預期好得太多了。

即便如此，第一次見面的時候，我們並沒有提到當初離開的事情。說不定如果我們開始就提到這個話題，接下來的發展就不一樣了，誰知道呢？總之，我們跳過了那個話題，聊了一段時間之後，像是有了共識般，一起假裝那些事情從未發生。

就第一次會面而言，氣氛還算不錯。但是當我正式成了她的看護，開始定期和她見面以後，氣氛越來越不對勁。我固定每星期會有三、四天傍晚，帶著礦泉水和一包她最喜歡的餅乾來找她，我們的會面本來應該非常輕鬆愉快的，但是從一開始氣氛就不太好。可能我們剛開始說了一些輕鬆簡單的話題，但是不知道為什麼，話說到一半便會突然打住。有時候當我們想聊個話題，聊得越久，談話內容越顯得誇張不實，而且彼此心裡的防衛變得很強。

一天下午，我來到她的走廊準備看她，聽見房間對面浴室有人，我猜是露絲在裡面，所以我先進去房間站著等她，一邊看看窗外屋頂的景色。大約五分鐘之後，露絲身上裹著一條毛巾走進房間。坦白說，露絲並不知道我會出現，她以為我一個小時之後才會到，而且我想一般人洗過澡，身上只披了一條毛巾的時候，不免變得有些脆弱。但是，就算這樣，露絲臉上出現那種驚恐的神色也突然讓我嚇了一跳。

這點我得稍微解釋一下。當然，我可以預期，露絲看到我有點兒驚訝。但是問題是，當她發現有人，而且知道是我以後，那一秒鐘，或者更久，她仍然繼續帶著一種警戒甚至恐懼的神情看著我。好像一直以為我會對她做出什麼事情，而今她認為那一刻終於來臨。

下一秒鐘，她的那種眼神消失了，我們相處、交談一如往常。但是這個事件帶給我們一個很大的打擊。因為這件事，讓我知道露絲並不信任我，就我看來，或許露絲也是到了這次，才知道她自己並不信任我。總之，那天過後，我們之間的氣氛越來越糟，彷彿彼此向對方坦白，卻沒有因此消除猜忌，反倒讓我們比以前更加在意彼此之間的不愉快。好像又回到了我第一次進去看她之前的那個時候，我在車內坐了好幾分鐘，試圖鼓舞自己的志氣，面對考驗。

後來，尤其經過了一次死氣沉沉的總檢查之後，大家一句話也不說地坐在那裡，我便準備向他們報告，露絲的狀況並未改善，我應該停止擔任她的看護。但是之後事情又有了變化，全是因為那艘船的緣故。

天知道事情是如何流傳的。有時是笑話，有時是謠言，在各家康復中心之間四處流傳，幾天之內，消息傳遍所有地方，突然間，每個捐贈人都在談論。嗯，這次和一艘船有關。第一次聽說是從北邊北威爾斯的兩個捐贈人口中聽來的。幾天後，露絲也開始跟我說起這艘船的事情。這讓我鬆了一口氣，我們總算找到一點兒話題可以聊聊，於是我鼓勵她說下去。

「樓上的男生啊，」露絲說，「他的看護親眼看到這艘船了，他說地點就在離公路不遠的地方，所以大家都可以去看，一點兒也不麻煩，船停在原地不動，被困在沼澤裡面了。」

「它是怎麼進到那裡去的呢？」我問。

「這我怎麼知道？可能有人想丟棄它吧！也可能以前大水氾濫，這艘船漂了起來，最後就停在那兒了，我想它應該是一艘老漁船，上面有小小的船艙，暴風雨時勉強可以擠進一、兩個漁夫的那種。」

接下來幾次每當我來看露絲，她總是一而再、再而三提起這艘船。有天下午，她對著我說，中心有看護帶著捐贈人去看過這艘船，我說：「嗯，那裡不算近，妳知道的。開車可能要一個小時，說不定要一個半小時才到得了。」

「我沒什麼意思。我知道妳還要操心其他捐贈人。」

「可是妳很想去看這艘船吧。妳想去，對不對，露絲？」

「大概吧，我的確想去，每天待在這裡，要是能夠去看看也是不錯。」

「那妳覺得，」我的語氣輕柔，不帶諷刺。「要是我們開車過去，要不要找湯米一起去呢？反正他的康復中心正好就在往那艘船的路上。」

起初，露絲的臉上沒有任何表情。「我們可以考慮看看，」露絲說。接著她又笑了笑說：「老實說吧，凱西，我想去的目的，不只是想看看新鮮的東西。我的確很想看看那艘船到底什麼模樣。這陣子每天這樣進出醫院，像被囚禁在這裡似的，現在能夠出去走走的機會比以前可貴多了。不過，妳說的沒錯，我是知道湯米就在費爾德國王康復中心。」

「妳確定要見他嗎？」

「嗯，」露絲直視著我，毫不考慮地回答。「我想見他。」她又輕聲地說：「我很久沒有看到那個大男生，離開卡堤基以後就再也沒見過他了。」

終於，我們聊起了湯米。我們沒有說的太多，也沒有知道更多聊天之前不知道的事情。但是，我們總算放下了一顆心，因為我們終於提起了湯米。露絲告訴我，在我離開之後的那個秋天，她也離開了卡堤基，而她和湯米也漸漸疏遠了。

「反正我們就將到不同地方受訓，」露絲說，「所以也就沒有必要正式分手。我們一直交往到我離開的時候。」

那個時候，我們沒有說的太多，只說了這麼一些。

至於外出看船那件事，第一次討論的時候我既未同意，也未反對。不過接下來一、兩個星期，露絲時常提起看船這件事，這個計畫於是越來越明確，最後，我透過熟人傳遞一份消息給湯米的看護，告訴他們，除非我們聽到湯米告訴我們不要過去，否則的話，我們將在接下來一週的某個下午出現在費爾德國王中心。

19

那時我還未去過費爾德國王中心，所以露絲和我一路上得看好幾次地圖，不過我們還是遲了幾分鐘才到。這所康復中心的設備並不齊全，要不是因為現在和我有些關聯，我根本不會想來這樣的地方。這個地方很奇怪，位置特別難找，但是到了當地，卻一點兒也不覺得安寧。隨時都會聽到籬笆外面大馬路的聲音，這裡整體給人一種還未整修完畢的感覺。很多捐贈人的房間，若坐著輪椅就沒有辦法進去，房間裡要不是通風不良，就是空氣對流太強；而且浴室數量不太夠，現有的浴室又很難維持清潔，冬天容易結冰；此外，浴室距離捐贈人的房間也太遠。換句話說，費爾德國王中心遠遠不及露絲在多佛的康復中心，多佛有亮晶晶的磁磚，還有利用扭轉把手開關的雙層玻璃窗呢！

後來，費爾德國王中心變成了熟悉而又難忘的地方，有一天我去了裡面的一棟行政大樓，碰巧看到這個地方改造前的黑白加框照片，過去這裡曾是一般家庭的假日露營勝地。照片大約是五〇年代晚期、六〇年代早期所拍攝的，照片上是一座長方形的大型游泳池，還有許多玩得水花四濺、笑得非常開心的大人與小孩。水池四周由水泥建成，遊客在附近擺放折疊式躺椅和日光浴床，還有大陽傘提供遮蔽。第一次看到這張照片的時候，想了一會兒，才知道這個地方就是現在捐贈人所說的「廣場」，也就是開車抵達中心時最先進入的地方。當然，水池已經填平了，但是外形輪廓還在，另外一邊甚至遺留了一台架子，這也是另一個此地尚未整修完畢的證明，那是支撐高空跳水板的金屬框架。當我看到這張照片，才知道那個框架是什麼東西。現在每次一看到這座框架，腦中就忍不住想像一名泳者從上面俯衝下來跳進水泥的情景。

要不是水池的三面矗立著像是碉堡一樣的兩層樓白色建築，我恐怕也不會那麼容易從照片認出現在的廣場。這些白色建築應當就是以前家庭的渡假屋，我猜現在的內部裝潢應該變了很多，不過外表看起來仍然十分近似。我認為，就某些方面來看，現在的廣場和以前的水池並沒有太大不同。現在的廣場也是當地的社交中心，捐贈人經常走出房間到這兒來透透氣、聊天。廣場四周擺了幾張野餐用木桌，天氣太熱或下雨的時候，捐贈人尤其總喜歡聚集在老舊跳板底座的另外一邊康樂中心的水平屋簷底下。

露絲和我抵達費爾德國王中心的那天下午，天空烏雲密佈，感覺有點兒冷，汽車駛進廣場的時候，周圍一片空蕩蕩地，只有六、七個模糊的人影在屋簷下聚成一團。當車子停在以前游泳池的上方——當然那個時候我還不知道那裡以前是座池子——其中一個人離開了那群人，朝著我們走來，我看到那個人就是湯米。湯米穿了一件褪了色的綠色田徑運動衫，體型看起來比我最後一次見到他的時候壯了很多。

這時，我身邊的露絲突然驚慌了起來。「我們該做什麼呢？」她說，「是要下車嗎？不要，不要，我們不要下車，都不要動，我們都不要動。」

我不記得自己本來想做什麼，但是聽到露絲這麼說，不知道為了什麼，我想也沒想便走出車外。露絲則繼續待在座位上，所以湯米走過來的時候，先看到的是我，也先抱了抱我。我聞到他身上散發著一股我所不知道的淡淡藥味。雖然我們還沒說話，卻都感覺露絲正從車子裡看著我們，便各自後退了一步。

一大片的天空倒映在擋風玻璃上，所以從外面不太能看得清楚露絲。不過，我隱約記得露絲表情嚴肅，幾乎可以說是冷淡，好像湯米和我是舞台上的演員，她是看戲的觀眾。她的表情有點兒奇怪，讓我不太自在。湯米經過我的身邊走向了汽車，他打開後門，進入後座，這回輪到我看著他們在車裡談話，然後禮貌性地在臉頰上輕輕地吻了對方一下。

站在廣場另一邊屋簷下的捐贈人正朝這邊看著，雖然我不覺得他們懷有任何敵意，卻突然希望能夠盡快離開那裡。不過，我慢慢地走回車上，讓湯米和露絲多些獨處的時間。

起初我們開車繞經曲折狹窄的巷道，然後才來到寬敞開闊的普通鄉下地方，行經一條幾乎無人的公路。我記得過了很久，太陽總算才穿過烏雲透露一點兒光亮；而且，無論我什麼時候看看旁邊的露絲，她臉上總是帶著淡淡的微笑。至於我們在車上談了些什麼，這個嘛，我記得我們說起話，像是經常見面似的，別的不聊，只談了點兒眼前的事。我問了湯米是不是看過那艘船，湯米回答沒有，不過他那所中心很多捐贈人都看過了。他本來也有機會去看，只是剛好不巧都沒成行。

「我不是不想去看，」湯米說，身體從後座往前傾斜。「不過，那時候我真的不能隨便亂動。有一次，我正準備和兩個捐贈人與他們的看護一起去，沒想到卻開始流血了，所以就哪裡也不能去。不過那次距離現在很久了，我再也沒有發生過同樣的問題。」

過了一會兒，我們繼續開車經過空蕩蕩的鄉村，露絲轉過頭看著右邊，面向湯米，不停看著他。她臉上還是帶著淡淡的微笑，但是什麼話也沒說。我從鏡子裡看到湯米很不自在似的。他一會兒看著旁邊的窗外，一會兒回頭看看露絲，然後再望向窗外。過了一陣子，露絲還是繼續看著湯米，凌亂地說起這個人、那個人的小故事，都是我們沒聽說過的人物，一邊說著，一邊繼續看著湯米，臉上仍舊是那淺淺的微笑。

大概是因為我聽那些小故事聽得煩了，也可能是想幫幫湯米吧，過了一會兒我便插嘴說：「夠了，夠了啦，我們不必知道她的每一件事吧！」

我沒有惡意，也沒有什麼特別的意思。不過，露絲還沒合上嘴，我的話也還沒說完的時候，湯米突然笑得非常大聲，像爆發了似的，我以前從來沒聽過他發出這種聲音。

湯米說：「我正打算要說呢！我老早就聽不懂這些人和事了。」

我的眼睛必須看著馬路，我不確定湯米這些話是對著我還是對著露絲說的。總之，露絲閉上嘴巴不再說話了，慢慢地從座位上轉過身，面向著前方。她看起來沒有特別不高興，只是臉上的微笑沒了，靜靜看著遠方天空的某一點。不過老實說，那個時候我沒有特別想著露絲。我的心砰地跳了一下，因為雖然我們隔了這麼久不見，卻出乎意外地在湯米表示附和的笑聲中，拉近了彼此的距離。

從費爾德國王中心出發後二十分鐘，我找到了轉彎的路口。彎進了籬笆遮蔽的曲折窄巷，車子便停靠在楓樹林邊。我帶著他們走到林子的入口，卻遇到了三條林間小路，我得停下來，查一查帶在身邊的地圖。我站在那兒，想辦法辨認那個人的筆跡，這時突然感覺站在身後的露絲和湯米沒有說話，只是像小孩一樣，等著別人告訴他們該往哪裡走。

我們走進林子裡，雖然路還算好走，可是我發覺露絲的呼吸越來越困難了。相較之下，湯米走起路來雖然有點兒跛，卻似乎毫不費力的樣子。接下來我們到了帶刺的鐵絲柵欄前，這道柵欄歪歪斜斜地，上面生了鏽，鐵絲被扯得滿地都是。露絲一看見，便立刻停下腳步。

「不會吧，」她著急地說，然後轉身看著我。「妳沒有告訴我有這種東西。妳沒說我們還得越過帶刺的鐵絲。」

「不會很難的，」我說，「我們可以從下面鑽過去，只要互相幫忙拉著就可以了。」

但是露絲仍然看起來非常不安，沒有繼續往前走下去。差不多就在她站著不動的這個時候，肩膀隨著呼吸頻率起起伏伏，湯米才第一次留意到露絲的虛弱。也或許他之前就注意到了，只是不想面對事實。總之，此刻湯米愣愣地看了她幾秒鐘。雖然我不能肯定，但我記得接下來，湯米和我想起先前在車上，我們兩個人多少有點兒聯手對付露絲的情景。於是，出於一種直覺，我們兩人同時走向她。我扶著露絲這邊的手，湯米也從另一邊的手肘撐著她，兩人慢慢地領著她走向籬笆。

我先放開露絲的手，自己一個人通過籬笆，然後盡可能拉高鐵絲，和湯米兩個人一起幫露絲通過。其實後來露絲通過的時候，並沒有那麼困難：這是信心的問題，加上我們的協助，露絲好像就拋開對籬笆的恐懼了。到了另外一邊，露絲甚至試著幫我替湯米拉起鐵絲。湯米毫不費力地就跨了過來，露絲對著他說：「其實只要像你那樣彎下腰就可以了，我有時候就是沒那麼靈活。」

湯米聽了有點兒害羞，我不知道他是因為現在覺得不好意思，還是又想起了之前在車上聯合起來對付露絲的事情。他對著我們前面的樹林點點頭說：「我猜我們應該要走那裡，對嗎，凱西？」

我看了看手上的紙條，繼續帶路。越是走進樹林，越是黑暗，也越來越多沼澤地。「希望我們不要迷路才好。」我聽見露絲笑著對湯米說，不過，我已經可以看到不遠處有塊空地。如今回想往事，才知道那個時候為什麼車上的事情一直困擾著我。其實並不只是因為我們聯手向露絲抗議，更是因為露絲接受的態度。要是以前，露絲眼見這種事情發生卻毫不反抗是很難想像的。因為這個原因，我停下腳步，等著露絲和湯米趕上來，再一手扶著露絲的肩膀。

其實這個畫面看起來並沒有那麼感傷，只像是我善盡看護之職，因為露絲這時候走路開始有點兒不對勁了，我懷疑自己是不是錯估了她身體的虛弱程度。她的呼吸越來越吃力，我們並肩走路時，她有時會突然跌在我身上。但是那個時候我們已經走出樹林，到了那片空地，而且已經看見船了。

實際上，我們並不是真的踏上了一片空地，比較像是走到了原先那座稀疏樹林的盡頭處，此刻眼前呈現的是一片延伸到視野所及最遠處的空曠沼澤；灰色的天空十分遼闊，不時倒映在切割土地的一窪一窪水域上。我猜不久以前，樹林應該比現在的面積還大，因為地上到處可見外型恐怖的枯死樹幹基部戳出地面，其中多半在幾呎高的地方就斷了。枯死的樹幹再過去大約六十碼的地方就是那艘船，在微弱的陽光下，它安穩地停泊在沼澤裡。

「哇，完全就像朋友形容的樣子，」露絲說，「真是太漂亮了。」

四周一片寂靜，當我們開始往船的方向移動時，腳底下嘎吱作響。不久，我便發現雙腳已經陷進草叢底下了，我大聲呼叫：「就到這裡吧，我們最遠只能走到這裡了。」

在我身後的兩個人沒有反對，我往後瞄了一眼，湯米又攙扶著露絲的手，他的舉動顯然是為了幫助露絲站穩腳步。我大跨步走到最近一棵枯死的樹幹，那裡的土壤比較硬實，並抓住樹幹保持平衡。湯米和露絲學著我的動作，也走到另外一顆中空、比較瘦弱的樹幹旁，站在我身後左側不遠的地方。他們各站一邊，看來已經站穩腳步了。接下來我們看著停泊的船隻，看到船身的塗料已經龜裂，小小船艙的木架也崩塌了，船身原來的顏色是天空藍，此刻在天空的照映下看起來有點兒像是純白色的。

「不知道這艘船怎麼會停在那裡？」我提高音量說話，好讓他們聽見，本以為能聽見自己的回音，不過聲音聽來卻是出乎意料地靠近，好像在鋪了地毯的房間說話一樣。

我聽見湯米在我背後說：「說不定海爾森現在就是這個樣子。妳說呢？」

「為什麼海爾森會變成這個樣子？」露絲聽來十分驚訝，「學校不會因為關閉就變成沼澤地的。」

「大概不會吧，我只是隨便說說，不過我經常覺得海爾森現在已經變成這個樣子了，也沒有為什麼，老實說，這個樣子和我腦子裡的畫面非常接近，當然啦，海爾森除了沒有那艘船以外，其他地方都很像。其實，要是真的像這個樣子，也是不壞啊！」

「奇怪了，」露絲說，「有天早上我作了一個夢，夢到我站在樓上十四號教室。我知道整個學校已經關閉了，不過我人就是在十四號教室，我往窗外一看，外面全淹了水，就像一座大湖。我看到窗戶底下像是空飲料盒之類的垃圾不斷地湧進。不過，我並沒有恐慌或什麼的。四周是這麼地漂亮又寧靜，就像這裡一樣。我知道自己沒有危險，學校只是因為關閉了，才變成眼前這幅模樣。」

「妳們知道，」湯米說，「梅格在我們中心待了一陣子，現在已經離開了，去了北邊一個地方進行第三次捐贈。後來再也沒有聽說她的狀況，不知道妳們知道嗎？」

我搖搖頭，沒聽到露絲說話，所以回頭看看她。本來我以為她還繼續看著那艘船，不過我看到她的眼神落在遠方一架逐漸攀升的飛機留下的煙霧痕跡上。露絲說：「我可以告訴你我聽到的。我聽說關於克莉絲的事了，聽說她進行第二次捐贈時就結束了。」

「我也是這麼聽說，」湯米說，「應該沒錯，我聽到的完全一樣。真是遺憾，才第二次捐贈而已，還好這種事沒有發生在我身上。」

「我覺得這種事情比他們告訴我們的更常發生，」露絲說，「我的看護就在那裡，她或許知道，不過她不會說。」

「沒有人會故意隱瞞這種事情，」我轉過頭看著那艘船，「這種事有時候就會發生，這次發生在克莉絲身上，真是教人難過，但是，這樣的事情不會常常發生，他們這陣子都很小心了。」

「我猜，這種事情發生的次數一定比我們知道的多更多，」露絲又說了一次，「所以他們才經常在每次捐贈前後，把我們到處調來調去。」

「我遇過羅德尼一次，」我說，「就在克莉絲結束之後不久。我在北邊的北威爾斯診所看到他，他的狀況還不錯。」

「不過我敢說，他一定為了克莉絲的死深受打擊，」露絲接著對著湯米說，「他們心裡難過是不會告訴別人的，你知道嗎？」

「實際上，」我說，「他沒有受到太大的影響。當然他非常傷心，但是還過得去。反正他們已經兩年沒見面了。他說，他覺得克莉絲應該不太在意見不見面。他說的應該沒錯。」

「他哪裡知道了？」露絲說，「他怎麼知道克莉絲覺得好不好？或是她想要什麼？在捐贈台上苟延殘喘的人又不是他，他又怎麼能夠了解？」

這一次的發飆比較像是露絲以前的作風，我回頭看著她。或許因為她眼中的憤怒吧，不過我覺得她好像表情冷酷又嚴厲地瞪著我看。

「這樣真的不太好，」湯米說，「第二次捐贈就結束了，真的不太好。」

「我不敢相信，發生了這種事，對羅德尼竟然沒什麼影響，」露絲說，「妳只和他說了幾分鐘話，又怎麼看得出來呢？」

「這麼說也沒錯，」湯米說，「不過如果真的像凱西所說的，他們早就已經分手的話……」

「分不分手沒有差別，」露絲插進來說話，「從某個方面來看，分手只會讓這樣的事情更難接受而已。」

「我看過很多和羅德尼同樣情形的人，」我說，「他們最後也都接受了。」

「妳又知道什麼了？」露絲說，「妳哪裡會知道？妳現在還只是看護。」

「就是因為我是看護，所以我看得多了，這種情形多得是。」

「她不會知道的，對吧，湯米？她根本不知道實際情況是什麼樣子。」

我們兩個同時看著湯米，湯米卻繼續看著那艘船說：「我住的中心有個男的，一天到晚擔心撐不過第二次，老說他有預感，結果還不是好好的。他現在剛完成第三次捐贈，狀況好得不得了。」他舉起一隻手擋在眼睛上方，「我自己不是一個好看護，連開車都沒學會，我想大概是因為這樣，所以第一次捐贈通知這麼早就到了。我早就知道自己這樣下去撐不了多久，可是我也只能這樣了。我一點兒也不在乎。捐贈人的角色我當得還算不錯，要是做看護，我可是一塌糊塗啊！」

我們沉默了一會兒，露絲語氣稍微平靜了些。「我覺得自己還算是個稱職的看護，只是覺得五年的時間已經夠了，我和你一樣，湯米。當我成為捐贈人開始，就已做好各種準備，當捐贈人還滿適合我的。畢竟，我們每個人本來就是為了要做器官捐贈的，不是嗎？」

我不知道露絲是不是等著我作出回應。她說這番話不像是要引發討論，很可能她只是習慣性地表明自己的想法，這一類的話在捐贈人的談話中常常可以聽到。當我再次轉身看著他們，湯米還是一隻手擋在眼睛上方。

「太可惜了，今天不能再靠過去一些，」湯米說，「哪天沼澤比較乾燥的時候，說不定可以再來一次。」

「很高興終於看到這艘船了，」露絲輕聲地說，「真是太好了，可是我現在想回去了，風吹得我有點兒冷。」

「至少我們今天親眼看到這艘船了。」湯米說。

走回車子的途中，我們聊天的氣氛比出發時來得輕鬆。露絲和湯米彼此交換對於自己康復中心的意見，諸如：食物、毛巾等等之類的問題，從頭到尾我也參與他們的討論，因為他們不斷問我其他康復中心的情形，這樣或那樣的狀況是不是正常等等。回程路上，露絲的步伐踏得比較穩當了，我們走到柵欄的時候，我剛拉高鐵絲，她毫也不考慮地就過去了。

上了車，湯米還是坐在後面，起初氣氛還算不錯。現在回想起來，或許那時候感覺好像有人隱瞞了什麼事情，不過我現在之所以這麼想，也是受到之後發生的事情影響。

起初有點兒像是先前的情況重演。我們回到幾乎無人的漫長公路，露絲說著我們剛才經過的海報。我已經不記得海報的內容，總之就是那種路邊的巨幅廣告。露絲像是自言自語似地隨口說說。她大概是說：「唉呀，我的天啊，看看那張海報，我還以為他們至少也會想點兒新鮮的吧！」

但是坐在後座的湯米卻說：「其實我還滿喜歡這張海報，報紙上也出現過，我覺得它是有意義的。」

或許我希望能夠再次體驗之前和湯米那種親近的感覺。雖然走到那艘船的路上氣氛也還可以，但是我漸漸覺得，除了一開始的擁抱，還有先前在車上的那一瞬間，湯米和我之間似乎沒有任何交集。

總之，我說：「老實說，我也很喜歡那張海報，製作一張這種海報所要花費的心力遠超過我們的想像。」

「對啊，」湯米說，「有人告訴我，做出一張這樣的海報要好幾個禮拜的時間，甚至要幾個月，有時候還得熬夜，一個晚上接著一個晚上，直到做出好的作品為止。」

「光是開車經過就下結論，」我說，「那太容易了。」

「那是天底下最容易不過的事了。」湯米說。

露絲什麼話也沒說，繼續看著前方空蕩蕩的公路。

我接著說：「既然我們談到了海報，來的時候，我倒是注意到了一張，應該很快就會出現，這次在我們這邊。應該馬上就會看到了。」

「是關於什麼的呢？」湯米問。

我看了一眼坐在旁邊的露絲。她的眼神當中沒有憤怒，只有警覺，甚至帶著一絲希望，盼望海報出現的時候，不會傷害我們之間的感情，而是能夠讓我們想起海爾森之類的內容。我在她的臉上解讀出這些訊息，儘管她看似面無表情，像是暫時懸在空中。她的眼神一直停留在前方。

我慢下車速來，經過一陣顛簸，停靠在路邊亂蓬蓬的草地邊。

「我們為什麼要停車啊，凱西？」湯米問。

「這樣的話，你們就可以從這裡看個清楚，再過去，我們就得不舒服地仰著頭看。」

我聽見湯米在後座挪了挪身子，想要找個比較好的觀賞角度。露絲坐著不動，我根本不知道她究竟有沒有看那張海報一眼。

「好吧，這張海報並不完全一樣，」過了一會兒之後，我說。「不過它讓我想起以前那個開放寬敞的辦公室，還有一臉聰明相、笑容可掬的上班族。」

露絲不說話，不過後面的湯米倒是開口說：「我知道了，妳是指那次我們去的那個地方吧！」

「不只是那個地方，」我說，「它簡直像極了那張廣告。就是我們在地上看到的廣告，記得吧，露絲？」

「我不確定。」露絲小聲地說。

「喔，拜託，妳一定記得。我們在一條巷子地上的雜誌裡找到的啊，就在一個小水坑旁邊，當時妳看那張廣告看得出神了，不要假裝不記得喔！」

「我應該記得吧！」此刻露絲的聲音弱得幾乎像耳語一樣。一輛卡車過去，我們的車子跟著晃了幾下，一時看不清廣告看板。露絲低下頭，好像希望那輛卡車可以永遠帶走那張圖片，後來我們又能清楚看見海報的時候，露絲沒再抬頭多看一眼。

「真是好玩，」我說，「想想以前的我們，記得妳是怎麼想的嗎？妳總是希望有一天可以在那種辦公室工作。」

「對啊，那天我們就是因為這樣才去了那裡，」湯米說，像是才剛記起來似的。「那次我們去諾弗克，我們去找妳的本尊，在辦公室工作的那個人。」

「有時候妳會不會想，」我對著露絲說，「不會覺得妳應該多去調查一點兒嗎？妳有可能開創先例，成為我們當中第一個從事那種工作的人。妳其實有這個可能。有時候，妳難道沒有想過，如果真的去嘗試，那會是什麼模樣嗎？」

「我哪有機會去嘗試？」露絲的聲音微弱地幾乎聽不見，「那只是我曾經有過的夢想，如此而已。」

「至少妳應該多去了解一些，妳怎麼知道沒有機會？說不定他們同意妳去。」

「對啊，露絲，」湯米說，「當初看妳興匆匆地說個不停，或許至少應該去試試。我覺得凱西說的沒錯。」

「我沒有興匆匆地說個不停，湯米，至少，我不記得了。」

「可是湯米說的有理，至少應該試試，那樣的話，當妳看到這種海報，就會想起以前的夢想，而且知道自己至少去了解過了。」

「我要怎麼去問？」露絲的語氣第一次顯得有些強硬，但是馬上又嘆了一口氣，一副垂頭喪氣的模樣。

湯米接著說：「當初妳說個不停，好像有資格得到特別待遇似的。妳知道嗎，說不定真的有機會，妳至少應該去問一問。」

「好啊，」露絲說，「你們說我應該去了解清楚，怎麼了解？我要去哪裡找誰了解？根本沒有地方問嘛！」

「湯米說的對，」我說，「如果妳相信自己很特別，至少應該去問一問。妳應該去找夫人問問這件事。」

當我一說到這裡，當我提起夫人，就知道自己說錯話了。露絲抬起頭看著我，勝利的光輝閃過她的臉龐。這種表情在電影當中不時出現，當一個人舉起一把槍頂著另外一個人，手上拿著槍的人可以命令另外一個人做各種事情。緊接著，兩個人發生一陣扭打，槍到了第二個人手中。第二個人臉上閃過一道光芒，帶著一種運氣好得令人不可置信的表情，代表了各種報復行動的開始。嗯，露絲就是這般突然地看著我，雖然我沒有提到延後的事情，但是我提到了夫人，我知道我們已經誤入歧途，闖進了一個新的領域。

露絲看到了我的驚慌，從她的座位上轉過身來面向著我，我也已經準備好面對她的攻勢；趕忙在心裡告訴自己，不論她如何攻擊我，如今情勢大為不同，她不能再像從前那樣得逞了。因為我忙著不斷告訴自己這些話，所以當她開口說話的時候，反倒沒有做好心理準備。

「凱西，」露絲說，「我不敢奢望妳能原諒我，也不覺得妳該原諒我，但是我還是要問妳。」

我一時說不出話來，唯一想到要說的話卻說得有點兒吱吱唔唔。「妳要我原諒妳什麼？」

「原諒我什麼？好吧，首先是有關妳的慾望衝動，我一直沒有對妳說實話。以前妳不是告訴我，妳有時候會想隨便和任何一個人發生性行為嗎？」

湯米又在後面挪了挪位置，但是這回露絲朝我的方向靠過來，直視著我的眼睛，好像湯米根本不在車上似的。

「我知道這件事情讓妳非常擔心，」露絲說，「我早該告訴妳的，我應該要讓妳知道，其實我也和妳一樣，我和妳所形容的完全一樣。我知道，妳現在已經知道了，但是妳那個時候不知道，我應該要說的。我應該要告訴妳，雖然我當時和湯米交往，但有時候也無法抗拒和別的男生發生性關係。我們在卡堤基那段時間，至少就有三個人。」

露絲說這些話的時候，還是沒看著湯米，倒不是她刻意忽略湯米，她只是努力想對我傳達如今已經模糊不清的往事。

「有幾次我本來打算告訴妳，」露絲繼續說，「但是我還是沒說，即便那個時候，那個當下，我心裡知道，將來有一天妳回想起這件事，知道真相以後，一定會責怪我。但是我還是沒有告訴妳，妳沒有必要原諒我，但是我現在還是要問，因為……」她突然停住不說了。

「因為什麼？」我問。

露絲笑了一笑，「不為什麼，我只是很想得到妳的原諒，但是不敢奢望。不過，這和我主要想說的事情比起來，不算什麼，甚至只能算是小事。我主要想告訴妳的就是：我一直阻止妳和湯米交往。」露絲的聲音變得更加微弱，幾乎只剩嘶嘶耳語聲。「這是我做過最糟糕的一件事。」

露絲稍微轉過身，頭一次讓湯米進入她的視線範圍。接著，又立刻看著我，但是她現在看起來像是同時對著我和湯米說話。

「這是我做過最糟糕的一件事，」露絲又重複一次，「我甚至不敢要求妳原諒我，天啊，這些話我已經在腦中說了好多遍，我不敢相信我現在真的要說出口了，你們兩個人應該要在一起的，我現在並不是假裝以前我都沒發現，我當然知道，老早以前就知道了，但是我一直不讓你們在一起。我不是要求你們原諒我，那不是我現在的目的，我現在只是想彌補我的錯誤，把破壞的恢復原貌。」

「妳這話什麼意思，露絲？」湯米問，「什麼意思，恢復？」湯米語調輕柔，充滿孩童的好奇，大概因為這樣，我才開始低聲啜泣了起來。

「凱西，妳聽我說，」露絲說，「妳和湯米，你們得去試試看能不能申請延期，如果是你們去申請，或許有機會，而且機會比較大。」

露絲伸出手，放在我的肩膀上，但是我用力甩開了她的手，淚眼濛濛地瞪著她看。

「太遲了，已經太遲了。」

「現在還不晚，凱西，妳聽我說，好吧，就算湯米已經做過兩次捐贈了，誰說這樣不行？」

「現在說這些已經太晚了。」我又開始哭了起來，「現在光是想做，聽起來就很愚蠢。就像妳想去辦公室上班一樣愚蠢，我們現在已經錯過那個時機了。」

露絲搖搖頭，「現在還不晚，湯米，你跟凱西說。」

我往前靠在方向盤上，完全看不到湯米。只聽見湯米困惑地哼了一聲，但是沒有說話。

「聽著，」露絲說，「你們兩個，仔細聽著，我是刻意安排這次一起出來，因為我想把剛才的話告訴你們。而且，我想出來，也是為了給你們一樣東西。」露絲在外套口袋摸了一摸，拿出了一張皺巴巴的紙。「湯米，你拿著好好保管，將來要是凱西改變心意，就用得上了。」

湯米靠到前座之間，拿走了那張紙。「謝謝妳，露絲，」湯米說著，好像露絲給了他一條巧克力似的。過了幾秒鐘之後，湯米說：「這是什麼？我看不懂。」

「這是夫人的地址。就像你們剛才說的，至少應該去試一試。」

「妳是怎麼找到的？」湯米問。

「的確不容易，我花了很久的時間，冒了一些風險，最後還是被我拿到了，我是為了你們才去找來的。現在，就由你們自己決定要不要去找夫人試試。」

這時候我已經不哭了，準備發動引擎。「夠了，」我說，「現在得先送湯米回去，我們自己也要趕快回去了。」

「可是，你們會考慮一下吧，你們兩個，對吧？」

「我現在只想趕快回去。」我說。

「湯米，你會保管好地址吧？哪天凱西回心轉意的時候，就能派上用場了。」

「我會保管好的，」湯米說，「謝謝妳，露絲。」口氣比先前沉重了許多。

「我們已經看過船了，」我說，「現在該回去了，回到多佛可能要兩個多小時。」

車子再度開回公路上，我記得回到費爾德國王中心的路上，我們沒有太多交談。當我們進入廣場時，屋簷下依舊擠了一群捐贈人。讓湯米下車之前，我把車子轉了一個方向。我和露絲沒有抱他，也沒有親他，不過湯米朝著其他捐贈人走過去的時候，停了下來，對著我們開心地微笑，並揮了揮手。

聽來可能有點兒奇怪，但是開車回去露絲的康復中心途中，我們再也沒有討論剛才所發生的事。部份原因也是因為露絲累了，最後在路邊的談話看來已經讓她整個人筋疲力盡。同時我們也都知道，這一天下來已經談了太多嚴肅的話題，再談下去，可能會很糟。我不確定開車回家的路上露絲心情如何，不過對我來說，當所有強烈的情緒穩定了下來，夜晚降臨，沿途的燈光點燃了，我的心情就好了一些。彷彿長久以來籠罩著我的東西不見了，雖然整件事情還沒理出一個頭緒，但是至少現在感覺有了一扇門，通往比較美好光亮的地方。我不是說自己心裡很高興或有其他類似的情緒，我們三個人的關係還是相當脆弱，這點讓我非常緊張，但不完全是負面的緊張。

我和露絲甚至沒有說太多關於湯米的事，只說他看起來還不錯，真不知道他增胖了多少。旅途當中的大部份時間，我們只是一起沉默地看著前方的公路。

過了幾天之後，我才了解這次旅行所帶來的改變。所有存在我和露絲之間的猜忌全消失了，我們想起了以前對方在自己心中的重要地位。這就是那個時期開始的時候，從那個夏天開始，露絲的健康狀況至少還算中等，傍晚時候我會帶著餅乾和礦泉水，肩並著肩一起坐在她的窗前，看著夕陽從屋頂另一邊落下，聊聊海爾森、卡堤基等任何心裡想到的事情。當我現在想起露絲……當然，我很難過她最後過世了，但同時也非常感激我們在最後階段共同渡過的那段時光。

即便如此，我們還是不曾好好討論過那個話題，就是那天她在路邊對我和湯米所說的話。不過，露絲每過一段時間就會向我暗示那件事情。她總是說：「妳有沒有想過要當湯米的看護呢？妳知道的，如果妳想要，都可以安排的。」

過了不久，擔任湯米看護的這個建議，取代了其他所有的話題。我告訴露絲，我會考慮，畢竟，就算我想做這樣的安排，也不是那麼容易。說完，我們就可以暫時擱下這個話題。不過，我看得出來，這件事情始終在露絲心裡盤旋。因此最後一次見到她的時候，雖然她已經不能講話，我還是知道她想對我說些什麼。

就在她做完第二次捐贈的三天後，他們終於讓我在午夜過後進房看她。露絲自己一個人在房裡，看來他們已經盡力了。從醫師、協調人員、護士的舉止看來，他們顯然不覺得露絲能夠渡過這一關。在昏暗的燈光下，我看著病床上的露絲，知道她臉上的表情代表了什麼，這種表情以前已在其他捐贈人臉上看了很多次。她就像是命令自己的眼睛看透身體內部，讓她能夠好好巡查、安頓體內不同部位的疼痛，這或許有點兒像是一個心急如焚的看護，連忙趕著到不同地方照顧三、四個虛弱的捐贈人。嚴格說來，當我站在露絲的金屬床邊時，她還有意識，只不過無法與我互動。但我還是拉了一張椅子，坐在她旁邊，雙手握住她的手，每當疼痛來襲，她不自主地扭動著身體，快要甩開我的手的時候，我便緊緊地握住她。

我就是這樣一直待在她身邊，直到他們要我離開，差不多三小時吧，或許更久一些。就像我所說的，大部份的時間露絲的意識和我距離十分遙遠。不過，有一次，她全身扭動得極不自然，看起來有點兒恐怖，當我正要找護士來打更多的止痛劑，就在那幾秒鐘，短短的幾秒鐘，露絲直視著我，她非常清楚我是誰。有時在捐贈人和死亡搏鬥的過程當中，往往能夠暫時恢復意識。

那個時候，露絲看著我，雖然沒有說話，但我了解她臉上的表情。於是我告訴她：「好，好，我會去，露絲，我會盡快去做湯米的看護。」我輕聲地說，我想這種時候就算大叫，露絲大概也聽不見。但是，我希望在我們眼神交會的那幾秒鐘，她能夠像我解讀她的表情一樣，了解我的意思。接著，這樣的目光交會消失了，露絲再度離我而去。當然，我不能肯定，但是我相信她能夠了解。就算當時她並不了解，但我認為她也一直都知道，甚至在我想通之前，她早已知道我會成為湯米的看護，而且我們將會做出「嘗試」，就像那天她在車上告訴我們的那樣。

20

出門看那艘船之後將近一年，我成為湯米的看護。湯米才做完第三次捐贈不久，雖然恢復情況良好，但還需要一段時間休養。沒想到這對於我們開始新的適應階段來說，還算不壞。很快地我便逐漸適應了費爾德國王中心，甚至有點兒喜歡這個地方。

這裡多數的捐贈人在第三次器官捐贈之後就可以擁有自己的房間，他們給了湯米全中心最大的單人房。之後有人揣測這房間是我替他安排的，但是事實並非如此；湯米純粹只是運氣而已，況且，房間也不是真的那麼大。我猜這個房間在以前渡假營的時代其實是一間浴室，因為房間裡唯一的一扇窗戶是毛玻璃，而且窗戶的高度非常接近天花板，必須站在椅子上，打開玻璃窗格，才能看到室外，但是最多也只能看到地上叢生的灌木。房間呈L字型，家具可以順利搬運進來，包括一般尺寸的床、椅、衣櫃，還有一張小小的掀蓋式學校用書桌。這張書桌有個優點，我稍後再解釋。

我並不想給人一種錯誤的印象。其實待在費爾德國王中心那段期間，生活過得相當愜意，頗有田園生活的情調。我通常在中午過後抵達，然後去找湯米。湯米總是平躺在小床上，全身穿著整齊，因為他說不想成天「像個病人一樣」。我常坐在椅子上，為他朗讀帶來的平裝書，像是《奧德賽》或《天方夜譚》等。如果沒有讀書，我們就會聊天，有時談談過去的事，有時談些別的。湯米下午經常打瞌睡，我便趁這段時間在他那張學校書桌上趕完報告；那個時間非常地愉快，好像雖然這幾年時光都不見了，我們還是可以相處融洽。

不過，當然囉，不是樣樣都和以前一樣。首先，過了一段時間之後，湯米和我終於開始有了性關係。我不知道在開始之前，湯米是否想過我們發生性關係的事。畢竟，他那時處於恢復階段，在他心裡性行為大概不太重要。我不想強迫他，不過，從另一個角度來想，我們重新交往之後，若是耽擱得太久，恐怕就更難把性行為當作是二人世界中自自然然的一部份。此外，我更想到，假如我們按照露絲的想法進行，一同申請延後捐贈，若是還未發生性行為，可能對我們比較不利。我不是說，他們到時一定會問，只是擔心這點可能讓我們兩個人看起來沒那麼親密。

所以，某一天下午在樓上房間，我決定用湯米可以接受或任憑我進行的方式，開始嘗試看看。當天湯米像平常一樣躺在床上，眼睛看著天花板，我在旁邊為他朗讀。書讀完後，我向他走了過去，坐在床邊，悄悄地把手伸到他的運動衫底下，不久手已經挪到他那兒了，雖然他需要一段時間才能變硬，但是我很快就知道他很高興我摸了他。當時我們還得擔心影響他傷口的癒合，反正，我們認識了這麼久從沒發生性關係，總是需要一段過渡時期，才能開始完整的性行為。所以那個時候，我只是用手幫湯米做，他也只是躺在那裡，沒有想要反過來愛撫我，甚至沒有發出任何聲音，只是一臉的平靜。

不過，第一次做的時候，除了感官的愉悅以外，我們心裡都感覺這是一個開始，我們通過了一道門檻。有段時間我一直不願承認，就算後來承認了，我也試著說服自己：若開始做了，湯米這裡痛那裡疼的這種感覺就會隨之消失。我的意思是說，從第一次開始，湯米就顯得有點兒悲傷，好像是說：「是啊，現在開始做了，我很高興我們現在終於開始了，真是遺憾這麼晚才開始。」

接下來幾天，我們有了真正的性行為，我們都非常開心，即使在這時候，同樣的感覺還是存在。我做了各種努力想要消除這種感覺。我設法讓我們兩人一心一意在性行為上面，那麼一切就會因為興奮而變得模糊，也就不會想到別的事情去了。如果湯米在上面，我就會為他抬高膝蓋；不管我們用什麼姿勢，只要是為了讓做愛更加愉快，什麼話我都願意說，什麼事我也願意做，而且可以投入更多的熱情，但是那種感覺卻遲遲沒有消失。

或許是房間的緣故，也說不定是太陽透過毛玻璃照射的方式，讓初夏的日子感覺起來像秋天一樣。也或許是因為我們躺在那裡的時候，偶爾傳來捐贈人在院子走來走去各自忙碌的聲響，而不是坐在草地上的學生彼此辯論小說和詩歌的聲音；也可能因為有時候我們做完感覺很好，躺在彼此懷裡的時候，方才做愛的一點一滴掠過腦海，這時湯米會說：「我以前很輕鬆就可以連續做兩次，但是現在再也不行了。」於是，那種感覺變得非常清晰。每次只要湯米說出這種話，我就得用手遮住他的嘴。我相信湯米也感覺得到，因為只要到了這種時候，我們總是緊緊地抱住對方，像要藉此消除那種感覺。

我剛到康復中心的前幾個禮拜，我們幾乎沒有提起夫人或是那天在車上和露絲談話的內容，但是我變成了湯米的看護這個事實，卻在在提醒我們不能再原地踏步了，當然，湯米的動物素描也是一樣。

這幾年我一直在想著湯米那些動物如何了，甚至我們去看船那天，也一直想問他這些動物的情形。他還繼續畫嗎？以前在卡堤基畫的動物，是不是還留著呢？但是這些動物的歷史背景讓我難以啟齒。

大約是成為湯米看護一個月後的某天下午，我到了他的房間，發現他坐在學校書桌前，仔細謹慎地畫著一張圖，整張臉就快貼在紙上。我敲門的時候，他要我進來，但是當我進了門，他卻沒有抬頭，也沒有停下手邊的工作，我一眼就知道他正在畫那些想像的動物。我站在門口，不知該不該進去，後來他抬起頭來，合上筆記本，我留意到這筆記本和好幾年前凱弗斯給他的黑色本子完全一樣。我走了進去，開始說些完全無關畫畫的事，過了一會兒，他把筆記本收好，我們什麼也沒提。但是那天以後，我常常走進房間，發現筆記本留在書桌上，或是扔在枕頭邊。

後來有一天，我們在他樓上的房間準備要去做些檢查之前，還有幾分鐘時間可以消磨，我發現他的態度有些怪怪的：有點兒害羞、又有點兒慎重，我還以為他想要做愛。而他卻說：「凱西，我想要妳告訴我，老實地告訴我。」

然後，黑色的筆記本從書桌裡被拿了出來，湯米給我看了三張畫著某一種青蛙的素描，只是那青蛙還多出了一條長尾巴，看起來像是一隻部份身體還留著蝌蚪特徵的青蛙。至少，遠遠看的時候是這樣。向前一看，每張素描都由精細的局部描寫構成，和幾年以前看到的動物很像。

「我畫這兩隻的時候，心裡想像他們是金屬做的，」湯米說，「妳看，每一個部份都有光亮的表面。但是這裡這一隻，我想要盡量讓它看起來像是橡膠材質做的。妳知道我的意思嗎？就是全身幾乎都是一顆一顆的斑點。現在呢，我想規規矩矩地畫一隻，好好地畫一隻真正的青蛙，但是我還沒決定。凱西，妳老實說，妳看了覺得怎麼樣？」

我不記得回答了什麼，只記得當時有一種強烈而複雜的情感幾乎把我淹沒。因為我知道湯米如此努力地試圖把過去在卡堤基關於圖畫所發生的事情全都拋在腦後，一時之間，我感覺輕鬆多了，心中對他充滿感激，而且十分開心。不過我也清楚這些動物為什麼再次出現，以及湯米這種一派輕鬆的詢問口氣背後的所有可能原因。至少我知道，他的舉動是為了讓我明白，就算我們幾乎沒有公開討論任何事情，他也沒有忘記；而且他並不自滿，一直努力做好自己的準備。

但是那天當我看到那些奇特的青蛙，我的感受不只是如此。先前那種感覺又出現了，起初它只是隱藏在後模模糊糊地存在，但是越來越強烈，最後佔據了我所有的心思。我真的無能為力，只要看到那些畫本，那個念頭就會在心裡浮現，就算試著抓住那個念頭，將之拋在腦後，還是沒用。我總覺得湯米這些圖畫不像以前來得精力充沛。好吧，這些青蛙的確很多地方和以前我在卡堤基看到的動物一樣，但是其中的某個特質已經消失了，這些青蛙看起來不太自然，好像是從哪兒抄襲的一樣。所以，那種感覺又出現了，雖然我試著別生起「我們現在做這一切已經太遲了」這樣的念頭，本來是有機會的，但是我們錯過了，現在我們才想計畫做點兒什麼，實在有點兒可笑，甚至非常丟臉。

現在這個念頭又出現了，我們之所以不願意公開討論，我猜應該還有另外一個原因。當然囉，費爾德國王中心這裡還沒有聽哪個捐贈人說過延後之類的事。我和湯米大概心裡隱隱約約覺得不好意思，好像我們藏了一個丟人的祕密。我們甚至有點兒害怕，生怕事情要是傳到別人耳裡，會是什麼模樣。

不過就像我之前所說的，我不想把費爾德國王中心的那段日子描寫得太過灰暗。多數時候，尤其是湯米詢問我對於動物的意見那天開始，過去的陰影似乎消失了，我們開始真正習慣兩個人在一起的日子。雖然湯米再也不曾要我對他的畫提出建議，但是他已經開始在我面前畫畫，下午的時候我們常常都是：我坐在床上，有時大聲朗讀；湯米坐在書桌前畫畫。

如果一切可以維持得久一些，我們應該會更開心的；要是我們能夠再多幾天下午輕鬆的時光，一起聊天、做愛、朗讀、畫畫，那該多好啊！但是隨著夏天就要結束，湯米漸漸強壯起來，收到第四次捐贈通知的機會越來越高，我們知道已經不能這樣永遠拖延下去。

有一陣子我非常忙碌，幾乎整整一個星期沒有去費爾德國王中心。那天早上我到了中心，記得當時下著傾盆大雨。湯米的房間很暗，幾乎什麼都看不見，屋簷的淙淙水聲經過他的窗前。湯米剛才才去了大廳和其他捐贈人一起吃早餐，現在回到了樓上坐在自己的床上，表情空洞、無所事事。因為我很多個晚上沒有好好睡個覺，抵達時已經累壞了，於是倒在湯米小小的床上，把他推向牆邊。我躺了一會兒，要不是湯米一直用腳趾戳我的膝蓋，我可能一下就睡著了。

我坐到他的旁邊說：「湯米，我昨天看到夫人了。我沒有和她說話或是有其他什麼接觸，不過我看到她了。」

湯米看著我，沒有說話。

「我看到夫人走在街上，然後進入屋內。露絲說的沒錯，地址是正確的，就是那一家，完全符合。」

接著，我向湯米描述前一天我到了南邊的海岸，心想既然到了這裡，不如下午過後到利特爾漢普頓一趟。就和我前兩次去的時候一樣，我沿著海邊長長的街道一路走著，經過了一排又一排叫做「波峰」和「海景」的連棟房屋，一直走到電話亭旁邊的公共長凳。和前兩次一樣，我坐下來等待，眼睛盯著街道對面的房子。

「完全就和偵探小說一模一樣，前幾次我坐了半個多小時，但是什麼也沒等到，什麼都沒有，但是這次我預料會有好運出現。」

我已經很累了，差點兒就在長凳上睡著。然後一抬頭就看到了夫人從街道那一頭向我走過來。

「真的很恐怖，」我說，「因為夫人的樣子看起來一模一樣。她的臉或許老了些，但是其他地方一點兒都沒變，甚至連穿著都還是一樣，就是那套整齊的灰色套裝。」

「不可能就是以前那件套裝吧！」

「我不知道，看起來很像。」

「那妳沒有試著過去和她說話嗎？」

「當然沒有，傻瓜。一次只能做一件事。夫人對我們不是很友善，你記得吧！」

我告訴湯米，夫人從對街經過我的眼前，沒有往我這裡看；我一度甚至以為她也會經過我所觀察的房子，因為或許露絲的地址錯了。不過夫人走到那棟房子的大門時，突然就拐進了大門前的前院小路，然後走進屋內，人就不見了。

話說完以後，湯米沉默了一陣子，然後說：「妳確定沒有問題嗎？老是這樣開車到不該去的地方？」

「不然你以為我怎麼這麼累？我每個時段的工作都做，就是為了要完成所有事情啊！不過，現在至少找到夫人了。」

外面的雨還在下，湯米側向一邊，頭靠在我的肩膀上。

「露絲給我們的消息很正確，」湯米輕聲地說，「她的消息是對的。」

「是啊，她做得很好，現在就看我們的決定了。」

「妳有什麼計畫，凱西？我們有什麼計畫了嗎？」

「我們就直接去吧，直接去那裡問夫人。下個星期我帶你去實驗室檢查的時候，幫你申請全天外出，然後回來的時候就可以去利特爾漢普頓。」

湯米嘆了一口氣，頭又靠得更進來一些。別人看了可能以為他很沮喪，但是我知道他心裡真正的感受。延後捐贈、畫廊的理論等等，這一切一切我們想了這麼久，現在突然間走到了這個地步，不免有點兒驚慌。

「如果我們申請到了，」沉默了一段時間後，湯米開口說。「只是假設啦，如果夫人真的給了三年屬於我們自己的時間，我們到底要做什麼？妳知道我的意思嗎，凱西？我們要去哪裡？我們總不能待在這裡吧，這裡是康復中心。」

「我也不知道，湯米。說不定夫人要我們回去卡堤基，不過最好還是其他的地方。可能是白樓吧！或者他們還有別的地方，專門提供給像我們這樣的人，一切還是要看夫人的意思。」

我們繼續在床上安靜地躺了幾分鐘，聽著外面的雨聲。後來我開始像他先前那樣用腳踢他，他最後也回我一腳，直接把我的腳推出床外。

「要是我們真的去了，」湯米說，「就得決定一下動物的事情。妳知道，就是選出最好的幾隻帶過去。大概六、七隻差不多了。我們總是要小心謹慎一點兒。」

「好啊，」然後我站了起來，伸了伸雙手。「說不定我們多帶一點兒。十五隻吧，還是二十隻也好。嗯，我們就去見夫人。她能對我們怎麼樣呢？我們就去找她談一談。」

21

出發前幾天，我心裡常常想像我和湯米兩個人站在那道大門前面的情景，我們鼓起勇氣按下了門鈴，在門口等待應門，一顆心撲通撲通地跳個不停。不過，實際上我們後來非常幸運地免去了等待的折磨。

這點好運可以說是我們應得的，因為那天進行得不很順利。出發時汽車發生故障，湯米遲了一個小時才開始做檢查，接著診間出了差錯，也就是說，湯米共有三項檢查必須重新再做。這些已經折騰得他頭都暈了，所以下午過後我們終於能夠出發前往利特爾漢普頓的時候，湯米開始暈車不舒服，我得時時停車讓他下車走走、舒緩一下。

快到六點的時候，我們總算到了。我們把車子停在賓果遊戲廳後面，從行李箱拿出裝著湯米筆記本的運動提包，我們開始往市中心走去。那天天氣不錯，雖然店面一家一家地關，但還是很多人逗留在酒吧外面聊天喝酒。我們走了一會兒，湯米才舒服了些，他想起中午因為檢查不能吃中飯，他說必須在面對即將發生的事情之前吃點兒東西。所以我們開始找尋可以買外帶三明治的地方。突然，湯米抓住我的手臂，他抓得十分用力，我還以為他身體不舒服。

他小聲地貼著我耳邊說：「就是她，凱西，經過理髮廳的那一個。」

果真沒錯，就是夫人，她走在對街的人行道上，穿著那套整齊的灰色套裝，和以前一模一樣。

我們隔了一段距離跟在夫人後面，先穿過行人徒步區，然後沿著幾乎無人的商業大街往前走。我想我們兩個大概都想起了那天跟著露絲的本尊穿過小鎮的情形。不過這次事情簡單多了，因為夫人很快就會帶著我們走到沿海地區長長的街道。

道路筆直，夕陽餘暉照映在馬路上，直到路的盡頭。我們發現其實可以讓夫人遠遠地走在前面，直到夫人只剩下一個小黑點，我們也不怕跟丟。因為，實際上我們一直可以聽見夫人鞋跟的回音，而湯米的袋子碰到腿部的規律撞擊聲就像給了一聲回覆。

就這樣持續了很長一段時間，經過一排又一排外形相同的房屋。後來，對街人行道的房屋已經來到了最後一間，之後出現一大片平坦的草地，草地再過去可以看到沿著海濱排列的沙灘小屋屋頂。雖然看不見海水，但是從寬闊的天空和海鷗的叫聲就能知道大海其實就在那兒。

不過我們這邊的房子還是沒變，一棟又一棟繼續延伸下去，過了一會兒，我對湯米說：「就快到了，看到那邊的長凳了嗎？我就是坐在那裡，房子就在長凳對面。」

在我還沒說話以前，湯米一直都很平靜，但是現在他就像想到什麼似的開始加快腳步，一副想要追上夫人的模樣。可是這個時候夫人和我們之間沒有別人，湯米不斷縮短我們和夫人之間的距離，我得抓住他的手臂讓他慢下腳步。我很擔心夫人一回頭就發現了我們，不過夫人並沒回頭，她直接走進了前院小徑，在大門口停了一會兒，尋找手提包裡的鑰匙。我們也走到了前院的柵欄入口，一起看著夫人。不過夫人還是沒有轉身，我猜夫人會不會其實一路上都知道我們走在後面，所以故意忽略我們的存在。我覺得湯米已經等不及準備對著夫人大喊，那可就不好了。所以我毫不考慮，立刻從入口處叫了一聲。

我只是很禮貌地說了一聲：「不好意思！」可是夫人很快地轉過身來，好像我向她丟了什麼東西一樣。當她的眼光落在我們身上的時候，我不禁打了一個寒顫，彷彿多年以前我們幾個學生在學校主屋外攔住她的時候一樣。夫人的眼神非常冷淡，表情或許比印象中還要嚴肅。我不知道當時她是不是認出了我們；不過毫無疑問地，她看了一眼之後，立刻判斷出我們是什麼東西，這點從她僵硬的全身就可以看得出來：好像有兩隻大蜘蛛正準備向她爬過去。

接下來她臉上的表情有了變化，並非變得較為溫和，不過那種厭惡感已經沒了，她瞇著眼在陽光下仔細地看著我們。

「您好，」我往前靠著庭院入口，「我們並非特意來打擾您或什麼的，我們是海爾森以前的學生，我是凱西，您或許記得，他是湯米。我們不是來找您麻煩的。」

夫人向我們走了幾步，「海爾森的學生啊，」臉上出現一個短暫的笑容，「哇，真是意外啊！如果你們不是來找麻煩，那來這裡做什麼？」

湯米突然開口，「我們有話對您說，我帶了一些東西來，」湯米把袋子舉了起來，「一些您可能想要擺在畫廊的東西。我們得和您談一談。」

太陽就要下山，夫人動也不動地繼續站在原地，頭歪向一邊，好像正在聽著海邊傳來的聲音。然後她又自顧自地笑了一笑，應該不是對著我們。

「好吧，你們就進來吧，我們再來看看你們想和我談什麼事。」

進門時，我發現前門裝了有顏色的玻璃鑲板，湯米一關上門，室內變得一片漆黑。我們站在一處非常狹窄的走廊，窄得只要張開手肘就會碰到牆壁。夫人停在我們前面，背對著我們動也不動，好像又在聽著什麼聲音。我仔細看著夫人的前方，雖然走廊已算很窄，但是再過去一點兒走廊分成了兩邊：左邊是上樓的階梯，右邊是一條更窄的通道，延伸到屋內。

我學夫人拉長了耳朵，可是屋裡什麼聲音也沒有。接著，大概從樓上某個地方傳來了輕輕砰的一聲。這個聲音對夫人而言似乎代表了什麼，她轉過身來，指了指走道深處說：「進去那邊等我，我馬上下來。」

夫人開始上樓，看著我們還在猶豫，便靠著欄杆指了指漆黑的室內。

「進去裡面。」夫人說完，就消失在樓梯間了。

湯米和我慢慢地向前走，來到一個應該是客廳的地方。這個地方看起來僕人似乎已經把室內佈置成適合晚上活動的樣子：窗簾拉上，微亮的桌燈也點上了。我聞到客廳舊家具的氣味，可能是維多利亞時期的款式。壁爐已用板子封上，原本燃燒火焰的地方，現在是一個織錦般的怪鳥圖案，外形像貓頭鷹似地直瞪著人看。湯米碰了我的手一下，指了指小圓桌上的牆角掛了一張加框的畫作。

「是海爾森耶。」湯米小聲地說。

我們走上前去，可是我越看越不確定。看得出來這是一幅相當漂亮的水彩畫，畫作下的桌燈燈罩都變形了，上面有些蜘蛛絲，這盞燈並未打在畫作上，只是照亮了陰暗的玻璃，所以根本看不出畫作的內容。

「上面畫的是鴨塘後面那塊地方。」湯米說。

「什麼意思？」我輕聲回他，「哪有池塘？這只是鄉下的風景畫。」

「有啊，池塘就在妳後面，」湯米聽來有點兒生氣，這倒是讓我意外。「妳一定記得的，如果妳站在池塘後面，背對著池塘，往北運動場的方向看，就會……」

我們聽見屋內有聲音便沒再說話。聽起來像是男人的聲音，大概是樓上傳來的。接著便聽見夫人下樓的聲音，夫人說：「對啊，你說的沒錯、沒錯。」

我們等著夫人進到客廳，但是她的腳步聲卻從客廳門前經過，轉進房子後面。我突然閃過一個念頭，夫人說不定是準備茶和烤餅去了，待會兒她會全部擺在小餐車上推出來，不過這只是我胡思亂想罷了，夫人可能根本忘了我們的存在，等到她突然想起來的時候，就會進來趕我們出去。後來，樓上一個男人的粗啞聲音不知道喊了些什麼，根本聽不清楚，所以應該距離我們有兩層樓的高度。夫人的腳步聲又回到了走廊，她往上面喊：「我已經跟你說過要做些什麼，照我說的去做就行了。」

湯米和我又等了幾分鐘之後，房間後面的牆壁開始動了起來。我發現那其實不是一道牆，只是兩扇滑動式的門，可以用來將格局較長的房間區隔出兩個部份。夫人把門推開一半，站在那裡看著我們。我想看看夫人後面是什麼，但只看到漆黑一片。

我猜夫人大概等著我們解釋為什麼會出現在這裡，不過夫人還是先開口說話：「你們說你們是凱西和湯米，我說的沒錯吧？你們是多久以前的海爾森學生啊？」

我回答了夫人，但是看不出來夫人究竟記不記得我們。她只是繼續站在門邊，好像猶豫著要不要進來。不過這時湯米又說話了：「我們不會耽誤您太多時間，可是有件事情必須找您談一談。」

「這你們說過了，好吧，不必太拘謹。」

夫人伸出手放在她面前一組對稱的扶手椅椅背上。她的態度有點兒不太對勁，好像不是真心邀請我們坐下。我覺得我們要是真的照她的話坐在椅子上，她可能還是繼續站在我們背後，甚至雙手也不會從椅背上移開。不過，當我們向她走了一步，夫人也往前移動了一下，或許只是我的想像吧，夫人經過我們身邊的時候，肩膀縮得緊緊地。我們轉身坐下時，夫人走到了窗戶邊，站在厚重的天鵝絨窗簾前，目光炯炯地看著我們，好像我們現在正在課堂上，夫人是一位老師。至少當時在我看來是這樣。事後湯米說他以為夫人好似要準備開唱，她背後的窗簾揭開之後，出現的不是外面的街道和通往海濱的平坦草地，而是巨大的舞台背景，就像我們以前在海爾森搭過的佈景一樣，甚至還有一排合唱團在後面為她合音。湯米事後說起這些，聽起來真的十分滑稽，我重新回想當時的情景，夫人的雙手緊握，手肘外張，的確像是準備開唱的模樣。不過我懷疑湯米當時是不是真的有過這些念頭。記得那時我注意到他也很緊張，一直擔心他會不會說出一些糊塗話來。所以，當夫人還算客氣地問起我們的目的，我立刻插進這個話題。

我起初大概說得不太清楚，過了一會兒，等我相信夫人會聽我把話說完，便平靜了下來，表達得較為清楚。幾個禮拜以來，我不時在心裡盤算要對夫人說的話，不論是長途開車旅行，或是安靜坐在服務站的咖啡店餐桌旁時，沒有一刻不在溫習這些內容。一開始感覺非常困難，於是我有了一個計畫：我把重點句一字一字地背誦下來，然後根據每個論點的順序在心裡劃一個概念圖。但是，當夫人此刻真的就在眼前，那些準備的內容多半都沒有必要了，或者根本是錯的。奇怪的是，雖然夫人以前在海爾森，給人的感覺像是一個從外面來的對我們頗有敵意的陌生人，而今當我們再度面對她，雖然她的言行舉止並未傳達對我們的親切，但在我眼中，她現在卻像是一個很好的朋友，一個比起這幾年認識的人還要親密的朋友……事後我們討論起這個感覺時，湯米也有同感。因為這樣，所以我在腦子裡的一切準備都消失了，只是簡單坦白地對著她說話，有點兒像是幾年前我對監護人說話的態度；我告訴夫人我們所聽到關於海爾森學生延後捐贈的傳說，我們知道傳說或許有假，也不指望一定會有任何結果。

「就算傳說是真的，」我說，「我們想您可能也非常厭煩了，一大堆情侶跑來找您，聲稱他們彼此相愛。但若我和湯米對於這點如果不是非常確定，也不會來打擾您。」

「確定？」這是我說了這麼久的話之後，夫人第一次開口。我和湯米都嚇了一跳，身體往後退了一下。「妳說你們很確定？確定你們真心相愛？你們怎麼知道？你們以為愛是這麼簡單的嗎？所以你們兩個人彼此相愛、深愛著對方，你們就是要告訴我這個嗎？」

夫人的語調聽起來幾乎像在諷刺，但是當她輪流看著我們的時候，我驚訝地看到她的眼裡泛著淚光。

「你們真的相信嗎？相信彼此深愛著對方？所以你們為了延後捐贈來找我？為什麼？為什麼你們要來找我？」

如果夫人詢問的口氣是肯定的，而且好像這個想法根本是瘋言瘋語，那我一定徹底地感到絕望。但是聽來卻非如此。她說話的樣子好像這是一個她已經有了答案的測驗題，甚至像是她已經多次採用相同的步驟測試其他的情侶。這點讓我心裡一直懷抱著希望。但是湯米可能非常著急，他突然插話說：「我們是為了您的畫廊來找您的。我想我們知道您畫廊的目的。」

「我的畫廊？」夫人往後靠在窗枱上，後面的窗簾因此晃了一下，她慢慢地吐了一口氣。「我的畫廊啊，你指的是我的收藏品吧！這幾年從你們那裡收集的所有那些畫作、詩篇啊！收集這些作品，對我來說是非常辛苦的工作，不過我相信這是有意義的，我們都相信這份工作的意義。所以你們說，你們知道我們收集作品的目的，嗯，我倒是很想聽聽。我必須說，我一直以來都在問自己這個問題。」夫人突然把眼神從湯米轉到我身上。「我是不是說得太遠了？」夫人問。

我不知道該說什麼，只是回答：「不會，不會。」

「我說得太遠了，」夫人說，「真是抱歉，只要提起這個話題，常常就會離題，忘了我剛才說的話吧！年輕人，你剛才本來要告訴我關於畫廊的事情是吧。來，請說，說給我聽聽。」

「有了畫廊，您就可以分辨，」湯米說，「您就有了判斷的依據。不然的話，又怎麼知道來找您的情侶是不是真心相愛呢？」

夫人的眼神又飄到了我身上，可是我感覺夫人像在盯著我的手臂。我甚至低下頭看看我的袖子上是不是有鳥屎還是什麼的。

接下來我聽到夫人說：「這就是你們認為我收集你們那些作品的原因是吧？你們所稱呼的那個畫廊，我第一次聽到你們學生這樣稱呼的時候，心裡覺得好笑。但是過了不久，我也把它當成畫廊了，我的畫廊。現在，年輕人，你還得跟我解釋解釋，為什麼我的畫廊可以幫助我分辨誰才是真正的相愛呢？」

「因為作品可以告訴您我們是怎樣的人啊，」湯米說，「因為……」

「當然囉，就是因為啊，」夫人突然插進話來，「你們的創作可以顯現出內在嘛！就是這樣，是不是啊？因為作品可以表現你們的靈魂！」說完，夫人忽然又轉過來對著我說：「我說得太遠了嗎？」

這句話她之前已經說過了，我又感覺夫人盯著我的袖子。不過，打從夫人第一次問：「我說得太遠了嗎？」我心裡便開始起了疑心，現在她的意圖越來越明顯。我仔細地看著夫人，不過夫人似乎感覺到我的視線，便又回去盯著湯米。

「好吧，」夫人說，「我們繼續說吧，你剛才要告訴我什麼？」

「問題是，」湯米說，「我以前有點兒搞不清楚狀況。」

「你是說關於你的作品吧！藝術可以透露一個藝術家的靈魂等等的。」

「嗯，我要說的是，」湯米又說了一次，「我以前有點兒搞不清楚狀況，沒有做出任何創作，什麼也沒做。我現在知道當初我應該要那麼做，但是我當時就是沒搞清楚。所以您的畫廊裡沒有一幅作品是我的。我知道那是我的錯，也知道現在可能太晚了，但是我帶了一些作品過來。」湯米舉起袋子，準備打開。「裡面有些是最近畫的，有些是很久以前畫的。您應該已經有凱西的作品了，她的很多作品都被拿到了畫廊。對不對，凱西？」

他們兩個同時看著我。接著夫人以勉強可以聽見的聲音說：「可憐的小東西。我們對你們做了些什麼啊？我們的那些方案和計畫啊？」夫人說到這兒，就沒再說下去了，我看見她的眼中又出現了淚光。然後夫人轉向我問：「我們還要繼續說嗎？你們想繼續嗎？」

夫人說到這裡，我心裡原先模模糊糊的念頭越來越具體。一開始是：「我是不是說得太遠了？」現在是：「我們還要繼續嗎？」我不禁打了一個寒顫，這時我才明白，這些問題不是針對我或湯米，而是對著另外一個人問的：我們後面另外一半漆黑的房間裡有人正在聽我們說話。

我慢慢地轉過身，想看看黑暗中是什麼人。但什麼也看不到，不過卻聽到一個聲音，一個機械的聲音，出乎意料地來自很遠的地方，房子似乎延伸到比想像中更深遠的黑暗處。接著，我漸漸可以看出一個模糊的人影朝我們走過來，一個女人的聲音說：「是的，瑪麗克勞德，我們繼續吧！」

我繼續看著那個漆黑的地方，夫人吐了一口氣，邁開大步經過我們，走向黑暗。然後我聽見了更多機械的聲音，夫人手推著輪椅上的人走了出來。夫人再次經過我們面前，因為夫人的背擋住了視線，所以我沒有馬上看見輪椅上的人。夫人把輪椅轉了過來面對我們。「妳跟他們說吧，他們是來找妳談的。」

「我想應該是吧！」

輪椅上的人身體虛弱而扭曲著，聽見那個人的聲音才讓我認出她是什麼人。

「艾蜜莉小姐。」湯米小聲地說。

「妳跟他們說吧！」夫人好像不想再管這件事了，不過還是站在輪椅後面盯著我們。

22

「瑪麗克勞德說的沒錯，」艾蜜莉小姐說，「我才是你們應該要找的人，她替我們這個計畫盡心盡力。最後的結局不免讓她覺得幻滅。至於我呢，雖然失望，但也不至於太糟。我認為我們的成果已得到應有的尊重。看看你們兩個人，都長大成人了。我相信你們做了很多讓我知道後一定會感到驕傲的事情。你們剛才說自己叫什麼名字啊？不，不，等等，我想我應該記得。你是那個壞脾氣的男孩，雖然脾氣不好，但是心地非常善良。湯米，我說的沒錯吧？至於妳，毫無疑問，妳叫做凱西，妳把看護的工作做得很好。我們經常聽說妳的消息。看吧，我都記得，我敢說你們每個人我全都記得。」

「這個計畫對妳或他們到底有什麼好處？」夫人問，她從輪椅大步走開，經過我們兩個人，走進黑暗當中，站在艾蜜莉小姐先前的位置。

「艾蜜莉小姐，」我說，「很高興又見到您了。」

「聽到妳這麼說真好。我認得妳，不過妳大概不認得我了。其實啊，凱西，不久以前，有一次妳坐在外面長凳時，我經過妳的面前，那個時候妳完全沒有認出是我。妳看了喬治一眼，就是推著我的一個高大奈及利亞男人。啊，對了，妳倒是好好地看了喬治一眼，喬治也看了妳一眼。我沒有說話，妳不知道是我。但是今天晚上在這種狀況下，我們自然知道彼此是誰，你們看到我好像很驚訝的樣子。我最近身體不太好，不過希望這玩意兒不必永遠跟著我。不幸地，親愛的，雖然我想繼續招待你們，不過我沒有辦法，再過不久就會有人要來搬走我床邊的櫃子。那個櫃子是好東西。喬治在上面鋪了一層防護套，但我還是堅持親自跟著，誰知道這些男人要做出什麼事來。他們動作粗魯得很，搬到車上之後丟來丟去的，最後老闆竟還堅持家具一開始就是這樣。這種事以前就發生過，所以這次我堅持沿路跟著他們。我那個櫃子可是漂亮的呢，從海爾森的時代就跟著我了，所以一定要得到一個好價錢。待會兒工人來的時候，恐怕我就得離開了。不過親愛的，我看得出來你們是帶著重要使命來的。老實說，能看到你們，我真是太高興了。瑪麗克勞德雖然從外表看不出來，但是她其實也是很開心的。是不是這樣啊，親愛的？喔，她老是假裝不開心的樣子，但是實際上是很開心的。你們能夠找到我們，她可是非常感動的呀。唉，她生氣了，別理她，同學們，我們別理她。現在，我盡量試著回答你們的問題。延後捐贈這個謠言，我聽說過很多次了，當海爾森還存在的時候，每年就有兩三對情侶來找我們談延後捐贈這件事，還有一對甚至寫信給我們。我想，學生們要是真想破壞規定，那是不怕找不到地方了。所以呢，你們看看，這個謠言已經存在很久了，早在你們之前就有了。」

艾蜜莉小姐停頓了一會兒，於是我說：「艾蜜莉小姐，我們現在想知道的是，這個謠言到底是真是假。」

艾蜜莉小姐繼續看了我們一會兒，深深地吸了一口氣。「在海爾森校內，每當開始有人散佈這種謠言，我一定想辦法加以制止。至於離校的學生，他們說了些什麼，我能怎麼辦呢？我覺得瑪麗克勞德也有同感，是不是啊，親愛的？最後啊，我相信這不只是單一的謠言。我的意思是說，這個謠言一次又一次地被製造出來。你找到源頭、加以消滅後，還是沒有辦法阻止它從其他地方又生出來。我做了這個結論以後，也就不再煩惱了。不過瑪麗克勞德還是擔心啊。她說：『他們要是這麼愚蠢的話，那就讓他們這樣相信好了。』沒錯，就是這樣，你們不要一副苦瓜臉嘛，這件事從頭到尾都是你們一廂情願的呀！多年以後，我的想法有點兒改變了。不過我想，嗯，其實我也不必操這個心。畢竟，這又不是我造成的。況且，只要一、兩對情侶被潑了冷水，其他人自然也就不會再抱著僥倖一試的心態了。這就算是留給他們的一個夢想吧，一個小小的幻想。反正這能有什麼害處呢？不過，在你們兩個人身上，我看得出來不是這麼回事。你們是認真的，你們已經仔細地思考過了，而且小心翼翼地懷抱著這份希望。對於像你們這樣的學生，我真的非常遺憾，我一點兒也不喜歡潑你們冷水，不過事實也只能如此。」

我不想看到湯米的表情。我的反應意外地鎮定，雖然艾蜜莉小姐的話粉碎了我們的希望，但是那番話當中還是有個地方好像暗示了些什麼，背後隱瞞了些什麼，我們似乎還沒挖掘到事情的最後真相。甚至可能艾蜜莉小姐沒有說出真話。

於是我問：「那樣的話，根本沒有延後捐贈這回事存在囉？您一點兒辦法也沒有是嗎？」

艾蜜莉小姐慢慢地搖了搖頭，從這邊到那邊。「這個謠言當中沒有一句話是真的。我非常抱歉，真的。」

這時湯米突然開口問道：「那在以前是真的嗎？海爾森關閉前？」

艾蜜莉小姐繼續搖頭，「這件事從來都不是真的，即使在莫寧戴爾醜聞發生之前，甚至早在大家公認海爾森是盞明燈，可以作為社會大眾較具人性化、較為妥善的處事模範時，都不是真的。說它是一廂情願的謠言，真是再適合也不過了。就是這麼一回事。喔，親愛的，是那些要來搬櫃子的人嗎？」

門鈴聲停了，我聽見有腳步聲下樓開了門。外面狹窄的走廊上傳來男人的聲音，夫人從我們背後的黑暗處走了出來，從房間的另一邊出去。艾蜜莉小姐坐在輪椅上，身體向前靠，專心地聽著。

「不是他們，又是裝潢公司那個討人厭的傢伙。瑪麗克勞德會處理。所以，親愛的，我們還有幾分鐘的時間。你們還有沒有什麼想要跟我說的呢？當然，這樣的談話絕對是違反規定的，瑪麗克勞德也不應該讓你們進門。本來當我知道你們在這裡的時候，也應該請你們離開。但是，這陣子瑪麗克勞德已經不管那麼多規定了。老實說，我自己也是。所以，如果你們想多待一會兒，我們非常歡迎。」

「如果傳說不是真的，」湯米說，「那麼你們為什麼還要拿走我們的作品呢？畫廊不也就不存在了嗎？」

「畫廊啊，嗯，這傳說當中倒是還有一點兒真話。的確是有個畫廊，就算今天也勉強還算有個畫廊存在，這段時間畫廊就在這裡，就是這棟房子。我得清掉一些，真是遺憾啊。可是這裡實在沒有地方擺放全部的作品了。至於我們為什麼要拿走你們的作品呢？這是你的問題，對吧？」

「不只是這樣，」我小聲地說，「到底一開始我們為什麼要做那些藝術創作呢？為什麼要給我們這種訓練，鼓勵我們、要求我們創作那些作品？如果我們最後反正就是要捐贈器官，然後死去，為什麼還要上那些課呢？何必讀那些書、做那些討論？」

「為什麼要有海爾森的存在呢？」夫人站在走廊說。她又走了回來，經過我們身邊，走回房間黑暗的另一邊。「妳這個問題問得很好。」

艾蜜莉小姐眼神跟著夫人到了我們身後停留了一會兒。我很想回過頭看看他們正在交換怎樣的表情，但是現在就像我們以前在海爾森的時候，每個學生都必須全神貫注地看著前面，不能隨便回頭。

「是啊，為什麼要有海爾森的存在呢？瑪麗克勞德最近老是問這個問題。不過，就在不久以前，莫寧戴爾醜聞還沒發生的時候，她根本作夢也沒想到自己會問這樣一個問題。這種問題根本不存在她的腦海裡。妳知道我說的沒錯，不要那樣看著我！那時候只有一個人會問這樣的問題，那就是我。早在莫寧戴爾醜聞以前，我就問過這樣的問題。這麼一來，其他人就省事多了，瑪麗克勞德以及所有人就可以高枕無憂地過著他們的日子。你們這些學生也是一樣。我替你們操千百個心、問所有的問題，只要我意志堅定，沒有人會有任何疑惑。不過，親愛的孩子，妳剛剛問的那些問題啊，我們先從最簡單的那個開始回答吧，說不定其他問題也就可以順便得到解答了。我們為什麼要拿走你們的作品呢？那麼做是為了什麼？你之前說了一件很有趣的事，湯米，就是你和瑪麗克勞德討論的時候。你說那是因為創作可以表現你們的本質、你們的內在，你就是這麼說的，沒錯吧？嗯，這點你倒是沒有錯得那麼離譜。我們拿走你們的作品，就是因為我們認為藝術創作可以表現你們的靈魂。說得更仔細一點兒，我們這麼做其實就是為了證明你們是有靈魂的生物。」

艾蜜莉小姐停頓了一會兒，湯米和我這麼久以來第一次交換眼色。我接著問：「為什麼你們要證明這種事情呢，艾蜜莉小姐？難道有人覺得我們沒有靈魂嗎？」

艾蜜莉小姐臉上出現一絲淡淡的笑容，「真是太感人啦，凱西，看到妳這麼震驚。就某個方面來說，這就表示我們做得非常成功。就像妳所說的，為什麼有人懷疑你們沒有靈魂呢？不過我得告訴你們，多年以前我們剛開始的時候，一般人可不是這麼認為的啊！一路走來，到如今也不是所有人都是這個想法。你們這些海爾森的學生啊，雖然到了外面，卻還是什麼都不知道啊。如今國內各地還有學生在悲慘的環境中成長，那是你們這群海爾森的學生無法想像的。如今，在我們使不上力以後，情況只是變得更糟而已。」

艾蜜莉小姐又停頓了一會兒，她瞇著小小的眼睛把我們看個仔細。

「不管怎樣，我們至少確保你們在我們的照護之下，生長在最好的環境當中。我們也盡可能注意讓你們在離開以後，遠離這些恐怖駭人的事情。至少，我們有能力可以為你們做到這些。至於你們希望能夠延期的夢，我想即便是以我們的影響力，恐怕還是無法給你們。真是抱歉，我知道我的話你們不喜歡聽，但是不要因此灰心喪志，我希望你們可以了解我們以前是如此地保護著你們。看看你們現在！你們過著不錯的日子，接受過教育，又有教養。我很遺憾不能給你們比以前更多的保護，但是你們必須了解，現在的情況已經不如以前了。當年，瑪麗克勞德和我著手進行時，還沒有像海爾森這樣的地方存在。我們和格蘭摩根之家是首開先例啊！幾年後，又有了桑德斯照護中心。我們加起來成了一個規模小卻是非常大膽的運動，挑戰當時捐贈計畫的整體運作模式。最重要的是，我們讓世人明白，如果學生可以在人性化並且重視教養的環境中被扶養長大，他們就可能變成和一般人類一樣的敏銳和聰明。

「在我們努力之前，所有的複製人——或是「學生」，我們比較喜歡這樣的稱呼——存在的目的都只是為了提供醫學研究。早期，也就是戰後那段時間，你們對大眾來說就是為了這個目的。

你們只是幽靈似地出現在試管裡的東西。妳說是不是啊，瑪麗克勞德？她現在變得很安靜了，平常要是談到這個話題，叫她閉嘴是不可能的。親愛的，你們在這裡，好像把她的舌頭打了個結一樣。好吧，湯米，我說的這些可以回答你的問題了吧，這就是我們為什麼要收集你們創作的原因。我們挑出最佳的作品舉辦特展。七〇年代末期，我們的影響力處於巔峰，在全國各地安排大型的活動，內閣大臣、主教，還有各式各樣的知名人物無不共襄盛舉。會場安排演說，並且籌措到大筆的資金。『你們看啊！』我們會說，『看看這件作品！誰還敢說這些小孩不是完整的人類呢？』是的，當時我們的活動得到了很多人的支持，時勢是站在我們這邊的。」

接下來幾分鐘，艾蜜莉小姐繼續回想著過去，提到一大堆對我們而言沒有任何意義的名字。其實，那一剎那有點兒像是過去早上集會聽她演說的時候，說著說著她又離了題，底下沒有人聽得懂她的話。不過，艾蜜莉小姐看來倒是說得興高采烈，眼底充滿了仁慈的微笑。

突然間，她跳脫了過去，用一種嶄新的口吻對著我們說：「不過，我們從不脫離現實，是不是啊，瑪麗克勞德？我們可不像桑德斯照護中心的同事，就算處於極盛時期，我們也永遠記得自己正在打著一場艱難的仗。當然，後來發生了莫寧戴爾事件，緊接著又有一、兩個事件，轉眼間，我們所有的努力全泡湯了啊！」

「但我不懂的是，」我說，「為什麼最初大家要讓學生遭受不好的待遇呢？」

「從妳今天的角度來看，凱西，這個疑問是完全合理的，不過妳得試著從歷史的角度來看待這件事情。戰後五〇年代初期，科學上一個個重大突破迅速地出現，社會沒有時間加以評估或是提出明智的問題。所有全新的可能突然一下子擺在眾人面前，所有那些可以治療過去不治之症的方法，這才是最受世界矚目，也是這個世界最為渴望的啊！曾有一段時間，大家寧可相信這些器官是突然冒出來的，最多也是以為這些捐贈器官是在真空狀態下培養出來的而已。沒錯，當時是有一些爭議。但是，等到大家開始關心……開始關心學生，開始思考你們受到如何的培育，以及是否應該存在等議題，一切都已經太遲了呀，情勢無法逆轉。你怎麼可能要求這個才剛把癌症當作可治之症的世界回到過去的黑暗時代呢？已經沒有回頭路了啊！雖然大家對於你們的存在感覺不太自在，但是他們最大的關切還是自己的小孩、伴侶、父母親還有朋友等，不會因為癌症而死，或是受到運動神經受損和心臟方面疾病的威脅。

「所以，很長一段時間你們被擺在黑暗之中，大家盡量不去想到你們。要是想起你們，他們便說服自己，你們和我們人類不完全相同。既然你們次於人類一等，所以怎麼做都沒有關係。這樣的心態一直到我們的小小運動才開始有了轉變。但是，妳知道我們對抗的是什麼嗎？我們簡直就是硬要把圓形拉成正方形。我們所面對的這個世界要求學生捐贈器官。另一方面，卻又反對把你們當做真正的人類。嗯，我們這場仗已經打了很多年了，至少，我們為你們贏得了很多改善的機會，當然囉，你們只是少數被挑選出來的人。但是後來發生了莫寧戴爾醜聞，還有其他事情，轉眼之間，局勢變了。再也沒有人想要支持我們，支持我們的小小運動，支持海爾森、格蘭摩根，還有桑德斯照護中心，我們全被掃除得乾乾淨淨了。」

「艾蜜莉小姐，您一直提到的莫寧戴爾醜聞，那到底是什麼啊？」我問，「您得告訴我們，這件事我們從沒聽過。」

「啊，我想你們大概也不可能聽過。在外界這不算什麼大事。那是有關一個叫做詹姆士·莫寧戴爾的科學家，他在那方面的研究算是很有天份的。他在蘇格蘭的一個偏遠地方繼續他的工作，我想他以為這麼一來，就不會吸引太多人的注意。他的目標是要提供社會大眾一個增強孩童某個特質的機會，例如高人一等的智力、超人的運動天份等。當然也有其他人有著同樣的抱負，但只有這個叫做莫寧戴爾的傢伙，他超越了所有前人的研究成果，而且也遠遠超出了合法的界線。嗯，後來他被發現了，研究工作也被停止了，這件事好像就告了一個段落。不過，對我們來說當然不是如此。就像我所說的，這件事並沒這麼嚴重，只是在社會上造成了某種氛圍，妳知道。這件事情提醒了所有人，提醒著大家心裡一直以來的恐懼。為了捐贈計畫，社會製造出像你們這樣的學生是一回事，但是他們會讓下一代那些被製造出來的小孩，取代自己社會上的地位嗎？那一群明顯比我們其他人還要優越的科學小孩？哦，那可不行。大家受到了驚嚇，便又全縮了回去。」

「可是，艾蜜莉小姐，」我說，「那和我們有什麼關係？為什麼海爾森得因為那樣的事情關閉呢？」

「我們也不覺得兩者之間有什麼明顯的關聯啊，凱西，至少起初我們不覺得。我常想，我們那時沒多盡點力，是我們的錯。要是我們多注意一點兒，沒有那麼專注在我們的工作上，要是在莫寧戴爾事件最初發生的時候多些努力，說不定就可以避免後來的命運了。啊，瑪麗克勞德不同意我的話。她覺得不管我們怎麼做，這種事總是要發生，或許她是對的。畢竟，不只是莫寧戴爾事件，當時還發生了其他的事情。例如那個糟糕的電視系列報導等等。這一切一切都是原因，也造成了局勢的轉變。不過我想歸根究柢，主要的問題還是出在我們的小型運動上。我們太脆弱了，太過依賴我們的支持者一時的興致好惡。只要時勢站在我們這邊，只要有企業或政治人物，看到給予我們支持可以為他們自己帶來一點兒好處，我們就能持續免除經濟上的困難。但是，一直以來這都不容易啊，尤其莫寧戴爾事件發生了以後，氣氛不一樣了，我們別無選擇。這個世界不願意再去面對捐贈計畫實際運作的方式，也不願意再想起你們這些學生，或是成長的環境。換句話說，親愛的，他們要你們回到黑暗裡去，回到像瑪麗克勞德和我這種人出現以前的黑暗裡去啊！所有那些有影響力、曾經積極地幫助過我們的人物，這時當然全都消失了。

「我們在一年之間一個接著一個地失去了贊助人的支持，但我們還是盡可能繼續撐了一段時間，我們比格蘭摩根之家多撐了兩年，但是最後，你們知道的，我們還是被迫關閉了，如今我們過去努力的成果似乎沒有留下任何痕跡。你們在國內再也找不到像海爾森這樣的地方，有的只是那些面積廣大、由政府設立的『家』，就算這些地方看似比以前好，不過讓我告訴你們，親愛的，你們若是看到部份地方到今天仍舊採取的教養方式，可能好幾天都睡不著覺呢！至於瑪麗克勞德和我呢，現在我們在這裡，撤退到這棟屋子裡，樓上成山成海堆著全是你們的作品。我們必須靠著那些作品，提醒自己過去做了哪些事情。我們還欠了一大堆債務，也同樣提醒我們過去做了些什麼，雖然這些債務教人很傷腦筋啊！而所有關於你們的回憶，以及我們帶給你們的知識，我想一定會比你們以其他方式被扶養所能得到的來得更為長久。」

「別妄想他們對妳表示感謝，」夫人從我們背後出聲，「他們為什麼要感謝妳？他們來這裡是為了得到更多。這些年來，我們對他們的付出，代表他們所爭取的利益，他們哪裡知道了！他們以為這些都是上天賜予的。他們來這裡之前，對這些根本一無所知。他們現在只是非常失望，因為我們沒有讓他們實現每一個願望。」

所有人安靜了一會兒，外面傳來一些聲響，門鈴再度響起。夫人從黑暗中出來，走到了外面的走廊。

「這次一定就是那些人沒錯，」艾蜜莉小姐說，「我得趕快做好準備了，不過你們可以再坐一會兒。那些人要把東西搬下來，得走兩段階梯。瑪麗克勞德會盯著他們，確定東西沒被撞壞。」

湯米和我還不知道說到這裡就要結束了，我們沒有站起來，也看不到有人幫忙艾蜜莉小姐離開輪椅。我一度以為她要自己試著站起來，不過她沒有動，只是像之前一樣身體向前，專心聽著外面的聲音。

這時湯米說：「所以確定什麼都沒有囉，沒有延後之類的事情。」

「湯米。」我壓低聲音喚著，生氣地瞪了他一眼。但是艾蜜莉小姐溫和地回答：「沒有的，湯米，沒有延後這回事，如今你們的生命必須按照既定的程序進行。」

「所以，您的意思是，」湯米說，「所有我們做過的事，所有的課程，一切一切都只和您剛才告訴我們的有關，除此之外，什麼都沒有了？」

「我知道，」艾蜜莉小姐說，「看起來你們好像只是別人手中的一枚棋子，當然你可以這樣想；但是你們想想，你們還算是幸運的棋子。唉，本來已經出現一種新的風氣了，但是現在什麼都沒了。你們得要接受，有時候，這個世界就是這樣。眾人的意見、情緒，一會兒往這邊走，一會兒往那邊去。只是這回轉變的階段剛好發生在你們成長的時候。」

「或許那只是某種趨勢的興盛和衰滅，」我說，「但是對我們來說，卻是我們的生命。」

「是啊，話說的沒錯。不過你們想想，你們比起許許多多在你們之前的人好得太多了，又有誰知道在你們之後的人將來要面對些什麼呢。真是抱歉啊，學生們，我現在得走了。喬治！喬治！」

喬治沒有回應，大概因為走廊上很吵，所以才沒聽見。湯米突然問：「露西小姐就是因為這樣才離開的嗎？」

那時，艾蜜莉小姐的注意力放在走廊上發生的事，我以為她沒聽見湯米的問題。艾蜜莉小姐靠著輪椅的椅背，開始慢慢地往門口移動。房裡擺了很多小咖啡桌和椅子，看來她沒有辦法順利通過。我正要起身為她清出一條路來，艾蜜莉小姐突然停了下來。

「露西．韋瑞特啊，」她說，「啊，是了，我們和她之間有一點兒小小的問題。」艾蜜莉小姐停頓了一會兒，把輪椅轉過來面對著湯米。「是的，我們和她之間有點兒小小的問題。我們彼此意見不合。不過，湯米，要回答你這個問題啊，我們和露西．韋瑞特的意見衝突和剛剛我所告訴你的沒有任何關係，至少沒有直接的關係。絕對沒有，我們這樣說好了，應該比較像是我們內部的問題。」

我以為艾蜜莉小姐可能說到這裡就想結束了，於是我問：「艾蜜莉小姐，如果可以的話，我們想要知道這件事，究竟露西小姐發生了什麼事呢？」

艾蜜莉小姐揚了揚眉毛說：「妳是說露西．韋瑞特？她對你們重要嗎？不好意思，親愛的學生，我都快記不得了。露西小姐離開我們很久了，對我們來說，她只是我們在海爾森的印象當中一個邊緣人物而已，而且也不算是一個愉快的回憶。不過，我認為啊，那幾年……」艾蜜莉小姐自顧自地笑了起來，好像想起了什麼事情。夫人在走廊上大聲斥責著工人工作，但是艾蜜莉小姐這時好像對外面發生的事已經失去了興趣。她一派專注地回憶著過去。最後她說：「露西．韋瑞特啊，她真是個不錯的女孩。只不過，她和我們一起工作一段時間以後，開始有了不同的想法。

她認為學生應該要多知道一些事情，例如知道自己的未來，知道你們是誰，以及你們的功能。我們沒讓你們知道，有點兒像是欺騙了你們一樣。我們思考過她的意見，最後一致認為她是錯的。」

「為什麼？」湯米問，「你們為什麼這麼想？」

「為什麼？她是出自好意，這點我很確定。我看得出來你們喜歡她。她有成為優秀監護人的條件。但是，她想要做的都太理論了。我們經營海爾森這麼多年，知道怎麼做才行得通，我們知道當學生最後離開海爾森之後，怎麼樣的狀況會對他們最好。露西．韋瑞特很有理想，那也沒什麼錯。只不過，她沒有掌握到實際的層面。你們要知道，我們有能力可以給你們甚至到現在誰都無法從你們身上拿走的東西，而這點我們必須藉由保護你們才做得到。如果我們沒有這麼做，海爾森就不是海爾森了。好吧，有時候那意味著我們對你們有所隱瞞，欺騙了你們。沒錯，很多方面我們的確是玩弄了你們，我想你們可以這麼說。但是這些年來，我們一直保護著你們，給了你們童年生活。露西是好意沒錯，但是如果照她的話去做，你們在海爾森的幸福日子恐怕就要被摧毀了。看看你們兩個現在的樣子！看到你們兩個真讓我感到驕傲。你們因為我們所給予的建立了現在的生活。要是當初我們沒有保護你們，就不會是今天這個模樣了。你們不會沉迷在功課裡，或是陶醉在藝術和寫作中。如果你們當初真的知道自己的未來，會做出什麼事來啊？你們會對我們說，這一切都沒有意義，我們還有什麼話好說嗎？所以，露西不得不離開。」

這時我們聽見夫人對那些工人大呼小叫。她不是真的發脾氣，不過她的聲音嚴厲，聽起來非常嚇人，原本一直和她爭辯的工人現在也都安安靜靜了。

「可能因為這樣，所以我現在才能繼續和你們在這裡，」艾蜜莉小姐說，「瑪麗克勞德現在做起這種事情可是有效率多了。」

我不知道為什麼自己說了下面的話，可能因為知道這次的拜訪很快就要結束；也可能因為我想知道艾蜜莉小姐和夫人究竟如何看待對方。總之，我壓低了聲音，對著門口點了一下頭說：「夫人從來沒有喜歡過我們，她一直很怕我們，就像一般人怕蜘蛛那類東西一樣。」

我等著看看艾蜜莉小姐會不會生氣，反正我再也不在乎她生不生氣。果真，艾蜜莉小姐突然轉身面對著我，好像我朝她身上丟了球似的。她的眼睛發出怒光，讓人想起她以前在海爾森的模樣。不過，她回答的語氣平淡而溫柔。

「瑪麗克勞德已經把一切都給了你們，她不斷地工作、工作、工作，我的孩子啊，妳可別弄錯了，她可是站在你們那一邊，一直都站在你們那一邊的啊！她怕不怕你們？我們全都怕你們啊！我在海爾森幾乎每天都要對抗自己對你們的恐懼，有時從書房窗戶往下看著你們，心裡覺得非常地厭惡……」艾蜜莉小姐沒有說下去，她的眼裡再次閃耀著光芒。「但是，我決定不讓這樣的情緒阻擋我去做正確的事。我對抗那些情緒，而且戰勝了。現在，你們能不能好心幫我離開這輪椅，喬治應該拿著枴杖在等我了。」

我和湯米一人攙扶一邊，艾蜜莉小姐小心翼翼地走到走廊，有個穿著護士服的高大男人看到我們才趕緊拿出一對枴杖來。

正對著街道的前門敞開著，看到外面天還亮著，讓我有些意外，夫人的聲音從外面傳了進來，她現在對工人說話的語氣比較和緩了。感覺現在是我和湯米溜出去的時候了，只不過那個叫做喬治的人正幫穩穩站在枴杖中間的艾蜜莉小姐穿上大衣；我們走不出去，只好在原地等著。我想我們也同時等著和艾蜜莉小姐道別；說不定還要向她道謝吧，我不知道。但是艾蜜莉小姐現在只注意她的櫃子。她開始對著外面的人耳提面命一番，然後就跟著喬治離開了，沒有回頭看我們一眼。

湯米和我在走廊上待了一會兒，不知道該做什麼。然後我們到了外面，漫無目的地走著，雖然天還沒黑，但我發現長長街道上的路燈已經點亮了。一輛白色的貨車正在發動引擎，貨車後面停了一台又大又舊的富豪轎車，艾蜜莉小姐就坐在乘客座位上。夫人靠在窗戶上，喬治關上行李廂，繞到司機座位的門邊。最後，白色貨車開走了，艾蜜莉小姐的座車便在後面跟著。

夫人看著汽車漸行漸遠，本來準備轉身回到屋裡，看到我們站在人行道上，突然定住不動，身體往內縮了一下。

「我們要走了，」我說，「謝謝您和我們說話，請代我們向艾蜜莉小姐道別。」

看得出來夫人正打量著站在微光中的我。然後她說：「凱西，我記得妳，對了，我想起來了。」夫人沒有說話，繼續看著我。

「我想我知道您在想些什麼，」我終於說，「我想我猜得到。」

「很好。」夫人的聲音有點兒迷茫，眼神有點兒空洞。「很好，妳還會讀心術啊！那妳告訴我。」

「您有一次看到我，一天下午在宿舍的時候。附近沒有別人，我正在放一卷錄音帶聽音樂。我閉著眼睛跳起舞來，當時您看到了我。」

「很好，好一個能夠看透別人心思的人，妳應該要去當演員才對。我到現在才認出妳來，沒錯，我記得那次，而且我時常想起那件事情。」

「奇怪了，我也是。」

「原來如此。」

本來我們準備就在這裡結束彼此的交談。我們大可說聲再見，然後轉身離開。但是夫人向我們走近，繼續盯著我的臉看。

「那時候妳比較年輕，」夫人說，「啊，沒錯，就是妳。」

「如果您不願意，可以不要回答，」我說，「可是有件事情我一直想不明白，我可以問您嗎？」

「妳知道我心裡在想什麼，我卻不知道妳在想什麼。」

「嗯，那天您……心情不太好。您一直看著我，當我睜開眼睛，發現您正看著我，而且哭了。其實，我知道您真的哭了。您一邊看著我，一邊哭著。為什麼呢？」

夫人臉上的表情毫無變化，繼續看著我的臉。「我哭，」夫人總算開口說話了，聲音很小，好像害怕鄰居聽到一樣。「那是因為我進去的時候，聽見妳播放的歌曲。我以為是哪個笨蛋學生音樂沒關，但是當我走到了妳的宿舍，看到妳一個小姑娘自己在跳舞。就像妳說的，閉著眼睛，心飄到很遠的地方去，臉上一副嚮往不已的表情。妳充滿感情地一個人跳著舞，還有那天的音樂，那首歌，歌詞裡面是有意義的，充滿了悲傷啊！」

「那首歌，」我說，「叫做『別讓我走』。」然後我對著夫人輕輕地哼了幾句歌詞，「別讓我走，哦，寶貝啊寶貝，別讓我走……」

夫人同意地點點頭，「沒錯，就是這首歌。那次之後，我在收音機、電視裡聽過一、兩次。每次聽見都讓我想起那個自己一個人跳舞的小女孩。」

「您說您不能看透別人的心思，」我說，「但是，說不定那天您可看透了我的心。可能因為這樣，所以當您看到我的時候才哭了起來。其實，不管那首歌真正的意義是什麼，在我的腦海裡，當我在跳舞的時候，我有我自己的詮釋。您知道嗎，我想像那首歌唱的是一個女人的故事：別人告訴她，她終身不能生育，但是當她有了小孩，她非常開心，所以她把小孩緊緊抱在懷裡，害怕發生什麼事情拆散了他們，所以她一直唱著：寶貝，寶貝，別讓我走。這不是歌詞本來的涵義，但這是我當時腦海裡的想像。說不定您就是知道了我的心思，所以才會覺得這麼悲傷吧！雖然當時我不覺得悲傷，但是現在回想起來的確教人有點兒鼻酸。」

我看著夫人說話，但感覺湯米走到了我身邊，也感覺到湯米身上衣服的質料，感覺到他的存在。

夫人接著說：「真是有趣，但是那個時候就像今天一樣，我完全猜不出妳的心思。我之所以哭，完全是為了另外一個理由。那天當我看到妳跳舞，我看到的是另外一個故事。我看到一個新的世界很快就要來臨，更加地科學化、更加有效率，是的。針對舊有的疾病將會有更多治療的方法，這是好的。但這同時也是一個嚴厲而殘酷的世界。我看到了一個小女孩緊緊閉上雙眼，雙手擁抱著過去那個友善的世界，一個她內心明白已經不再存在的地方，而她還是緊抓不放，懇求它別放開她的手。那就是我所看到的。那不是真正的妳，也不是妳當時在做的事情，這點我知道。但是當我看到妳，我的心都碎了。我永遠也忘不了那一幕。」

夫人走向前來，到了我們面前一、兩步的距離站定。「你們今天晚上的故事也讓我非常感動。」夫人看了看湯米，再轉回來看著我。「可憐的小孩，我真希望可以幫點兒什麼忙，但是你們現在得靠自己了。」

夫人伸出手來，繼續看著我的臉，把手放在我的臉上。我可以感覺到一股顫抖流遍她的全身，但她還是繼續把手放在我的臉上，我又看到夫人的眼眶充滿了淚水。

「可憐的小孩啊！」夫人像是耳語般又說了一次，然後便轉身回到屋裡。

我和湯米回家的路上沒再討論和艾蜜莉小姐與夫人談話的內容。如果有，也是一些無關緊要的事情，例如我們覺得她們看起來老多了，或是聊聊屋內的物品。

回家時，我挑了自己所知最偏僻的路線，整條路上只有我們的車燈打破一片黑暗。偶爾也會遇見其他車燈，我覺得那些開車的都是其他的看護，有些是一個人開車回家，或許有些像我一樣，身邊坐了一個捐贈人。當然，我知道一般人也會走這幾條道路；只是那天晚上我特別感覺這幾條漆黑的鄉間小路只為像我們這樣的人存在，而那些設立著巨大標誌和超大咖啡店的寬敞、明亮的公路則是留給一般人開的。我不知道湯米是不是也正在想著同樣的事情。或許是吧，因為他在路上也說：「凱西，妳倒是知道不少這些奇怪的路線嘛！」

湯米一邊說一邊笑，但又好像立刻陷入了沉思。後來我們走到了一條特別漆黑的不知名道路，湯米突然說：「我覺得露西小姐才是對的，艾蜜莉小姐是錯的。」

我不記得自己聽了之後說了哪些話，縱使說了，也不是什麼有深度的話。不過，那個時候我才發現在湯米的聲音或神情中默默地敲響了警鐘。我記得自己把眼光從彎彎曲曲的道路上轉到了他的身上，但他也只是安安靜靜地坐在那裡，直直地看著前方的黑夜。

幾分鐘後，湯米突然說：「凱西，我們可以停一下車嗎？不好意思，我必須下車一會兒。」

我以為湯米又暈車了，所以緊挨著一排籬笆立刻停下車來。停車處完全沒有路燈，就算車燈亮著，我也擔心其他車輛轉彎後可能撞上我們。所以，當湯米下車、消失在黑暗中，我沒有跟著他一起去。況且，他下車的動作像是有著什麼目的，暗示著就算他不舒服，也寧可自己一個人處理。總之，我一直留在車上，想著要不要把車子挪到前方的上坡處，這時，我聽見了尖叫聲。

起初我甚至覺得那不是湯米的聲音，只是躲在草叢裡的一個瘋子。不過，我沒有因此降低警覺，當我聽見第二聲、第三聲尖叫的時候，我已經下了車，這才知道那是湯米的聲音。其實，那一瞬間我心裡大概已經非常恐慌，因為完全不知道湯米人在何處。我什麼也看不見，當我想要朝著尖叫聲走去，卻被一處無法通過的灌木叢擋著。後來，我發現了一道入口，穿過了壕溝之後遇到一道籬笆。我設法爬了過去，過去之後卻一腳陷進了爛泥巴中。

到了這裡，我比較能夠看見四周的環境，我站在一片草地上，前方不遠處就是陡直的下坡處，我看到山谷村莊的點點燈火，這裡風很大，一陣強風吹來，我還得抓住籬笆樁，才不致被風帶走。今晚還未滿月，但月光十分明亮，我看到前方接近草地下坡處不遠的地方出現了湯米的身影，他又氣又叫、拳打腳踢。

我想趕快過去，但是泥巴已經把我的腳吸了進去。湯米也是被泥巴困住了，他踢了一腳之後就滑了一跤，消失在黑暗中。但是他嘴裡東一聲、西一聲的咒罵倒從來沒停過。就在湯米快要站穩腳步的時候，我已經可以抓住他了。湯米在月光照射下的臉龐全是一塊塊的泥巴，因為憤怒而變得扭曲，我伸出手抓住他揮動的手臂，緊緊抓住他。他想要甩開我的手，但我還是緊緊抓著，直到他停止叫囂，不再和泥巴搏鬥。我感覺湯米也抱住了我，於是我們便這樣肩並肩地站在草原的最高處，過了好久，兩人什麼也沒說，只是抱著對方，風還是不斷地向我們吹著，拉扯身上的衣裳，有時感覺我們緊緊抱著對方就是怕被風吹到黑暗裡去。

後來我們放開了對方，湯米低聲說：「我真的很抱歉，凱西。」他發出顫抖的笑聲，接著又說：「幸好這草地上沒有母牛，不然牠們可要嚇死了。」

看得出來湯米試著盡力再三向我保證他現在已經沒事了，不過他的胸口仍然有節奏地起伏著，雙腳也在發抖。我們一起走回車上，小心翼翼地別又摔跤了。

「你全身都是母牛的大便味。」到了之後我才說。

「天啊，凱西，我回去要怎麼解釋啊？我們得從後面偷偷溜進去才行。」

「你還是得簽到啊！」

「天啊！」湯米說，又大聲地笑了笑。

我在車上找了幾塊抹布，幫他把最髒的泥巴擦掉。當我在車上找抹布的時候，從行李箱拿出了湯米那個裝了動物圖畫的運動背袋。我們再次出發時，我注意到湯米把袋子一起拿到了座位上。

車子開了一段時間，我們沒有說什麼話，袋子擺在湯米的大腿上。我等著他開口說些動物圖畫的事；我還以為他又要發脾氣了，一氣之下可能要把所有圖畫全丟到窗外去，但是湯米像是要保護運動袋似地雙手緊緊抱著，繼續看著在前方展開的漆黑馬路。

沉默了一會兒之後，湯米說：「剛才的事，我很抱歉，凱西，真的。我真是個笨蛋。」他又說：「凱西，妳在想什麼？」

「我在想，」我說，「以前你在海爾森的時候也時常像剛才那樣發了瘋一樣，我們實在不懂，不懂你為什麼這樣，我剛剛有了一個想法，只是一個想法。我在想，說不定你以前常常那樣，都是因為在某種層面上，你早就知道一切了。」

湯米想了想，搖搖頭。「別這麼想，凱西，不是這樣的，都是我自己的關係啦。我是個笨蛋，一直都是笨蛋。」過了一會兒，湯米笑了笑說：「不過，妳的想法很有趣。說不定在內心深處我真的早就知道了，知道某些你們其他人不知道的事情。」

23

那次出門回來以後一個禮拜左右，生活似乎沒有太大的變化。不過，我不認為這樣的情況可以繼續維持。果真到了十月初，我漸漸發現了一些細微的變化。首先，雖然湯米還是繼續畫他的動物，但卻很少在我的面前畫了。儘管還不至於回到我剛成為他看護時，成天想著過去卡堤基的階段，不過看起來湯米是經過了一番思考後，才做出了這樣的決定：只要有心情，他就繼續畫，只是當我出現時，就會停下工作，收起畫本。我沒有因此覺得受傷，其實，從很多方面來說，他這個決定讓我心裡輕鬆多了：我們在一起的時候，要是有那些動物睜大眼睛看著我們，只會讓我們覺得彆扭而已。

不過，有些改變還是讓我覺得有些不安。當然，我們在湯米房裡的時候還是非常快樂，甚至偶爾也會做愛。只是我無法忽視湯米已經漸漸把他自己和中心其他捐贈人視為同伴。例如，當我們回憶以前海爾森認識的人，他遲早會把談話轉向他最近認識的捐贈人朋友可能說過或做過的類似事情上。尤其有一次，我經過了長途的旅行後，開著車抵達費爾德國王中心，當我走出車外，廣場上的情況看起來有點兒像是我和露絲一起去看船那次的情形一樣。

那個秋天的下午天空多雲，放眼望去一個人也沒有，只有娛樂大樓外伸的屋頂下聚集了一群捐贈人。我看到湯米和他們在一起，他站在那兒，一邊肩膀靠著柱子，正聽著一個蹲坐在入口階梯上的捐贈人說話。我朝向他們走過去幾步，然後停在原地等著湯米過來，我一個人站在寬闊的灰色天空下。湯米雖然看到我了，卻還是繼續聽著那個朋友說話，最後還和其他人一起哄堂大笑起來，然後繼續一邊聽一邊笑著。事後湯米聲稱他曾示意要我走過去，但是他若真有招呼我過去，動作也不明顯。我只看到他微微朝著我的方向笑了笑，然後又回去注意聽他朋友說話。好吧，他正好和別人話說到一半，差不多一分鐘之後，他也離開了他們，和我一起上去他的房間。但是這和以前完全不一樣。這件事還不僅僅是他讓我一個人在廣場上等了又等，這點我倒是沒那麼在意，重要的是，那天我第一次發現，當他必須和我一起離開同伴的時候，竟然有些怨我。後來我們到了房間之後，彼此氣氛也不太好。

老實說，為了這件事，湯米和我一樣心情不好。當我站在那裡看著他們又說又笑，心裡忽然揪了一下；捐贈人大略排成半圓形，他們的姿勢或站或坐，有點兒像是故意裝出一派輕鬆的模樣，好像昭告世人他們是多麼地享受著彼此的陪伴，讓我想起我們以前的小團體圍坐在休憩亭的情景。就像我所說的，這個著實讓我的心揪了一下，所以，當我們上去湯米房間的時候，或許我比湯米來得更生氣一些。

每次只要湯米說我這不懂、那不懂，都是因為我還不是捐贈人，心裡總感覺像被針小小戳了一下，除了一次例外，我稍後再說這件事。通常湯米對我說這些話都是半開玩笑的，態度也很溫柔。就算還有別的，例如他告訴我別再把他的骯髒衣物拿去洗，因為他可以自己來，我們也很少因為這樣吵架。那次我問他：「誰把毛巾拿下去有什麼差別？反正我剛好要出門。」湯米聽了搖搖頭說：「凱西，我自己會處理自己的東西，如果妳也是捐贈人，就會明白了。」

好吧，或許是我太挑剔了，但是這種事情我就是沒辦法輕輕鬆鬆地忘掉。不過，我說過了，有一次湯米又說起我還不是捐贈人，那次真是把我給氣壞了。

事情發生在湯米第四次捐贈通知到了之後一個星期。我們知道通知就要到了，也已經仔仔細細地討論過。事實上，這是自從我們去利特爾漢普頓談過第四次捐贈以來，討論最為詳細的幾次。我知道捐贈人對於第四次捐贈的態度不太一樣。有些人一天到晚談這件事，絕不罷休，卻也言不及義。有些人只是拿這件事開玩笑，還有些人卻是連談也不想談。捐贈人之間有個奇怪的風氣，大家總是把第四次捐贈當作是一件值得慶賀的事。就算向來不受歡迎的捐贈人，一旦就要開始進行第四次捐贈，也會特別受到他人的尊重。就連醫師和護士也跟著演起這齣戲：準備開始第四次捐贈的人都得先做檢查，做檢查時一定都會遇到穿著白色外套的醫生護士們微笑地過來打招呼、和他們握手。嗯，湯米和我討論這些事情的時候，有時是半開玩笑地，有時嚴肅而謹慎；我們談過所有處理的可能態度，以及哪種態度最為合理。

有一次，我們一起躺在床上，外面天就要黑了，湯米說：「凱西，妳知道為什麼大家這麼擔心第四次捐贈嗎？那是因為他們不知道自己是不是就這樣結束了？要是可以知道這就是最後一次了，事情還會簡單一點兒。但是他們總是沒有辦法清楚地告訴我們。」

那陣子我一直在想湯米會不會向我提出這個問題，也一直在想著該如何向他回應。當他真的問起這個問題，我卻找不到太多話可以說。我只說：「都是一些胡說八道，湯米，大家只是說說，隨口說說而已，這個問題根本連想都不必去想。」

湯米大概知道我這些話的背後沒有依據，他可能也明白這個問題甚至連醫生都沒有確定的答案。我們總是聽到別人說什麼第四次捐贈之後，嚴格來說，就算這個人生命已經結束了，但說不定還有某種意識存在，之後還會有更多的捐贈，數也數不清；以後再也沒有康復中心，沒有看護，也沒有朋友；後半輩子什麼也不能做，只能眼睜睜地看著往後的捐贈一次又一次地進行，直到他們把捐贈人的開關關掉為止。這根本就是恐怖電影的情節，而且大多數人也不會好好想想這些話的內容……穿著白色外套的醫生護士們不會多加思考這些話，看護也不會，通常連捐贈人也不會。但捐贈人卻會經常提起這些話，就像湯米那天晚上一樣，我真希望當時我們能好好談談這些內容。當時，我把這些話當作廢物一樣不予理會，我們兩個人都退縮了。至少，我知道湯米事後是這麼想的，我很高興湯米至少把這樣的心情對我透露。我要說的是，總而言之，我記得我們好好地一起面對著第四次捐贈的到來，因為這樣，那天在草地散步時，湯米的話實在把我嚇了一大跳。

費爾德國王中心的空地不多。廣場是最明顯的集合地點，而建築物後方的少數空地看起來和荒廢的園地沒有兩樣。其中最大一片被捐贈人稱做「草地」的地方是一處長方形的土地，那兒有鐵絲編成的籬笆包圍住四處叢生的雜草和刺薊。一直聽說中心要替捐贈人把這塊地改成像樣的草坪，但是卻始終還沒有開始。就算他們抽出時間改建，因為附近有大馬路經過，這個地方也不是那麼安靜。總之，捐贈人要是覺得煩燥、需要散心，多半會來這個地方，穿過蕁麻和刺藤。那天早上霧很大，我知道草地已經溼透，但湯米卻堅持一起到那裡散散心。到了那裡只有我們兩個人，這實在不意外，或許正中湯米的下懷。我們踩著灌木叢前進，過了幾分鐘，湯米停在籬笆旁邊，看著另一邊一片霧茫茫的景色。

「凱西，我希望妳不要誤會，不過，我已經想了很久。凱西，我想我該換一個看護了。」

湯米說完之後幾秒鐘，我發現自己並沒有那麼意外；好玩的是，我似乎一直等著湯米開口提出這個請求。但我還是很生氣，什麼話也不肯說。

「不只是因為第四次捐贈就快到了，」湯米繼續說，「不光是那個原因，也是因為上星期發生了那樣的事情。上星期我的腎出了問題，以後那種事情還會更多。」

「所以我才來找你的啊，」我說，「就是因為這樣，我才來這裡幫助你的。為了現在開始可能發生的狀況。這也是露絲的心願啊！」

「露絲希望的是另外一件事，」湯米說，「她不一定會希望妳到最後一刻還繼續當我的看護。」

「湯米，」我想這時自己已經非常生氣，但聲音仍然保持平靜與鎮定。「我是來幫助你的，這是我再來找你的目的。」

「露絲希望的是另外一件事，」湯米又說了一遍，「所以這些都不是她希望的。凱西，我不想讓妳看到我那個模樣。」

湯米低頭看著地上，一隻手扶著鐵絲圍籬，那時他看起來好像正專心聽著霧的另一邊傳來的車聲。

他輕輕搖了搖頭說：「露絲一定能夠諒解的，她也是一個捐贈人，所以一定能夠了解。我並不是說，她一定和我有同樣的安排。如果她可以，說不定會希望妳到最後都是她的看護。但是她如果知道我有不同的安排，一定也可以了解我的苦衷。凱西，有時候妳就是無法了解，因為妳不是捐贈人，所以無法了解。」

聽見湯米這麼說，我立刻轉身大步離開。就像我所說的，我其實已經準備接受湯米不希望我繼續擔任他的看護，但這些都是小事，真正教人痛心的是湯米最後所說的話，就像他留我一個人站在廣場上一樣，他又把我區隔了開來，不只和其他所有捐贈人區隔開來，更是與他和露絲劃清界線。

不過當時我們沒有吵得很厲害。我氣沖沖地走開，卻也只能回到湯米的房間，幾分鐘後，湯米也上來了。他上樓時，我已經冷靜下來，他也同樣冷靜了下來，這時我們才能好好地談一談。雖然對話不是那麼自然，但至少兩人和和氣氣的，甚至談到更換看護的實際手續等等。

然後，在一片昏暗中，我們並肩坐在床邊，湯米說：「我不希望我們又吵架，凱西。但我一直很想問妳一件事，妳一直當看護難道不會厭煩嗎？我們其他人老早就變成捐贈人了。妳做這份工作也好幾年了。凱西，難道妳有時候不會希望他們趕快寄通知給妳嗎？」

我聳了聳肩，「我不在乎。何況，好的看護是非常重要的，而且我是一個稱職的看護。」

「但是，當一個看護有那麼重要嗎？是啦，有一個好的看護真的很棒，但是到頭來，當一個看護有那麼重要嗎？每個捐贈人還不都要捐贈器官，最後還不都會結束生命。」

「當一個看護當然很重要，一個好的看護可以改變捐贈人的生活。」

「但是妳必須到處趕來趕去，弄得這麼累，又常要自己一個人行動。我一直在注意妳，我發現這份工作已經把妳累壞了。妳還是會希望吧，凱西，還是會希望他們讓妳停止看護的工作吧！我不知道妳為什麼不跟他們說一聲，或是問問他們為什麼要妳做這麼久的看護。」我沒有說話，湯米又說：「我只是問一問而已，沒有什麼意思，我們不要再吵了。」

我把手放在湯米的肩膀上說：「是啊，是啊。或許就快了，不過現在我還得繼續做下去；就算你不需要我，還有其他人需要啊！」

「我想妳說的沒錯，凱西。妳真的是一個稱職的看護。如果妳不是妳，妳一定是最適合我的看護了。」湯米笑了笑，雖然我們一直並肩坐著，他還是一手從後面抱著我。他又說：「我常常想到這個畫面：某個地方的一條河，河的水流得很急，水裡有兩個人，努力抓著對方，緊緊地抓住，但是最後水流實在太強，他們只好放手，各自漂流。就像我們兩個人一樣。真是可惜啊，凱西，我們一輩子都愛著對方，到頭來卻不能永遠在一起。」

湯米說這些話的時候，我想起了那天晚上我們從利特爾漢普頓回來的路上走在強風橫掃的草原上的情景。我不知道湯米是不是也想到了，還是他仍在想著那條河和強烈的水流。總之，我們就這樣在床邊坐了很久，陷入各自的沉思中。

最後我說：「對不起，我剛才對你發了脾氣，我會跟他們說的，我一定會讓你換一個好看護。」

「真是遺憾，凱西。」湯米又說了一次。那天早上我們好像就沒再談過這件事了。

我記得接下來的一、兩週——新的看護接手前的最後一、兩週——一切顯得出人意料的平靜。或許湯米和我刻意對彼此更好一些，但時間不知不覺地溜走了。或許有人覺得我們那樣不太真實，但是當時並不覺得奇怪。在北威爾斯的幾個捐贈人已經讓我忙得不得了，想要多來幾次費爾德國王中心，卻也無能為力，不過我還是盡量一個星期來三或四次。天氣越來越冷，而且非常乾燥，常有陽光。我和湯米在他的房間裡一起消磨最後的時光，有時做愛，但我們更常聊天，或是湯米聽我朗讀。有一、兩次，湯米甚至拿出筆記本，隨便畫幾個新的動物構圖，一邊聽我在床上朗讀。

這天我到了費爾德國王中心，那已經是我最後一次的探訪。那是個天氣乾爽的十二月午後，我抵達時剛過一點。我上去湯米的房間，心裡暗自期待將會遇到某些變化，雖然我不知道是什麼變化。或許我覺得湯米應該會在房間擺上新的裝飾或什麼。不過，最後當然所有都和平常一樣，這也讓我放心了一些。湯米看來和平常沒什麼不同，但是當我們開始說話，卻很難假裝這天只是一次普通的探訪。前幾個禮拜我們已經談了很多，所以當天沒有特別必須要討論的事。況且，我想我們也不想開始任何新的話題，就怕話題最後不能好好地結束，所以那天我們的談話有點兒空洞。

不過當我在湯米房裡漫無目的地繞啊繞地，我問：「湯米，你會不會很高興露絲在我們最後發現一切之前，就結束生命了？」

湯米躺在床上，眼睛繼續盯著天花板一會兒才說：「真是好玩，前幾天我也是想著同樣的事情。說到這個，妳要記得，露絲她和我們是不一樣的。從一開始，甚至從我們小時候開始，我們都在努力找出真相。記得吧，凱西，我們以前的祕密談話。但是露絲可就不一樣了，她總是想要相信發生的事情。露絲就是這樣。所以，是啊，從某個方面來看，我想這是最好的結局。」湯米又說：「當然啦，我們發現一切有關艾蜜莉小姐和所有的事情，都不會影響我們對露絲的觀感。她到最後還是一直希望我們可以得到最好的結果，她是真的希望我們能有好的結果。」

到了這個節骨眼兒，我不想開啟任何有關露絲的重大討論，所以只是應和一下湯米的意見。但是現在我有較多時間思考，卻不知道自己心裡究竟是什麼想法，心裡某些部份還是希望可以和露絲分享我們的發現。好吧，或許露絲知道了心情不好，但她就會知道過去她對我們的所作所為，不像她所希望的那麼簡單就可以修復。或許，老實說，我希望露絲結束生命之前可以知道一切，顯得有點兒小心眼。但是追根究柢，其實是因為別的原因，一個更勝於我那復仇心態與狹窄心胸的原因。

因為露絲她就像湯米說的一樣，到了最後，希望我和湯米能有好的結局，雖然那天在車上，她說我可能永遠不會原諒她，但她錯了。我現在對她沒有一絲憤怒。我說希望露絲可以知道全部真相，那是因為她到了最後與我和湯米分處兩地，這才教我傷心，也就是我們之間劃起了一條界線，我和湯米在一邊，而露絲在另外一邊。後來所有該說的話都說了，該做的事也都做了，結果當然讓我非常傷心，但我想露絲要是知道了，一定也非常難過。

那天，我和湯米沒有上演什麼轟轟烈烈的道別戲碼。時間到了，湯米和我一起下樓，通常他不會陪我下樓，我們一起穿過廣場往車子走去。每年這個時候，夕陽總是從建築物後方西沉。廣場上和平常一樣，只有幾個漆黑的人影在外懸的屋頂下徘徊，廣場上一片空蕩。

湯米一路走到車子都沒說話。到了之後，他才笑笑地說：「凱西，妳知道，我以前在海爾森踢足球的時候，私下常會做一件事。每當我得分，我就會這樣轉過身來，」湯米開心地高舉雙手，「然後跑回隊友身邊。我不會太瘋狂或什麼的，只是一邊跑回去一邊高舉雙手，就像這樣。」湯米沒有說話，雙手繼續舉在空中，然後放下雙手，笑了一笑。「在我的腦海裡，凱西，當我跑回去的時候，總是想像腳底一邊踩著水一邊回去。水不深，最多只到腳踝。那就是我腦子裡的想像，每次都是，水花濺呀、濺呀、濺呀。」湯米再次高舉雙手，「那種感覺真好，得分之後，轉過身來，水花濺呀濺地。」湯米看著我，又微微笑了一笑。「這件事我這輩子從來沒有告訴過任何一個人。」

我也笑了笑說：「你真是個怪小孩，湯米。」

之後，我們親吻對方，只是輕輕的一吻，然後我就上了車。迴車的時候，湯米還是站在原地，當我離開時，他笑了笑，對我揮揮手。我從後視鏡裡看著他，他一直站在那裡，直到最後一刻。最後，我隱約又看見他舉起雙手，然後轉身向外懸的屋頂走去。接著，廣場就從鏡子中消失了。

幾天前我和捐贈人聊天，其中一個對我抱怨他的記性退化得驚人，甚至連最珍貴的記憶也都忘了。但我不同意，我不覺得自己那些最珍貴的回憶消失了，是的，我失去了露絲，接著又失去了湯米，但沒有失去對他們的回憶。

我想我也失去了海爾森。現在偶爾聽到幾個過去的學生想找回海爾森，或許看看學校以前的所在地。有時也會聽到一些關於海爾森如今面貌的奇怪謠言：例如海爾森已經變成一間旅館、學校或是廢墟什麼的。我自己呢，經常開車四處晃，卻也從沒想過再回去找找。不管學校現在變成什麼模樣，我都沒有興趣。

還記得吧，雖然我說自己從來沒有去尋找海爾森的蹤跡，但有時候我開車到了某個地方，突然會覺得自己看到了海爾森的某個部份。有一次遠遠看到一座休憩亭，我很肯定那就是以前海爾森的休憩亭。或是看到地平線上一棵枝幹粗獷的大橡樹旁邊有排白楊樹，瞬間還以為自己正從另一邊往北運動場走去。還有一次，在一個灰濛濛的早晨，走在格洛斯特一條長長的街道上，在路邊停車處看到一輛故障的汽車，我覺得站在汽車前眼神空洞地看著來往車輛的女孩，就是那個大我們一、二年級、擔任拍賣會糾察員的蘇珊娜。這些瞬間總在我不注意、或趁著我開車心裡想著別的事情時突然出現。所以，或許在某種程度上，我也算是到處尋找著海爾森的蹤影吧！

不過，就像我所說的，自己並沒有刻意去找，而且，到了那年年終，像這樣到處開車的機會也沒那麼多了。所以，我現在大概不會再發生那樣的情景，仔細想想，我很高興事情是這樣的結果。就像我對湯米和露絲的回憶一樣。等到我終於可以過個比較安寧的生活時，不管他們把我送到哪個中心，海爾森將永遠留在我心中，牢牢地鎖在我的腦海裡，任何人都不能帶走這段回憶。

只有那一次，我縱容自己，就是在我聽到湯米已經結束之後的一、兩個禮拜，雖然沒有必要到諾弗克，我卻還是開車去了一趟。我不是特別要找什麼東西，也沒有走到海邊；或許自己只想看看那些一望無際的平坦草原和遼闊的灰色天空。我發現自己來到了一條從沒走過的路，大約有半小時的時間，不知道自己身在何處，但是我不在乎。經過了平凡無奇的平坦草原之後，景色其實沒什麼改變，只是偶爾有群鳥兒，一聽見我的引擎聲便從犁溝裡飛了出來。後來，我看到了遠方有幾棵樹，於是我把車開了過去，停在路邊，然後下車。

我發現自己所處的地方是一片幾英畝大的農地，農地以兩條帶刺的鐵絲做成柵欄，防止外人進入，這道柵欄和我前方聚集成群的三、四棵樹是這幾英里土地內唯一的擋風處。沿著柵欄，特別是下面那條鐵絲，卡了各式各樣的垃圾糾結在一起，就像海邊經常看到的垃圾堆：強風想必從很遠很遠的地方把這些東西吹到了這裡，前方的樹枝夾著破碎的塑膠床單隨風飄搖，還有破舊塑膠袋碎片。那是我唯一一次，站在那裡看著這些奇奇怪怪的垃圾，感覺風吹過空蕩的草地，我心裡出現了一個想像，因為這裡畢竟是諾弗克，而且我不久前才剛失去湯米。我想著這些垃圾，想著樹枝上不停拍打的塑膠布條，想著如海岸線般、勾住各種奇奇怪怪東西的鐵絲柵欄，我半閉著雙眼，想像自己從小遺失的東西全被沖刷到了這裡，我現在就站在這些東西面前，如果繼續等下去，說不定草地那邊的地平線就會出現一個小小的身影，慢慢地越來越大，然後我認出那個人就是湯米，他揮揮手，可能還會大聲地叫我的名字。想像僅止於此，我不能允許自己繼續下去……淚水從臉頰滾了下來，但我沒有啜泣或是情緒失控，只是等了一會兒，然後走回車裡，開車前往該去的地方。

國家圖書館出版品預行編目資料

別讓我走
石黑一雄Kazuo Ishiguro 著　張淑貞 譯
初版. -- 臺北市：商周出版：家庭傳媒城邦分公司發行
2006.12　面；　公分
譯自：Never Let Me Go
ISBN 978-986-124-781-6（平裝）

861.57　　95021261

別讓我走

原文書名／Never Let Me Go
作　　者／石黑一雄Kazuo Ishiguro
譯　　者／張淑貞
責任編輯／陳玳妮
版　　權／黃淑敏、劉鎔慈

行銷業務／周丹蘋、黃崇華
總 編 輯／楊如玉
總 經 理／彭之琬
事業群總經理／黃淑貞
發 行 人／何飛鵬
法律顧問／元禾法律事務所 王子文律師
出　　版／商周出版　城邦文化事業股份有限公司
台北市南港區昆陽街16號4樓
電話：(02) 25007008　傳真：(02)25007759
E-mail：bwp.service@cite.com.tw
Blog：http://bwp25007008.pixnet.net/blog
發　　行／英屬蓋曼群島商家庭傳媒股份有限公司城邦分公司
台北市南港區昆陽街16號8樓
書虫客服服務專線：(02)25007718；(02)25007719
服務時間：週一至週五上午 09:30-12:00；下午 13:30-17:00
24小時傳真專線：(02)25001990；(02)25001991
劃撥帳號：19863813；戶名：書虫股份有限公司
讀者服務信箱：service@readingclub.com.tw
歡迎光臨城邦讀書花園　網址：www.cite.com.tw
香港發行所／城邦（香港）出版集團有限公司
香港九龍土瓜灣土瓜灣道86號順聯工業大廈6樓A室
E-mail：hkcite@biznetvigator.com
電話：(852) 25086231　傳真：(852) 25789337
馬新發行所／城邦（馬新）出版集團【Cite (M) Sdn. Bhd.】
41, Jalan Radin Anum, Bandar Baru Sri Petaling,
57000 Kuala Lumpur, Malaysia.
Tel: (603) 90578822 Fax: (603) 90576622
Email: cite@cite.com.my

封面設計／鄭宇斌
封面圖片／Rawf8經由 Getty Images提供
排　　版／極翔企業有限公司
印　　刷／卡樂彩色製版印刷有限公司
經 銷 商／聯合發行股份有限公司
電話：(02)2917-8022　傳真：(02)2911-0053
地址：新北市231新店區寶橋路235巷6弄6號2樓

2006年12月05日初版
2021年03月04日四版
2024年09月05日四版4.5刷

Printed in Taiwan

定價340元

NEVER LET ME GO
by KAZUO ISHIGURO